KB053665

배달의 천국

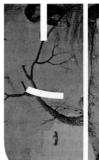
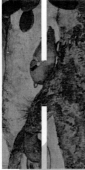
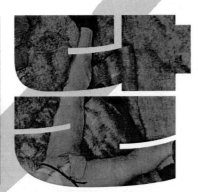

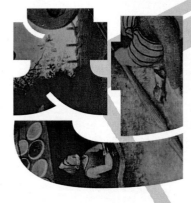
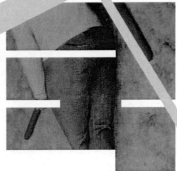

배달의 천국

김옥숙
장편소설

산지니

차례

수상한 악취

천국과 지옥을 갈라놓는 거대한 손이 있었다.

수상한 악취는 매복한 적군처럼 천천히 움직였다. 귀족원룸 6층에 고여 있던 악취는 비상계단으로 스멀스멀 내려왔다. 원룸의 복도는 악취가 고인 찐득한 늪 같았다. 마스크를 쓰고 503호 현관문을 열고 나온 여자는 코를 막고 황급히 엘리베이터에 올랐다.

9월 중순인데도 한여름보다 무더웠다. 쉴 새 없이 돌아가는 에어컨 실외기가 거리를 찜솥으로 만들었다. 귀족원룸 오른쪽 전봇대 아래 쓰레기 더미에서 심한 악취가 풍겼다. 쓰레기 더미는 폭염 속에 그대로 방치되어 있었다. 깨진 유리에서 반사된 햇빛이 칼날처럼 번쩍거렸다.

한 노인이 쓰레기 더미 옆에 폐지 리어카를 세워 놓고 폐지를 골라냈다. 노인은 쓰레기 더미를 파헤쳐 종이 상자와 폐지를 찾아내 리어카에 실었다. 음식물 쓰레기가 들어 있는 비닐봉지와 배달 포장 용기에서 악취가 새어 나왔다. 길고양이가 물어뜯은 종량제 봉투에서는 콘돔과 휴지와 생리대와 치킨 뼈다귀가 삐져나와 있었다. 파리와 초파리 떼가 날아다니고 쓰레기 더미 사이로 쥐가 기어다녔다. 쓰레기 더미에서 흘러나온 진득한 진물은 마치 썩은 핏물 같았다.

귀족원룸 6층에서 심한 악취가 풍긴다는 신고를 받고 소방관과 경찰관이 도착했을 때는 정오 무렵이었다. 코로나가 2년째 이어지면서 고독사 신고는 늘어나고 있었다. 죽은 지 몇 달 뒤에 발견된 시신 중에는 노인이 대부분이었지만 의외로 젊은 남자도 많았다. 그중엔 코로나에 확진된 줄도 모르고 죽어 간 사람들도 있었다.

6층 복도에는 뭐라 형언키 어려운 정체 모를 악취가 떠돌았다. 후각을 마비시키는 냄새였다. 고약한 악취는 기분 나쁜 거미줄처럼 끈적하게 들러붙었다. 전신 방호복을 입은 소방관이 605호실의 문을 능숙하게 따고 들어갔다. 원룸의 현관문을 열어젖히자 역한 비린내와 하수구 썩는 냄새와 코를 찌르는 암모니아 냄새가 맹수처럼 달려들었다. 봉인되어 있던 악취의 지옥문을 열어젖힌 것 같았다.

원룸의 내부는 현관 입구에서부터 쓰레기로 발 디딜 데가 없었다. 빈 택배 박스, 스티로폼, 아이스팩, 플라스틱 그릇, 맥주 캔, 배달 포장 용기, 컵라면 용기, 소주병, 라면 봉지, 과자 봉지, 생수병, 콜라병 따위가 산처럼 쌓여 있었다. 파리와 초파리가 어지럽게 날아다니고 엄지손가락보다 큰 바퀴벌레들이 쓰레기 틈 사이로 기어다녔다. 교촌치킨, 맥도날드, 스타벅스, 비비큐, 맘스터치, 피자헛, 파리바게뜨, 롯데리아……. 유명 프랜차이즈 로고가 박힌 포장 용기는 더러운 쓰레기들 속에서도 반짝이는 금빛이나 은빛 메달처럼 눈길을 끌었다.

배달 포장 용기 쓰레기 더미 속에서 거대한 시신이 발견되었다. 쓰레기 무덤 속에 묻혀 있던 남자의 부패한 몸에서는 내장과 피와 배설물이 밖으로 흘러나와 썩어 가고 있었다. 썩은 내장과 살에서 구더기가 기어 나왔다. 부패 상태로 볼 때 살해당한 지 열흘은 지난 것 같았다. 수십 군데를 찔린 남자의 시신은 거대한 고깃덩어리처럼 보였다.

605호실 현관문에는 폴리스 라인이 급히 쳐졌다. 감식반이 사진을 찍고 단서가 될 만한 흔적을 샅샅이 찾았다. 벽과 천장, 벽걸이 에어컨, 싱크대, 가스레인지, 전자레인지, 드럼 세탁기, 옷장, 방바닥에 떨어진 옷더미, 냉장고, 침대와 책상과 컴퓨터에도 핏자국이 검게 말라붙어 있었다. 온 집 안에 검붉은 빛이 도는 갈색 페인트를 마구 뿌려 놓은 것 같았다. 쓰레기 더미 속에서 피 묻은 책이 몇 권 발견되었다. 앞쪽 몇 페이지만 푼 흔적이 있는 9급 행정직 수험서였다.

죽은 남자는 30대 공시생이었다. 가족들은 서울에 있고 귀족 원룸에서 멀지 않은 곳에 그가 졸업한 사립대학이 있었다. 그는 지방 사립대학 글로벌 경영학과를 졸업한 지 6년이 지났고, 9급 공무원 시험에서 내리 4년째 떨어졌다. 집에서 주는 생활비로 원룸에서 공무원 인강을 들으며 시험 준비를 했다. 최근 1년간 공무원 인강을 들은 접속기록은 없었다. 그는 이름만 공시생일 뿐 롤 게임만 하면서 지낸 게임 중독자였다.

건물 전체 CCTV 기록을 살펴보았으나 별다른 특이 사항이 없었다. 편의점에도 가지 않고 쓰레기를 버리러 나가지도 않는 그가 3층에서 배달음식을 들고 올라가는 것을 눈여겨본 형사는 없었다. 카드 내역 조회를 했지만, 대부분 배달음식을 시켜 먹은 내용이었다. 컴퓨터 게임 접속기록을 보니 하루 열 시간 이상 게임을 한 날이 많았다. 일주일에 한두 번 넷플릭스 드라마나 영화도 보고, 웹툰이나 웹 소설을 보거나 뉴스 기사를 본 기록도 있었다. 그가 스마트폰에서 가장 많이 사용한 앱은 배달 앱이었다. 하루도 빠짐없이 배달을 시킨 그가 마지막으로 시킨 음식은 치킨이었다.

죽은 남자는 잠자는 시간 대여섯 시간을 빼면 종일 롤 게임만 했다. 한낱 게임 폐인이 원한을 살 만한 일이 뭐가 있는지 밝혀내기 위해 형사들은 그의 행적과 주변을 추적했다. 통화기록은 배달 앱 고객센터와 배달 기사, 가족과 친구 한 명이 고작이었다.

그의 행적을 샅샅이 조사했으나 열 군데나 예리한 칼로 난자당할 정도의 행적은 발견되지 않았다. 가장 중요한 귀족원룸 6층 복도를 비추는 CCTV와 엘리베이터 CCTV는 오래전 고장나 있어서 사건의 단서를 찾는 데 도움이 되지 않았다. 알코올 중독자인 늙은 관리인을 참고인으로 불러 조사했지만, 소득이 없긴 마찬가지였다.

파도가 파도를 덮듯 귀족원룸 공시생 살인사건은 쉽게 덮였다. 2년째 이어진 전염병으로 죽음은 발에 차이는 돌멩이처럼 도처에 널려 있었다. 경제난으로 자살자가 늘고 코로나로 많은 이들이 죽어 갔다. 날마다 새롭고 엽기적인 사건이 일어나 지난 사건들을 흙으로 덮듯 급히 덮었다. 사람들의 관심은 금세 새롭게 발생한 싱싱한 사건으로 쏠렸다. 유통기한이 지난 물건은 버려지는 것처럼 시일이 지난 사건은 잊히게 마련이었다. 귀족 원룸 살인사건도 세간의 관심에서 점점 멀어져 갔다. 새로 태어난 죽음의 행렬이 먼저 태어난 죽음을 밟고 지나갔다.

배달의 뜨거운 맛

인적이 끊긴 대학가 주변 거리는 저녁 시간인데도 고요했다. 손님이 없어도 점포의 간판 불빛들은 어김없이 밝게 빛났다. 아직 죽지 않고 살아 있노라고 구조 신호를 보내는 것 같았다. 배달 오토바이 굉음만 거리의 정적을 깨뜨렸다,

나는 식당 현관문 앞에 서서 하릴없이 거리를 내다보았다. 얼어붙은 정적을 뚫고 배달 오토바이 두 대가 연달아 지나갔다. 배달 라이더들은 높은 산동네든 고급 아파트든 유령이 출몰할 것 같은 외진 산동네든 상관하지 않았다. 폭풍이 몰아치고 천둥 번개가 치고 폭우가 쏟아지고 폭설이 퍼부어도 상관하지 않았다. 밤이나 낮이나 새벽이나 배달 오토바이는 달렸다. 라이더들은 햄버거와 치킨과 피자와 떡볶이와 김밥과 순두부찌개와 돈가스와 해물칼국수와 김치찌개를 싣고 도심을 달렸다. 라이더는 도시 곳곳의 엘리베이터와 계단을 오르내리며 음식 냄새를 뿌리고 다녔다. 라이더가 타고 내린 엘리베이터 안에는 갓 튀긴 치킨 냄새와 찜닭 냄새, 금방 오븐에서 꺼낸 피자 냄새, 햄버거와 감자튀김 냄새가 났다. 진한 음식 냄새는 배고픈 이들의 허기를 맹렬하게 자극했다.

저녁 일곱 시였다. 오토바이가 식당 현관문 쪽에 일수 명함

을 휙 뿌리고 지나갔다. 나는 허리를 굽혀 일수 명함을 주웠다. 칼끝으로 찌르는 듯한 날카로운 통증이 등에 느껴졌다. 초강력 약에도 박멸되지 않는 바퀴벌레처럼 일수 명함은 치워도 치워도 끝없이 나타났다. 뒤돌아서면 현관 입구에 서너 개씩 뿌려져 있곤 했다. 아침에 출근하면 일수 명함이 알록달록한 단풍잎처럼 가게 입구에 떨어져 있었다. 뒤돌아서면 돋아나는 질긴 잡초 같았다.

손님은 없는데, 안전 안내 문자만 쉴 새 없이 들어왔다. 평소 주말이었다면 손님이 홀에 꽉 찰 시간이었다. 낮 손님은 겨우 세 팀이었고 저녁 손님은 고독 손님 한 명이 전부였다. 50대 후반인 고독 손님은 홀에 손님이 많으면 안 들어오고 손님이 없어야 들어왔다. 홀을 보는 진숙 이모가 다른 손님과 수다를 떨자 시끄럽다고 화를 벌컥 낸 적도 있었다. 시끄러운 고깃집에서 조용한 카페 분위기를 원하는 별난 남자 손님이었다. 진숙 이모는 그 이상한 손님을 '고독' 손님이라고 불렀다. 창밖을 내다보며 고기를 씹고 있는 모습이 마치 고독을 씹고 있는 듯해서 붙인 별명이라고 했다.

70평이나 되는 만석 갈비 홀은 평소보다 더 넓어 보였다. 손님은 단 한 명인데 우리 부부까지 합해 일하는 사람은 다섯 명이었다. 우리 식당은 대학로에서 갈비 맛집으로 제법 이름이 알려져 있었다. 근처에 국립대학 한 곳과 사립대학 두 곳, 전문대학 한 곳이 있었다. 대학로에는 대학생을 상대로 한 식당과 주점이 즐비했으나 코로나로 개점휴업 상태인 가게가 많았다.

창가 자리에 앉은 고독 손님은 삼겹살 300그램을 시켜서 소주를 마시며 무료하게 밖을 내다보았다. 평소에는 혼자서 600그램을 먹는데, 다 먹었는지 고기를 더 추가하지도 않고 숯불을 빼 달라고 했다. 진숙 이모가 집게와 화로 받침을 들고 숯불화로를 빼냈다. 환풍기 모터 스위치를 내리자 넓은 홀에 어색하고 낯선 정적이 무겁게 내려앉았다. 식당이 아니라 적막한 절간 같았다. 벌레 기어가는 소리까지 들릴 것만 같았다. 제각각의 소리와 제각각의 음식 냄새가 만들어 내던 화음이 사라진 식당, 손님이 없는 식당은 전혀 식당 같지가 않았다. 사람들이 떠난 빈집처럼 고요함이 깃든 식당은 낯설고 기이했다.

"장사도 너무 안 되는데 이번 달 월세하고 월급은 어떡해?"

핸드폰으로 배달 리뷰를 들여다보던 아내는 한숨을 푹 내쉬었다. 직원을 줄이자는 소리였다. 요즘 아내는 입만 열었다 하면 월세와 인건비 걱정이었다. 월세 오백만 원과 직원 다섯 명 인건비를 합하면 한 달에 천오백만 원이 넘었다. 시설비 오천만 원, 권리금 일억에 보증금 일억인 가게를 차린다고 일억오천의 빚까지 진 상태였다.

"어허! 참, 죽으란 법은 없다니까. 산 입에 거미줄 안 쳐."

나는 애써 태연한 척하며 헛기침을 했다. 무조건 나만 믿어, 이 백 만석이만 믿어 봐. 오빠 한번 믿어 봐! 평소에 우스갯소리로 입버릇처럼 했던 그 말이 오늘은 나오지 않았다.

"이번 달엔 진짜 월급 줄 돈도 없는데……. 빚낼 데도 없고 사채를 쓸 순 없잖아?"

아내의 표정이 줄에 매달린 사람처럼 간절했다.

"쉿! 말조심해. 직원들 들어."

입에 손가락을 갖다 대며 아내에게 눈치를 주었다. 화장실에 갔는지 다행히 진숙 이모가 보이지 않았다.

"여보! 인건비 좀 줄이면 안 될까?"

내 인내력을 시험하는 듯한 아내의 말에 짜증이 확 솟구쳤다.

"아 참! 시끄러워! 불난 데 부채질 그만하라니까!"

내가 소리를 버럭 지르자 아내는 얼굴을 찌푸리며 가슴께를 문질렀다. 아내는 요즘 조금만 큰 소리를 내도 깜짝깜짝 놀랐다. 심장병이 났나 싶을 정도였다. 아내는 한동안 아무 말도 하지 않고 입구 쪽만 쳐다보았다. 입을 꼭 다물고 있는 아내의 얼굴은 얼음장처럼 냉랭했다. 나는 아내를 힐끗 쳐다보았다. 오른손 검지로 테이블을 대여섯 번 두드렸다. 소리 질러서 미안하다고 말할까. 헛기침을 한번 하고 입을 달싹여 보았지만, 마개로 잠가 놓은 것처럼 말이 나오지 않았다.

"나, 집에 갈게."

아내는 의자를 뒤로 빼며 일어섰다. 나와 눈도 마주치지 않았다.

"왜?"

"손님도 없잖아. 일하는 사람들이 더 많은데, 있으면 뭐 해?"

아내는 내 얼굴을 외면하고 말했다. 앞치마를 의자에 걸쳐 두고 가방을 챙겨 들었다. 아내는 만석 갈비 로고가 찍힌 유니폼을 입은 채로 뒤도 돌아보지 않고 식당을 나가 버렸다. 아내는 평소에 먼저 집에 갈 때는 식당 식구들에게 수고하라는 인사를 하고 가는데 오늘은 인사도 없었다.

요즘 아내는 걸핏하면 서운해하고 사소한 일에도 짜증을 냈다. 단골손님들은 밝고 친절한 여주인 때문에 만석 갈비에 온다고 아내를 칭찬했다. 직원들과 흉허물없이 잘 지내고 다정하던 아내의 예전 모습은 온데간데없었다. 내가 기죽을까 봐 항상 위로해 주고 힘을 주던 씩씩한 아내였다. 괴물 같은 코로나가 아내마저 딴 사람으로 바꾸어 버렸나 싶었다. 아내는 내게 책임질 수 없는 것까지 책임지지는 말라고 했다.

나는 직원이 마음에 안 들어도 식당이 어려워도 직원들에게 먼저 그만두라고 해 본 적이 없었다. 아내는 답답해서 미치겠다고, 무슨 자선사업 하느냐고, 우리가 지금 직원들 사정 생각해 줄 때냐고, 직원은 직원일 뿐이라고, 직원들을 정리해야 한다고 잔소리할 때가 많았다. 아내는 지금까지 돈을 못 번 건 내 물렁한 성격 탓이라고 했다.

코로나로 매출이 떨어지자 아내는 월세와 인건비 걱정에 잠을 설쳤다. 주인은 빚을 내 월급을 주는데 직원들은 빈둥빈둥 놀다가 퇴근해도 월급을 줘야 하느냐고 자주 불만을 쏟아 냈다. 주방 직원들에게 식재료 관리 잘하라고, 고기 관리 잘하고, 상추 좀 깨끗이 씻으라고 잔소리를 했다. 식재료를 썩혔다고 주방 이모들과 말다툼까지 벌이곤 했다. 손님들과 얼굴을 붉히는 일까지 종종 있었다. 아내는 어제도 반말하는 60대 여자 손님과 한바탕했다. 아내는 억울해서 자꾸만 화가 치민다고 했다.

식당을 이렇게 오래 했으면 남는 게 있어야 하는데, 빚만 늘어 억울하다고 했다.

실은 나도 아내 말대로 직원을 줄이고 싶을 때가 많았다. 하지만 메르스처럼 코로나도 금방 끝날지 모르는데 직원을 줄일 수는 없었다. 갈비 식당은 바쁠 때는 사람 손이 많이 필요했다. 숯불을 피우고 불판도 닦아야 했다. 까다로운 손님들은 돼지갈비 3인분을 구우면서도 불판을 두세 번씩 갈아 달라고 벨을 눌러 댔다. 한꺼번에 음식을 시키면 좋을 텐데 200그램씩만 계속 추가하는 손님도 있고, 돼지갈비를 먹다가 삼겹살로 바꾸기도 하고 이베리코를 먹다 다시 돼지갈비로 바꾸는 손님도 있었다. 그때마다 소스를 바꿔 줘야 했고 불판도 갈비 불판에서 삼겹 불판으로 수시로 바꿔 줘야 했다. 손님이 까다로우면 한 테이블에 열 번 이상 불려갈 때도 있었다. 갑자기 손님이 들이닥치면 홀도 주방도 정신없이 바빠 장사가 안 된다고 직원들을 내보낼 수도 없었다.

"어서 오세요!"

셀프코너에서 그릇을 정리하던 진숙 이모가 마스크를 쓰고 들어서는 손님에게 인사를 했다. 나는 경쟁 식당인 엄마손 김치찌개 배달 리뷰를 읽다가 고개를 들었다.

"아이구! 백 사장님 오랜만이네요."

화장품 가게 손 사장이었다.

"와! 진짜 오랜만에 오셨네요. 너무 반갑습니다."

나는 자리에서 일어서 반갑게 인사를 했다. 마스크 때문에 단골손님을 못 알아봐 손님들이 서운하다고 할 때도 많았다. 몇 달 전만 해도 손님도 주인도 직원도 밥을 먹는 식당에서 마스크를 쓰게 될 줄은 상상도 못 했다.

단골인 손 사장 부부는 가게를 마치고 늘 밤 열 시 넘어서 식당에 오곤 했다. 열 시에 가게 문 닫을 시간까지 밥 먹을 겨를이 없다고 했다. 벌써 유치원 다니는 손녀도 있다는데 손 사장 부부는 깨가 쏟아지는 신혼부부 같았다. 일주일에 두세 번씩 와서 돼지갈비 5인분에 된장찌개를 시켜서 맛있게 먹었다. 두 사람이 맛있게 먹는 모습만 봐도 입에 침이 고였다. 진숙 이모가 출입명부와 물병, 컵 두 개를 두 사람이 앉은 10번 테이블에다 놓고 갔다.

"그러고 보니 코로나 터지고 못 왔네요. 오늘은 갈비 먹고 싶어서 가게 일찍 닫았지 뭡니까? 그런데 오늘은 손님이 하나도 없네."

홀을 휘둘러보던 손 사장이 물티슈로 손을 닦으며 말했다. 홀에는 손 사장 부부 외엔 손님이 없었다.

"사장님도 요즘 많이 힘들죠?"

손 사장 부인이 출입명부를 적으면서 내게 물었다.

"코로나로 안 힘든 곳이 있습니까? 다 힘들죠."

나는 짐짓 대수롭지 않게 대답했다.

"만석 갈비는 항상 만석인데 허허! 이렇게 손님 없는 건 진짜 처음이네요. 코로나 끝나면 옛날처럼 만석이 되겠죠. 만석 갈비가 달리 만석입니까. 힘냅시다."

손 사장이 호탕하게 웃으며 말했다. 나는 손 사장의 덕담이 고마워 코끝이 찡했다. 요즘 이상하게 사소한 일에도 기분이 들쭉날쭉했다.

"역시 우리 손 사장님밖에 없으십니다. 왕갈비 5인분에 된장찌개하고 밥 드리면 되죠?"

"두말하면 잔소리죠."

단골을 알아봐 주는 내 말에 손 사장이 엄지 척을 했다.

나는 포스기에 주문 내역을 찍고 숯불을 피우러 주방 옆문을 통해 장치실에 갔다. 주차장 마당 귀퉁이에 설치된 장치실 모터를 올리자 재와 연기가 자욱하게 피어올랐다. 마스크를 끼고 있어서 요즘은 먼지를 덜 마시는 게 다행이라면 다행이었다. 장치실에서 자욱하게 날아오른 재는 당구장 사장 차 위에도 내려앉았다. 3층 당구장 사장은 자신의 애마 랜드로버를 애지중지했다. 금지옥엽 같은 자신의 주황색 랜드로버가 재투성이가 된다고 만석 갈비를 눈엣가시로 생각했다.

숯불을 들고 손 사장이 앉은 테이블에 가 보니 반찬이 다 차려져 있었다. 김치, 콩나물, 명이나물, 감자 샐러드, 마늘, 쌈장, 상추, 깻잎, 치커리와 고추, 파 겉절이, 양파 겉절이가 기본 상차림이었다. 반찬이 부족하면 손님들은 취향대로 셀프코너에서 반찬을 가져다 먹었다. 손 사장 부부는 쌈을 좋아해 상추와 깻잎을 몇 번이나 리필해서 먹었다.

달콤하고 고소한 돼지갈비 굽는 냄새가 10번 테이블 주변을 떠돌았다. 돼지갈비가 알맞게 익자 손 사장 부부는 서로의 겉절이 접시에 익은 고기를 올려 주었다. 상추 위에 쌈장과 마늘과 파 겉절이와 잘 익은 돼지갈비를 올려 쌈을 크게 싸서 서로 입에 넣어 주는 모습이 더없이 다정했다. 단지 부부가 밥을 먹는 일상의 순간일 뿐이었다. 아주 보통의 순간인데도 환하고 눈부셨다. 화를 내고 집에 가 버린 아내 생각이 났다. 아내의 환한 웃음을 본 적이 언제였는지 생각나지 않았다. 쓴 가루약을 물도 없이 삼킨 듯 입맛이 썼다.

"두 분은 장사하면서 싸우는 일은 없으시죠?"

나는 보글보글 끓는 계란찜 뚝배기를 테이블 가운데에 놓으며 물었다. 손 사장이 돼지갈비를 집게로 뒤집었다. 숯불 위에 갈비 육즙이 떨어져 연기가 피어올랐다. 달콤한 갈비 냄새가 코끝에 스쳤다. 군침이 고여 나도 모르게 침을 삼켰다.

"왜 없었겠어요? 우리도 젊었을 때는 참 징그럽게도 싸웠어요. 요즘 들어 좀 덜 싸우게 됐죠."

손 사장이 계란찜 뚝배기에 숟가락을 갖다 대며 말했다.

"사모님하고 자주 싸우세요? 안 싸우실 것 같은데?"

손 사장 부인이 웃으며 내게 물었다.

"요즘 장사가 안 되니 둘 다 짜증이 많이 늘었죠. 매일같이 싸워요. 주변에 장사하다 이혼한 사람 많이 봅니다. 장사가 안 되면 안 된다고 싸우고, 잘되면 바쁘니까 힘들어서 싸우고 그러죠."

나와 친한 감자탕집 황 사장도 얼마 전에 이혼하고 날마다 술을 퍼마셨다. 술에 취하면 전화를 걸어와 죽고 싶다고 넋두리를 늘어놓았다.

"맞아요. 부부가 장사하면 전생에 원수가 만났나, 할 정도로 진짜 겁나게 싸우게 되죠. 요즘은 보기만 해도 짠하고 고맙고 그래요."

손 사장의 말에 부인이 입을 가리고 웃었다. 진숙 이모가 보글보글 끓는 된장찌개 뚝배기와 공깃밥을 테이블에 올려놓았다. 구수한 된장찌개 냄새와 고소하고 달콤한 돼지갈비 냄새가 좋았다. 맛있는 음식들은 제각각의 냄새로 말을 걸 줄 알았다.

"백 사장님. 건물주가 월세 좀 깎아 주던가요?"

손 사장이 된장찌개를 한 숟가락 떠서 후후 불면서 물었다. 손 사장은 식당에만 오면 이런저런 말을 내게 붙였다. 장사하는 단골손님들은 어디서든 장사 이야기였다.

"우리는 주인이 300만 원이나 깎아 줬어요."

손 사장이 자랑하듯 말했다.

"와! 진짭니까?"

입이 떡 벌어졌다. 뉴스에서만 보던 착한 임대인이 바로 이런 건물주가 아닌가.

"진짜 착한 건물주네요. 한 달 월세가 얼마나 되는데요?"

"천만 원인데, 많이 세죠?"

"네? 천만 원요?"

내가 놀라서 되묻자 손 사장은 쓴웃음을 지었다. 그 월세를 감당하려면 화장품을 대체 얼마나 팔아야 하나. 아내는 일 년 내내 스킨이나 로션 한 통 살까 말까였다.

"우리 가게는 대로변이라 월세가 많이 세요. 돈 벌어서 월세 내다 세월 다 갔네요. 장사 안 돼도 빚내서 월세 주고, 장사 잘 되면 월세 올려 달라 하고. 죽어라 장사해서 이게 뭐 하는 짓인 가 싶어요. 돈은 장사하는 우리가 버는데 월세로 건물주한테 다 바치니 이게 말이 됩니까? 마이너스 통장에다 아파트 담보 로 대출받아 월세 내는데, 앞으로 얼마나 견딜지 모르겠어요. 전부 마스크를 쓰니 화장품 장사가 될 리 있겠습니까? 한창 꾸 밀 대학 신입생들이 화장품을 안 사러 온다니까요. 마스크를 쓰니까 색조 화장도 안 하고 민얼굴로 다니다 보니 화장품이 따로 필요 없잖아요. 진짜 6.25 때 난리는 난리도 아니라고 하 더니 그 말이 딱이네요. 대학생보다 중고등학생 손님도 많았는 데……. 여자들이 화장품을 안 사는 세상이 올 줄은 상상도 못 했어요. 전쟁 터진 거보다 더하네요. 장사도 안 되는데, 주인이 300이라도 깎아 주니 진짜 눈물 나게 고맙더라구요."

쉬지 않고 말을 하면서도 손 사장은 밥과 된장찌개를 부지런 히 떠먹었다.

"저는 코로나 때문에 할 수 없이 월세 벌려고 배달 시작했답 니다. 코로나가 뭔지 생전 안 해 본 배달까지 하게 만드네요."

내 말에 손 사장이 숟가락질을 멈추고 나를 쳐다보았다.

"직접 오토바이를 탄다 이 말입니까? 진짜 위험한데, 오토바 이는 사고가 났다 하면 진짜 크게 다치는데……."

손 사장이 미간을 찌푸리며 말했다.

"제가 직접 배달 하는 건 아닙니다. 배달은 배달대행사에 맡겼어요. 대행사 소속인 기사들이 배달합니다. 매도 먼저 맞는 게 낫죠. 요즘은 배달 아니고는 식당은 답이 없는 것 같아서요. 홀 장사도 하고 배달식당도 같이 하고 있습니다."

그 말을 하기 무섭게 배달 주문 알림음이 들렸다. 듣던 중 가장 반가운 소리였다. 오매불망 목 빼고 기다리던 반가운 님이 온 것만 같았다. 배달 알림 소리가 들리기만 하면 나도 모르게 입이 벙긋 벌어졌다. 한 시간 만의 주문이었다. 나는 오프라인 손님과의 대화를 잠시 중단했다. 얼굴도 한 번 본 적 없는 온라인 손님의 주문을 받기 위해서.

갖가지 음식 냄새가 만개한 꽃처럼 피어났다. 만석 갈비 주방에는 매콤한 양념 냄새와 김치찌개 냄새, 돼지고기 볶는 냄새가 진동했다. 뜨거운 김이 피어오르는 주방은 후덥지근한 열기로 가득 차 있었다.

"사장님! 마스크 안 답답하십니까?"

꽝이 김치찌개 고기를 볶으며 말을 붙였다. 베트남 유학생 꽝은 인물이 좋은 편이라 어디서든 한눈에 띄었다. 머리를 금발로 물들인 꽝은 아이돌 가수처럼 보였다. 한국에 온 지 5년째인데 한국말이 유창하고 말이 많았다. 틈만 나면 핸드폰을 들여다보고 뺀질뺀질한 게 흠이었지만 일을 잘했다. 심지어 노래방 알바를 할 때 주인 대신 맡아서 관리한 적도 있을 정도였다. 주방 이모들은 꽝이 눈치가 빨라 북극이나 사막에 떨어져도 굶어 죽지는 않겠다고 했다. 요즘은 어느 식당이든 외국인 직원이 많이 보였다.

"아! 마스크 벗고 싶다!"

꽝이 또 한숨을 쉬며 나를 쳐다보았다. 마스크 벗고 일해도 된다는 말을 기대하는 눈치였다. 나는 꽝을 흘끗 쳐다보고는 칼질에 열중했다.

"꽝아! 마스크 많이 답답하제?"

구석에서 수돗물을 틀어 놓고 상추를 씻던 화순 이모가 웃으며 말했다. 아닌 게 아니라 더운 주방에서 마스크를 쓰고 일하자니 고역이었다. 마스크 때문에 숨이 턱턱 막혔다. 마스크를 깜박하기라도 하면 별난 손님들은 리뷰에 올리기도 했다. 이 무시무시한 코로나 상황에 주방에서 마스크도 안 쓰고 일한다며 위생 관념이 없는 식당이라고 불만 리뷰를 올렸다.

가정의 달 5월이 되자 배달 손님이 갑자기 늘어났다. 배달 초기엔 하루에 20콜만 있어도 대박이라고 생각했다. 5월 말이 되자 하루에 배달 주문이 80콜까지 늘어나 배달 매출이 홀 매출의 세 배가 되었다. 어떤 날은 100콜을 찍는 날도 있었다. 비가 오는 날은 주문이 더 많았다. 치킨이나 피자집이 아닌 한식집인데, 이렇게 배달이 많은 집은 처음 본다는 기사들의 말에 나는 표정 관리하기가 어려웠다. 배달에 뛰어들길 잘했다는 생각이 들었다. 죽으란 법은 없는 모양이었다.

코로나 때문에 홀 손님보다 배달 손님이 더 반가웠다. 확진자가 다녀갈까 봐 홀에 손님이 오는 것도 겁이 났다. 어느 식당에 확진자가 다녀갔다는 소문이 돌면 그 골목은 한동안 인적이 끊길 정도였다. 홀은 전면 휴업 상태인데 배달 손님은 점점 늘었다. 코로나가 생각보다 길어질 기미가 보이자 손님들은 코로나 초기보다 한식을 더 많이 찾았다. 유치원이나 어린이집에 다니는 아이들과 초중고 아이들 모두 원격수업에 들어갔다. 대학생도 비대면 수업을 하고 재택근무를 하는 직장인이 많아져 만석 김치찌개 배달 매출은 점점 늘어났다.

나는 20년 넘게 고기 장사로 이골이 난 터라 고기 요리에는 누구보다 자신이 있었다. 족발 배달까지 시작했는데 만석 족발은 처음부터 반응이 좋았다. 기존의 만석 김치찌개 손님들이 만석 족발도 많이 시킨 덕분이었다.

주방도 홀도 일손이 달렸다. 주문량이 늘어나 입대를 앞둔 휴학생 준현을 알바로 채용했다. 알바생 준현은 순진하고 착해 보이는 인상이었다. 사람을 잘 믿어 먹튀 손님에게 자주 당했다. 사장과 친한 지인이라고 내일 와서 음식값을 준다는 손님에게 속아 외상으로 배달음식을 포장해 준 적도 있었다. 준현은 속은 줄도 모르고 그 손님이 돈을 가지고 올 거라 끝까지 믿었다.

준현은 처음엔 포장 실수로 고객들에게 항의 전화를 많이 받았다. 한식 배달은 소소하게 챙겨야 할 게 많았다. 새우젓이나 고추와 마늘, 쌈장이나 뜯개 칼, 수저나 공깃밥을 빠뜨리면 손님들은 별점 테러로 식당을 가혹하게 응징했다. 서비스로 제공하는 리뷰 서비스가 빠졌다고 별점 테러를 하는 진상들도 있었다. 준현은 손님에게 먹튀를 몇 번 당한 뒤부터 착하게 보인다는 말에 질색했다. 진상들의 항의 전화에 시달린 날이면 개짜증 난다는 말을 입에 달고 있었다.

나는 씻지도 않고 그대로 자리에 누웠다. 온종일 주방에서 고기 작업을 하느라 무리해서인지 허리가 또 말썽이었다. 허리가 끊어질 것 같아 평소보다 일찍 퇴근했다. 물에 푹 젖은 솜뭉치처럼 몸이 무거웠다. 베개에 머리를 대자마자 눈이 스르르 감겼다. 아침 일곱 시에 일어나자마자 장을 보고 밤 열한 시까지 식당일에 시달린 몸은 스펀지가 물을 흡수하듯 순식간에 잠을 빨아들였다. 마악 잠의 바다 밑바닥에 닿으려는 순간 전화벨이 시끄럽게 울렸다.

나는 아내가 건네주는 전화를 비몽사몽간에 받았다. 한밤중에 걸려오는 모든 전화는 불길했다. 초조하게 팔을 문지르는 아내의 얼굴에 걱정이 가득했다.

"사장님! 큰일 났어요. 손님이 화상을 입었대요."

전화기에서 튀어나온 준현의 목소리는 마치 불이 났다는 말처럼 들렸다. 나는 침대에서 벌떡 일어났다. 뜨거운 불에 덴 것처럼 잠이 확 달아났다.

"뭐?"

"김치찌개 포장 뜯다가 쏟아서 화상 입었다고 개난리 치는데 어떡해요?"

그 와중에 전화기 속에서 경쾌한 배달 알림음이 울렸다. 눈치도 없이 배달 알림음은 시도 때도 없이 장소 불문하고 명랑쾌

활하게 울렸다. 척추관협착증으로 허리 치료를 받으러 간 정형외과 대기 의자에서 배달 알림음이 더없이 밝고 명랑하게 울려 퍼진 적도 있었다.

"식당에서 포장 잘못해서 화상 입었으니까, 치료비 물어내라고 개지랄하는데 어떡하죠?"

준현은 강조하는 말에는 무조건 '존나'와 '개'란 말을 붙이곤 했다. 나는 기가 막혀서 말귀를 못 알아듣는 사람처럼 답을 못 하고 머뭇거렸다.

"그 새끼 엄마까지 전화 왔어요. 자기 아들 화상 입은 거 어쩔 거냐고, 책임지라면서 존나 소리 지르고, 와! 진짜 개짜증 나요."

나는 눈을 질끈 감고 이마를 문질렀다.

"사장님! 어떡할까요? 그냥 생깔까요?"

내가 대답을 못 하자 준현이 답답한지 답을 재촉했다. 난생처음 보는 수학 문제 앞에서 쩔쩔매는 아이처럼 머릿속이 캄캄했다. 옆에서 듣고 있던 아내는 얼굴이 하얗게 질려 있었다. 입을 손으로 가리고 얼굴을 잔뜩 찡그린 채 나를 쳐다보았다.

"일단 화상 입은 사진부터 찍어 보내라고 해 봐. 사실이 아닐 수도 있으니까."

"네! 근데……."

준현이 말을 흐렸다.

"왜?"

"말투는 존나 재수 없긴 한데요. 거짓말은 아닌 거 같아요."

야무지게 비닐로 이중포장을 해 준 걸 오히려 고마워하는 손님도 많았다. 배달식당은 음식 포장이 터지지 않도록 배달하는 게 가장 중요한 일이었다. 국밥이나 찜닭, 찌개나 탕 종류를 배달하는 식당은 뜨거운 김 때문에 포장이 터지는 일이 많아 고객의 악플을 각오해야 했다. 실링기로 포장한 뜨거운 음식은 열기와 김 때문에 부풀어 올라서 배달되는 도중에 포장이 자주 터지곤 했다. 김치찌개가 터져 음식이 찌개 국물 범벅이 되었다고 악플 세례를 받은 적이 한두 번이 아니었다. 악플이 올라오면 평점이 떨어지고 매출까지 떨어지니 골칫거리였다.

기사들이 포장한 찌개를 배달통에 넣을 때 위에서 조금만 세게 눌러도 실링 포장이 터질 수가 있었다. 나는 기사들에게 찌개는 터지지 않게 조심해서 배달해 달라고 늘 신신당부했다. 분초를 다투는 기사들은 아, 예예 하고 건성으로 대답하고 오토바이 시동을 걸고 달아나기 바빴다.

이중포장 방법을 알려 준 사람은 박윤배 기사였다. 40대 후반인 박 기사는 배달이 없으면 만석 갈비에 죽치고 있을 때가 많았다. 박 기사는 찜닭을 배달하다 포장이 터져 음식값을 물어 준 일이 몇 번 있었다고 했다. 한날 갈비탕 배달을 하는 식당에서 국물을 비닐 팩에 넣고 실링기로 한 번 더 포장하는 모습을 보았다면서 이중포장 방법을 알려 주었다. 박 기사 덕분에 포장이 터지는 문제는 해결된 듯했다. 이중포장을 한 이후부터 포장이 터졌다는 불만 리뷰는 올라오지 않았다.

목에 뭐가 걸린 듯 가슴이 답답했다. 포장에 관해서는 어느 정도 마음 놓고 있었는데 이런 일이 터질 줄은 꿈에도 몰랐다. 큰 파도를 넘으면 더 큰 파도가 기다리는 것이 음식 장사였다. 주방으로 가서 냉장고에 든 물병을 꺼내 물을 벌컥벌컥 마셨다. 리뷰가 문제였다. 만약 화상을 입은 고객이 김치찌개 때문에 화상을 입었다고 리뷰를 올린다면 어떤 일이 벌어질지 생각하기도 싫었다. 악플이 올라오면 식당 이미지가 나빠져 매출이 바닥을 치는 건 한순간이었다.

나는 배달 앱을 켜서 한식 맛집 랭킹 순위를 확인했다. 만석 김치찌개가 맛집 랭킹 21위에서 9위로 올라 있었다. 이대로 간다면 금방 1위도 할 수 있을 것 같았다. 하지만, 만약 화상 손님이 악플을 올린다면 평점도 추락하고 맛집 랭킹에서도 사라질수 있었다. 배달식당 맛집으로 자리 잡을 수 있는 절호의 기회를 놓칠 수는 없었다. 나는 좁은 거실을 왔다 갔다 하다 소파에 털썩 앉아 한숨을 푹 내쉬었다. 아내는 무슨 말을 하려다 입을 다물고 긴장한 표정으로 나를 쳐다보았다.

카톡을 확인하니 사진으로 보기에 심하게 데인 것 같지는 않았다. 찌개에 덴 자국인지 무릎 위쪽에 붉은 자국이 군데군데 보였다. 준현에게서 또 전화가 걸려왔다.

"사장님! 손님이 화상을 입어서 다쳤는데 사장이 직접 전화 한 통 안 하고 사과도 안 한다고 존나 지랄하는데 어쩌죠?"

"뭐? 사과? 허! 참! 어이가 없네. 일단 그 손님 전번이나 줘봐."

"사장님, 기사님이 기다려요. 세트 메뉴 하나만 포장해 보내

놓고, 톡 보내 드릴게요."

벽시계를 쳐다보았다. 새벽 한 시였다. 남들은 일과를 끝낸 후 세상 근심 내려놓고 곤히 자고 있을 시간이었다. 그야말로 자다가 날벼락을 맞은 격이었다. 준현이 손님 전화번호를 카톡으로 보내 왔다. 미간이 절로 찌푸려졌다.

"여보, 제발 큰 소리 내지 말고 좋게 이야기하고 마무리해."

아내가 간절히 기도하듯 손을 꼭 모아 쥐고 말했다. 마치 남편을 싸움터에 내보내기라도 하듯 조마조마한 얼굴이었다. 나는 링 위에 올라가는 선수처럼 몇 번 심호흡하고 손님에게 전화를 걸었다. 전화만 기다리고 있었는지 신호가 두 번 가자마자 젊은 남자가 전화를 받았다.

"여보세요?"

목소리로 봐서 기껏 나이가 많아 봐야 10대 후반이나 20대 초반 같았다.

"손님, 만석 김치찌개 사장입니다."

"전화 참 빨리도 하시네요."

남자의 빈정대는 말투에 기분이 확 상했지만, 목을 가다듬고 입을 뗐다.

"사진 봤습니다. 몸 상태는 괜찮으신가요?"

"괜찮냐구요? 화상 입은 사진 보셨잖아요? 하나도 안 괜찮거든요. 쓰리고 따가워 죽겠어요. 식당에서 포장 이상하게 해서 이렇게 된 거잖아요? 책임지세요! 리뷰로 바로 올리려다가 전화했어요."

나는 한마디 하려다가 입술을 꾹 깨물었다. 속에서 불덩어리가 치밀었지만 리뷰 생각에 이를 악물었다.

"왜 대답을 못 해요? 비닐 팩에다 찌개 넣어 포장해 주는 집이 어딨어요? 그냥 용기에다 그대로 담았으면 안 쏟았을 거잖아요? 이건 전적으로 식당 잘못이죠. 포장 잘못해서 화상 입었단 말입니다. 어떻게 책임질 겁니까?"

"책임이라뇨? 손님! 무슨 말씀을 그렇게 해요? 김치찌개 천개 넘게 팔았지만, 포장 뜯다가 쏟아서 화상 입었다고 전화 온 분은 한 사람도 없었어요. 손님 실수로 쏟은 게 사실이잖습니까? 라면 끓이다 쏟아서 화상 입으면 누구 책임입니까? 그때도 라면 회사에 책임지라고 하실 건가요?"

나는 분을 못 참고 바로 내질렀다. 아내는 하얗게 질린 얼굴로 손을 내저었다. 자동차 사고 나면 자동차 공장에 책임지라고 할 건지. 한마디 더 쏘아붙이려다 입을 다물었다.

"뭐가 어쩌고 어째요? 하! 지금 고객이, 손님인 내가 잘못했다는 겁니까? 고객에게 사과하려고 전화한 거 아닌가요? 사과도 안 하고 지금 고객에게 따지는 겁니까? 이게 다친 고객에게 할 말입니까? 식당에서 잘못한 거 맞잖아요? 진짜 고객에게 이래도 됩니까?"

나는 이를 악물었다. 말끝마다 위대하신 고객이었다. 고객이 마치 위대한 김일성 수령 동지나 하느님이라도 되는 것 같았다. 젊은 놈이 무슨 따지는 학원이라도 다녔나 싶었다. 이러다간 밤새 말꼬리 잡고 말싸움만 벌일 것 같았다. 아내는 초조한 얼굴

로 쳐다보았다. 싸우지 말라고 수화하듯 양쪽 검지로 가위표를
그렸다.

"왜 대답 못 하세요? 김치찌개 때문에 화상 입은 거 맞잖아
요? 책임지시란 말입니다. 흉터 생기면 어쩔 겁니까? 성형수술
하게 되면 어쩔 거냐구요? 리뷰로 올릴까요?"

리뷰 협박에다 성형수술까지 들먹이다니, 나는 어이가 없어
실소했다.

"손님, 지금 이 늦은 밤에 누구 잘잘못인지 따질 게 아닌 것
같습니다. 일단 내일 병원 가서 치료부터 받으셔야 안 되겠습니
까?"

나는 억지로 목청을 가다듬고 목소리를 낮추었다.

"치료받으면요?"

젊은 녀석의 말꼬리 잡기에 신물이 넘어왔다. 이 지긋지긋한
통화부터 끝내야겠다고 마음먹었다. 나는 손가락이 아플 정도
로 주먹을 꽉 거머쥐었다.

"손님, 지금은 밤이 많이 늦었으니까 내일 치료받고 다시 통
화하죠. 보험처리 해 드리겠습니다."

"그럼, 음식값부터 지금 당장 환불하세요."

"네, 그러죠. 이 전화번호로 계좌번호 보내 주심 됩니다."

나는 마른 수건을 비틀어 물기를 쥐어 짜내듯 억지로 대답했
다. 전화를 끊고 나자 뒷골이 당기고 맥이 다 풀렸다. 눈을 질끈
감고 이마를 문질렀다. 전화를 끊은 지 3분도 안 지나 계좌번호
문자가 날아왔다. 대낮 대로변에서 칼 든 강도에게 갈취를 당

한 듯한 기분이 들었다.

"치료비 많이 내놓으라고 하면 어떡해?"

아내는 목 한가운데를 꼭 누르며 말했다.

"괜찮아. 식당에 화재보험 들어 놓은 거 있잖아."

오래전에 끊었던 담배 생각이 다 났다. 손님과 옥신각신하느라 잠은 달아난 지 오래였다. 불을 끄려다 불을 더 키운 건지는 몰라도 잘못한 게 없는데 굽신거리기는 싫었다. 목에 칼이 들어와도 그 짓은 할 수 없었다.

이리저리 몸을 뒤척이며 돌아누워도 잠은 오지 않고 정신은 말똥말똥해졌다. 배달을 시작하고 겪었던 갖가지 일들이 떠올랐다. 배달식당 고객들은 비대면이라 그런지 홀 장사보다 진상이 더 많았다. 배달 장사는 진상과의 전쟁이었다.

배달음식을 공짜로 먹기 위해 음식에 이물질이 나왔다고 거짓말하는 진상, 기사가 배달 요청사항을 안 보고 벨을 눌러서 기분 나빠 못 먹겠으니 환불해 달라는 진상도 있었다. 가장 얄미운 사람들이 애들 먹일 거니까 안 맵게 해주세요, 애들 먹일 거니까 서비스 더 주세요, 하며 아이를 앞세우는 엄마들이었다. 무슨 세자 저하 드실 음식이니까 알아 모시라는 협박 같았다. 음식을 수거하겠다고 하면 왜 그리 분위기 파악도 못 하냐고, 대놓고 화를 내던 진상도 있었다. 음식은 음식대로 공짜로 먹고 환불까지 받겠다는 수작이었다. 만나서 결제를 한다고 해 놓고 카드 잃어버렸다면서 잠수를 타는 배달 먹튀도 한두 명이 아니었다. 음식에 문제가 있다고 트집을 잡으면서 리뷰 협박을 하고 환불을 받으려고 하는 블랙컨슈머는 썩은 시체에 달라붙는 하이에나 떼 같았다.

홀에는 달콤한 돼지갈비 냄새와 고소한 삼겹살 냄새가 떠돌았다. 손님들이 띄엄띄엄 들어왔다가 한꺼번에 몰려 나갔다. 손님들이 일어선 자리에는 고기 찌꺼기와 음식 찌꺼기, 휴지와 물티슈가 지저분하게 남아 있었다. 누군가의 즐거운 식사 뒤에는 지저분한 흔적이 남게 마련이었다.

아내는 카운터에서 계산을 하고 진숙 이모는 요란한 소리를 내며 빈 테이블을 재빠르게 치웠다. 나는 15번 테이블과 10번 테이블의 환풍기 모터를 껐다. 집게를 들고 3번 테이블에서 숯불을 빼려는데 전화가 걸려왔다. 오전에 통화했던 화재보험회사 손해사정팀 직원이었다.

"사장님! 백만 원에 합의 보셔야겠습니다."

"네? 백만 원요?"

나는 놀라서 입을 쩍 벌렸다. 쥐고 있던 집게가 홀 바닥으로 툭 떨어졌다. 나는 허리를 굽혀 바닥에 떨어진 집게를 주웠다. 허리가 아파 절로 신음이 새어 나왔다.

"기껏 1도 화상인데 흉터 치료비 이야기까지 꺼내는 겁니다. 끝까지 자기 잘못은 1도 없다고, 식당 잘못이라고 박박 우기는데 진땀 뺐어요. 글쎄 이백만 원이나 달라고 막 우기지 뭡니까?"

"뭐, 이백만 원요?"

내 목소리가 너무 컸는지 수저를 정리하던 아내가 놀란 얼굴로 쳐다보았다.

"사장님, 백만 원 선에서 합의 보시는 게 그나마 덜 피곤합니다. 그 손님도 그렇지만 엄마라는 사람이 보통이 아니던데요. 치료비에다 위로금 제대로 안 주면 소비자보호원에 제소한다고까지 하는 거예요. 합의 안 보면 아마도 그 손님이 지속적으로 문제를 제기할 건데, 생각해 보세요. 식당에 피해가 크지 않겠습니까?"

팔천 원짜리 김치찌개 한 그릇이 순식간에 백만 원짜리가 되는 기적 앞에서 나는 아무 말도 못하고 망연자실했다.

"사장님, 한 가지 팁을 드리면요. 앞으로 이런 일 생기면 많이 억울하시잖아요? 자기 부담금도 있고 보험 할증료도 붙고 하니까, 미리 예방하시는 게 좋아요. 김치찌개 위에 '뜨거우니 포장 뜯을 때 조심하세요', 이렇게 문구 써서 한번 붙여 보세요. 나중에 사고 나면 근거가 됩니다. 고객 부주의라고 주장할 수가 있어요. 그리고 식당에 귀책 사유를 물을 수가 없게 되죠. 기분 나쁘시겠지만 길 가다 개똥 밟았다고 생각하세요."

불에 덴 것처럼 얼굴에 열이 확 올랐다. 그야말로 길 가다 똥 밟은 기분이었다. 리뷰로 올라오든 말든 진상에게 처음부터 강하게 나갔어야 했는데 후회막급이었다. 진상들은 시끄러워지는 걸 제일 겁내는 식당 사장의 약점을 잘 알았다. 셰퍼드나 불도그처럼 약점을 끝까지 물고 늘어지고 악용하는 것이 진상들의 주특기였다. 그까짓 리뷰가 뭐라고. 진상의 억지에 무릎을 꿇은 내 자신에게 더 화가 치밀었다. 배달을 시작한 뒤로 내가 가장 겁내게 된 것이 바로 리뷰였다.

카운터 밑에 손님이 일주일 전에 두고 간 담배와 라이터가 보였다. 담배를 끊은 지 몇 년째였으나 담배를 보자 담배 생각이 간절해졌다. 잠시 망설이다 담배를 들고 주차장으로 나왔다. 한바탕 소나기라도 퍼부으려는지 후덥지근했다. 나는 숯불 피우는 장치실 옆에 쭈그리고 앉았다. 담배 한 대를 꺼내 한참 내려다보다 담배를 피워 물었다. 독하고 진한 담배 연기를 깊이 들이마셨다. 오랜만에 들이키는 담배 연기에 머리가 띵하고 어지러웠다. 복잡한 머릿속을 부연 담배 연기로 꽉 채워 버리고 싶었다.

"헐! 대박! 사장님! 진짜 열 받으셨나 봐요. 제가 그 개진상 묵사발 만들어 버릴까요?"

숯불을 들고나온 준현이 눈을 휘둥그레 뜨고 말했다. 나는 피우던 담배를 시멘트 바닥에 비벼 껐다.

"아이고! 우리 준현이밖에 없네. 역시 우리 만석 갈비 식구가 최고다."

내 말에 준현이 얼굴 가득 웃음을 지으며 주방 옆문을 열고 들어갔다.

나는 건조대에 걸린 목장갑을 걷어 손에 꼈다. 마른 목장갑은 바짝 말린 생선처럼 뻣뻣했다. 주방으로 들어가 고기 냉장고 문을 열었다. 돼지고기 비린내가 얼굴에 훅 끼쳤다. 갈비 포를 떠야 할 시간이었다. 칼자국이 수없이 난 도마 위에 고기를 올려

놓고 칼을 집어 들었다. 몸에 수만 개의 칼자국을 새기고도 침묵하는 커다란 나무 도마가 나를 올려다보았다. 나는 말 없이도 수많은 말을 하는 도마를 물끄러미 내려다보았다. 아무 말 없이 칼을 받아들이는 도마의 마음이 되어야 진짜 장사꾼이 되는 것일까. 칼을 쥔 손에 힘이 들어갔다. 도마 위의 서슬 퍼런 칼날이 날카로운 빛을 발했다.

별점 테러

　귀족원룸은 대로변에서 세 블록을 지나 재개발이 예정된 오래된 주택가에 있었다. 이름만 귀족일 뿐 원룸 건물 주변은 슬럼가 같았다. 빈 상가 주변과 거리 곳곳에 쓰레기가 나뒹굴었다. 귀족원룸 주변에는 임대 현수막이 나붙은 가게가 즐비했다. 임대로 내놓은 빈 상가 앞에는 폐건축 자재, 다리가 부서진 식당 테이블과 의자, 망가진 가구, 미어터질 것 같은 검은 비닐봉지, 스티로폼 박스, 빈 종이 상자가 어지럽게 나뒹굴었다.

　귀족원룸의 건물주는 5년째 폐암으로 투병 중이었다. 그는 시골에 전원주택을 지어 요양하고 있었다. 건물주의 먼 친척이 건물 경비와 관리를 맡고 있었다. 일흔이 넘은 관리인은 자리를 비우거나 술에 곯아떨어져 있을 때가 많았다. 관리인은 엘리베이터나 복도의 CCTV가 고장 나도 신경 쓰지 않았다. 관리인과 건물주가 건물 관리에 소홀한 탓인지 공실은 쉽게 나가지 않았다. 서른 개의 방 중에서 열아홉 개의 방이 비어 있었다. 맨 위층인 6층은 온갖 벌레와 바퀴벌레가 우글거리고 악취가 심해 세입자들은 기한을 채우지도 않고 서둘러 나갔다. 6층은 605호실 한 곳만 빼고는 모두 공실이었다.

　침대에 엎드려 잠이 든 민성은 고래 사체처럼 널브러져 있었다. 침대는 쓰레기와 악취의 바다를 떠다니는 더러운 배 같았다. 해가 중천에 떴는데도 민성은 입맛을 쩝쩝 다시며 꿈속에 빠져 있었다.

눈보다 새하얀 접시 위에 잘 구워진 안심 스테이크가 담겨 있었다. 올리브유로 구운 양송이버섯과 아보카도, 아스파라거스, 파프리카와 방울토마토가 흰 접시 위에서 선명한 빛깔을 뽐냈다. 입안에 침이 흥건히 고였다. 혀는 두툼한 스테이크를 입에 넣고 물고 빨고 씹고 맛보고 싶어서 입안에서 요동을 쳤다. 앞니는 고기를 물어뜯고 싶어 했고 어금니는 고기를 잘근잘근 씹고 싶어 했다. 부드럽고도 쫄깃한 고기의 식감과 고소한 육즙이 혀 위로 퍼질 때의 황홀감을 느끼고 싶어 입안의 미각 세포들이 안달했다.

민성은 침을 꿀꺽 삼켰다. 나이프와 포크를 들고 고기를 썰어 한입 맛보려는 순간, 전화벨이 시끄럽게 울렸다. 비몽사몽간에 눈을 비비며 들여다보니 낯선 번호였다.

"여보세요? 누구시죠?"

민성은 눈살을 잔뜩 찌푸리고 전화를 받았다.

"고객님! 정말 너무 너무 죄송합니다. 통화 잠깐 괜찮으실까요?"

주눅 든 늙은 남자 목소리였다. 잠에서 덜 빠져나온 민성은 이게 무슨 소린가 싶어 눈만 끔벅거렸다.

"저, 저기 잠깐만요. 전화 잘못 거신 거 같은데……?"

"고객님, 김치찌개 배달시키신 적 있죠? 저는 맛나 김치찌개 주인입니다."

난데없이 김치찌개라니! 잠이 덜 깬 민성은 짜증이 확 치밀어 발로 이불을 걷어찼다.

"아, 씨! 개빡치네! 김치찌개가 뭐 어쩌구 어째요? 지금 자는 사람 깨워서 대체 뭐 하자는 겁니까? 네?"

"아이구! 정말 죄송합니다. 우리 고객님 주무시는데 잠을 깨웠네요. 지금 오후 두 시인데…… 하여간…… 너무 죄송합니다."

민성은 눈살을 있는 대로 찌푸렸다. 남자의 죄송하다는 말이 더 짜증스러웠다. 전화 속의 남자는 무슨 죽을죄라도 지은 사람처럼 연거푸 죄송하다고 했다.

"아 씨! 빨리 용건만 말하세요."

"고객님, 저희 맛나 김치찌개에서 리뷰 쓰신 거 기억나시죠?"

코를 훌쩍이는 남자의 목소리에는 울음이 섞여 있는 것 같았다.

"와! 지금 그깟 리뷰 하나 때문에 자는 사람한테 전화한 겁니까?"

민성은 남자의 전화 때문에 꿈에서 환상적인 스테이크를 못 먹은 것이 억울했다.

"고객님, 죄송합니다. 너무 죄송합니다. 고객님껜 그깟 리뷰지만 제겐 목숨이 달린 일입니다. 정말 죄송합니다."

리뷰에 목숨이 달렸다니! 민성은 코웃음을 쳤다. 죄송하다는 말이 입에 붙은 남자였다. 누르기만 하면 죄송하다는 말이 튀어

나오는 로봇 같았다.

"고객 동의도 없이 이렇게 전화하면, 이거 개인정보 위반 아닙니까? 고객센터에 신고하겠습니다."

이럴 때는 무조건 세게 나가는 게 최선이었다. 규정이나 법을 들먹이면 대부분 겁을 집어먹고 물러났다.

"아이구, 고객님, 불편 끼쳐 너무 죄송합니다. 요즘 코로나 때문에 진짜 죽을 지경입니다. 식당이 문 닫게 생겼어요. 리뷰 한 줄에 우리 식구들과 직원들 목숨이 달렸어요. 너무 죄송한데, 고객님 리뷰 때문에 우리 식당 평점이 내려가서 주문이 완전히 끊겼습니다. 진짜 죽을 노릇입니다. 사정 한 번만 봐주세요."

민성의 귀에는 고객님이라는 말이 주인님! 주인님! 하는 것처럼 들렸다. 남자가 주인의 발아래 엎드리고 있는 노예처럼 하찮게 느껴졌다.

"와! 완전 개빡치네! 이보세요. 말씀 똑바로 하세요. 어디 그게 제 탓입니까? 유튜브도 안 보고 뭐 하세요. 백종원 나오는 골목 식당 한번 보세요. 리뷰 지워 달라고 전화하기 전에 음식 연구나 좀 하시란 말입니다. 내돈내산인데 너무 아니어서 솔직하게 맛없다고 썼어요. 그게 뭐 잘못입니까? 피 같은 내 돈 주고 제대로 된 음식 먹고 싶어서 시켰단 말입니다. 너무 맛이 없어서 한 입도 못 먹고 뱉었어요. 진짜 완전 개짜증 나거든요."

침 튀기며 열변을 토하다 보니 젊은 꼰대가 따로 없었다. '피 같은 내 돈'이라고 말한 것이 좀 쑥스러웠다. 솔직하게 말해서 피 같은 내 돈은 아니었다. 서른두 살이나 먹었는데도 아직 민성은 돈 한 푼 벌어 본 적이 없었다.

"고객님, 너무 죄송합니다. 지금 저희가 홀 장사만 하다가요. 코로나 때문에 힘들어서 배달 시작한 건데 한 번만 봐주세요. 요즘 아시잖아요? 자영업자 진짜 힘들어요. 진짜 죽을 지경입니다. 좀 살려주세요."

또 그놈의 자영업자들 힘들다는 핑계에다 지긋지긋한 코로나 타령이었다. 듣기 좋은 노래도 한두 번이지, 징글징글했다.

"진짜 이상하시네요. 자영업자가 힘든 건 코로나 때문만이 아니죠. 장사의 기본도 모르는 사람들이 다들 장사하기 때문이잖아요? 코로나에도 잘나가는 식당은 잘나갑니다. 코로나로 자영업자 힘들다고 맛없는 걸 맛있다고 극찬해 드릴까요? 자영업자 어렵다면 무조건 별점 5점 드려야 하는 법이 있습니까. 별점 5점이 고객의 의무인가요? 맛없으면 맛없다고 해야지 맛없는데 맛있다고 거짓말로 쓸까요? 사장님은 고객에게 돈을 받았으니 맛있는 음식을 제공해야 하는 책임과 의무가 있어요. 사장님 마인드가 진짜 문제시네요. 맛없다고 솔직하게 리뷰 쓰면 맛이나 개선할 생각을 하셔야지, 코로나로 자영업자 힘들다고 징징대니까 발전이 없는 겁니다. 음식의 기본도 모르는 사람들이 개나 소나 식당을 하니까 망할 수밖에 없는 겁니다. 솔직히 우리나라 식당 반은 없어져야 합니다. 망해도 싼 식당이 너무 많아요."

민성은 제 말에 스스로 도취되어 웅변하듯 열을 냈다. 민성이 제일 혐오하는 것이 음식은 맛대가리 하나도 없는 식당인데 온갖 극찬의 리뷰로 도배된 배달식당이었다. 높은 평점과 온갖 좋은 말로 도배된 리뷰를 믿고 주문했는데 완전 별로인 식당이 수두룩했다. 꼴난 리뷰 서비스 받았다고 맛이 없는데도 극찬을 퍼붓는 인간들을 보면 한심하기 짝이 없었다. 민성은 아까운 내 돈 주고 내가 사 먹는 한 끼의 소중한 식사를 망치는 인간들을 증오했다. 그들은 양심을 몇 푼 안 되는 리뷰 서비스에 팔고 사는 영혼 없는 좀비 같은 족속들이었다.

"고객님, 말씀 다 맞습니다. 인정합니다. 무조건 다 맞는 말씀이죠. 지금 배달식당 시작한 지 얼마 안 됐습니다. 초기엔 평점과 리뷰가 나쁘면 식당 문을 닫을 수밖에 없습니다. 리뷰에 저희 목숨 줄이 달려 있다는 거 아시잖습니까?"

리뷰에 목숨 줄이 달렸다니, 참으로 가치 없고 하찮은 목숨이었다. 남자가 지렁이처럼 하찮게 느껴졌다.

"아 참! 됐거든요. 듣기 싫어요. 전화 끊으세요."

"고객님, 오죽하면 전화로 이러겠습니까. 제발 부탁드립니다. 환불해 드릴 테니 리뷰 삭제 좀 부탁드립니다. 제발 한 번만 살려주세요."

"내가 왜요? 환불 따위 필요 없어요. 내가 왜 삭제를 해야 하죠? 리뷰는 고객 마음입니다. 리뷰는 솔직하게 쓰라고 있는 것 아닌가요? 고객의 표현의 자유고 권리란 말입니다. 이만 전화 끊습니다."

"고객님! 고객님! 제발 잠깐만요. 꼭 부탁드립니다. 그리고 제 전화번호로 계좌번호 남겨 주시면 환불 꼭 해 드리겠습니다. 꼭 부탁드립니다. 고객님 제발 살려주세요!"

남자는 부탁한다며 끝까지 찰거머리처럼 매달렸다. 마치 물에 빠진 사람이 구해 달라고 애걸복걸하는 것 같았다. 민성은 머리를 절레절레 흔들며 전화를 끊었다. 체면이고 뭐고 다 내팽개치고, 아들 같은 고객에게 리뷰 지워 달라고 징징대며 매달리다니 구역질이 치밀었다. 리뷰 한 줄에 목숨이 달렸다고 숨이 경각에 달린 것처럼 매달리는데, 리뷰를 삭제해 주어야 하나 마나 마음이 흔들렸다. 나이도 많은 사장에게 너무 잔인하게 팩트로 몰아세웠나 싶기도 했다.

어제저녁, 민성은 오랜만에 얼큰한 김치찌개가 먹고 싶어 배달을 시켰다. 리뷰도 좋고 평점도 5.0인 식당이라 당연히 맛있을 거라 믿고 주문을 했다. 리뷰 사진으로 보기엔 제법 먹음직스러워 보였는데 한 입 먹어 보고 숟가락을 집어 던졌다. 찌개 고기에 누린내가 너무 심하게 났다. 맛없는 걸 어떻게 맛있다고 쓰겠는가. 배달식당 주인들은 악플러라 부르지만 민성은 맛없는 음식은 용서가 안 되는 솔직 리뷰였다. 돼지고기 누린내나서 못 먹겠다고 솔직하게 리뷰를 썼다. 별점은 당연히 1점이었다.

민성은 배달 앱에 들어가 어제 쓴 리뷰를 불러냈다. 민성이쓴 리뷰에 사장님 댓글도 올라와 있었다.

ㅋㅋㅋ 별 한 개도 아까움. ㅋㅋㅋ 저녁을 안 먹어서 밤늦게 한 끼 시켰는데 차라리 시원한 냉수 한잔 먹고 자는 게 나았겠네요. ㅋㅋㅋ 이건 맛이 인간적으로 너무 심함. 보기에도 맛없게 보이고 진짜

밥맛 떨어지네요. 맹물에 소금 친 거보다 못함. 조미료만 때려 부었나? 겁나 느끼하고 텁텁하네요. 고기에서 냄새 너무 남. 비계 좋아하는데 물컹거리고 냄새 역하게 너무 많이 남. 맛이 이 모양인데 어떻게 주문 수가 이렇게 많은지 진짜 궁금합니다. 완전 최악. ㅋㅋㅋ 부디 대박나세요 ㅋㅋㅋ

배달리뷰왕님,
명백한 허위사실입니다. 스스로 삭제 부탁드립니다. 저희 식당 김치찌개는 일체 조미료를 쓰지 않고 있습니다. 그런데 조미료를 쓴다고 허위사실을 리뷰로 올리는 것은 명예훼손이며 허위과장 리뷰입니다. 김치찌개 육수는 찐한 해물 육수를 우려내어 맛을 내고 있습니다. 저는 제가 맛있게 먹을 수 있는 음식을 고객에게 팔고자 하는 장사철학으로 30년 넘게 음식을 만들어 왔습니다. 많은 사람에게 사랑받고 극찬을 듣는 최고의 김치찌개입니다. 별 한 개도 아깝다는 그 말 당장 취소하고 리뷰 삭제하세요.

리뷰에 달린 사장님 댓글을 보고 민성은 코웃음 쳤다. 사장은 자신이 만든 김치찌개가 최고의 김치찌개라고 정신승리를 하고 있었다. 민성은 김치찌개 맛이 완전 최악이어서 느낀 그대로 솔직하게 리뷰를 올렸을 뿐이었다. 꼴난 김치찌개 하나에 장사철학 운운하는 사장님 댓글이 가관이었다. 글과 말이 어떻게 이렇게 다를 수가 있을까. 방금 전화로 리뷰 삭제를 해 달라고 매달리던 인간이 쓴 글이 맞나 싶었다. 같은 사람이 쓴 글이라고 믿기지 않았다. 아주 전투적이고 당당한 댓글이었다. 턱을 치켜들고 건방지게 손가락으로 가슴을 쿡쿡 찌르며 한판 뜨자고 달려드는 것 같았다.

사장님 댓글에서는 패기 있게 조미료 안 쓴다고, 허위사실이라고 반박을 했으면서 뒤로는 고객에게 전화해서 비굴하게 리뷰 삭제를 부탁할 수 있단 말인가. 사장님 댓글은 백종원을 능가하는 듯, 무슨 음식의 대가라도 되는 듯이 허세가 장난이 아니었다. 어쩌면 사장의 가족 중에서 딸이나 아들이 자기 아버지 자존심을 지켜주기 위해 대신 댓글을 쓴 게 아닐까.

민성은 피식 실소했다. 사장님 댓글을 읽기 전에는 리뷰 삭제를 해 줄까 생각했다. 그러나 전혀 반성도 없고 개선하겠다는 의지도 없는 댓글을 보자 마음이 완전히 돌아섰다. 고객에게 쓰레기 음식을 판 죄를 진심으로 반성하고 사과를 했으면 모르겠는데, 리뷰 삭제를 해 줄 이유가 전혀 없었다. 김치찌개 가격이 팔천오백 원인데 만 원도 안 되는 돈 환불받자고 리뷰 삭제를 해 주긴 싫었다.

맛이 없어서 맛없다고 별점 1점을 주면 어떤 식당 사장들은 집요하게 전화를 걸어 왔다. 리뷰 좀 지워 달라고 구걸하듯 매달렸다. 환불해 줄 테니 리뷰 삭제해 달라고 매달릴 때가 한두 번이 아니었다. 심지어 집까지 알아내 찾아온 사장도 있었다. 하도 리뷰를 지워 달라고 매달리기에 리뷰를 삭제해 주고 환불받은 적도 몇 번 있긴 했다.

몇 번 리뷰 삭제해 준 대가로 환불받다 보니, 민성은 프로 환불러로 살면 어떨까, 그런 생각을 한 적도 있었다. 일단 배달된 음식은 맛있게 먹고 일부러 악성 리뷰를 쓰면 식당 사장들이 싫다는 데도 굳이 환불해 주니 음식을 공짜로 먹기에 딱일 듯했다. 만약 유튜브로 '악플 쓰고 음식 공짜로 먹는 법'을 올리면 구독자가 제법 생길 것 같았다. 실제로 공짜로 음식 먹기 위해 악플을 쓰거나 멀쩡한 음식에 이물질을 몰래 넣어 환불받는 프로 환불러나 배달거지도 있었다. 그래도 명색이 잘나가는 미용실 원장님 아들인데 그렇게 찌질한 짓을 하고 싶지는 않았다. 무엇보다 귀찮은 건 딱 질색이었다.

귀 안에서 작은 날벌레가 윙윙거리는 듯했다. 숨이 경각에 달린 사람처럼 애원하던 맛나 김치찌개 사장의 목소리가 떠올랐다. 민성은 고개를 흔들었다. 앞으로 이 식당 음식을 주문할 일은 없었다. 배달식당은 하늘의 별처럼 많았다. 코로나 시기라 그런지 지금 이 순간에도 식당은 무성한 잡초처럼 생겨나고 있었다. 민성은 찜 목록에서 맛나 김치찌개를 삭제했다. 찜 목록에 있는 식당들은 민성의 전속요리사로 선택받은 영광을 누리고 있었다. 민성의 악플 때문에 맛나 김치찌개가 망하건 말건 상관할 바 아니었다. 민성은 방금 통화했던 사장의 전화번호를 차단하면서 나와 아무 상관 없는 일이라고 생각했다. 맛나 김치찌개 사장 따위는 민성의 인생에서 마주칠 가능성은 1도 없는 사람이었다. 민성은 어깨를 으쓱했다.

갑자기 머리가 견딜 수 없을 정도로 가려웠다. 민성은 때가 낀 긴 손톱을 세워 두피를 피가 나도록 벅벅 긁었다. 머리에서

비듬이 우수수 떨어졌다. 텁수룩하게 떡진 머리칼에서 역한 암모니아 냄새가 풍겼다. 머리와 옷차림은 갈 데 없는 노숙자였지만, 노숙자라고 하기엔 민성은 심하게 뚱뚱했다. 침대 주변을 맴돌던 커다란 똥파리 한 마리가 민성의 머리 위에 내려앉았다.

늙은 사장의 붉은 앞치마

삼사 분 간격으로 배달 알림음은 끊임없이 울렸다. 만석 갈비 홀이 가득 찬 일은 코로나가 터지고 처음이었다. 재난지원금이 풀리자 그동안 외식을 못 했던 손님들이 약속이나 한 듯 밀려들었다. 홀에는 연기와 온갖 소음과 갈비 굽는 냄새, 삼겹살 굽는 냄새가 가득 차 있었다. 손님들이 내는 소음과 이 테이블 저 테이블에서 눌러 대는 벨 소리가 요란했다. 온갖 소리와 냄새가 빽빽한 정글 숲이었다.

나는 혼이 반쯤 나간 상태로 주문 접수를 받고 배달음식 포장을 했다. 배달 주문 영수증이 포장대 위에 열아홉 개나 붙어 있었다. 진숙 이모와 준현이 넋 나간 얼굴로 홀을 뛰어다니며 서빙을 했다. 아내는 주방과 홀을 오가며 바쁜 곳부터 거들었다. 홀에서 주문하는 음식과 배달음식 두 가지 다 해내느라 주방 직원들도 정신없기는 마찬가지였다.

1번 테이블에서 벨이 울려 쫓아가 보니, 손님이 갈비 불판을 갈아 달라고 했다. 불판을 갈고 있는데 3번 테이블과 7번 테이블에서 호출 벨이 연달아 울렸다. 3번 테이블에 진숙 이모가 쫓아갔다. 7번 테이블에 쫓아가려는데 전화벨 소리가 울려 멈칫했다. 전화벨만 울리면 심장이 덜컥했다. 배달을 시작하고 나서부터는 전화 노이로제에 걸렸다. 상을 치우던 아내가 7번 테이블로 급히 달려갔다. 나는 불판을 든 채로 배달주문 포스기 쪽으로 달려갔다.

"네, 감사합니다. 만석 갈비입니다."

나는 숨을 가쁘게 몰아쉬며 전화를 받았다.

"대체 음식 언제 갖다 줄 건가요? 배달 완료 떴는데, 음식이 안 왔잖아요? 음식도 못 받았는데 완료라니 말이 돼요?"

젊은 여자 손님의 음성에는 짜증이 심하게 묻어났다. 꼭 바쁠 때만 큰 배달 사고가 터지곤 했다.

"손님! 정말 죄송합니다. 죄송하지만 주소 좀 말씀해 주세요."

나는 손에 들고 있던 불판을 냉장고 옆에 세웠다. 화면이 흐릿해 눈을 한껏 찡그리고 포스기를 들여다보았다. 입안이 바짝바짝 타들어 갔다.

"대현아파트 106동 305호요. 배달 완료는 떴는데 음식은 오지도 않고 진짜 너무한 거 아니에요?"

"손님! 기사님한테 빨리 확인해서 연락드리겠습니다. 정말 죄송합니다."

전화기 너머에 있는 손님에게 고개까지 숙이며 죄송하다고 하는 와중에도 배달 알림음이 연달아 울렸다. 준현이 주문 접수를 받고 나서 숯불을 피우러 장치실로 뛰어나갔다. 홀에서는 손님들이 눌러 대는 벨 소리가 요란했다. 마치 고문을 당하는 듯했다.

나는 포스기에 찍힌 주소를 확인해 남천동 대현아파트에 음식을 갖다 준 배달 기사를 찾아냈다. 평소에 실수 한 번 안 하던 베테랑 장영호 기사였다. 한참 신호가 가는데도 장 기사는 전화를 받지 않았다. 아마도 배달 중이라 전화를 못 받는 모양이었다. 6번 테이블에 삼겹살을 갖다 주고 다시 전화를 걸었다. 신호가 열 번 정도 가고 나서야 장 기사가 전화를 받았다.

"장 기사님, 만석 갈비입니다. 대현아파트 106동 305호 손님이 음식 못 받았다는데요?"

"무슨 소립니까? 사장님! 제가 그 아파트에 지금까지 배달 백 번 넘게 했어요. 단 한 번도 실수 없었습니다. 주소도 분명 확인했어요. 와! 진짜 미치겠네."

"장 기사님! 손님이 못 받았다는데요. 다시 가서 확인 한번 해 주세요."

"참나! 제가 만석 갈비 직원입니까? 지금 배달 픽업 늦어서 식당에서 전화 오고 정신도 없단 말입니다. 지금 거기 갈 시간 없어요. 바쁜 시간에 진짜 이러시면 곤란하죠. 아 씨바! 진짜 열 받네!"

열 받는다고 장 기사가 대뜸 욕까지 할 줄 몰랐다. 나는 평소에 장 기사가 예의 바르고 괜찮은 사람이라고 생각했다. 30대 후반인 장 기사는 인사성이 좋고 성격도 좋았다. 기사들 중에도 성질 더러운 사람이 많았다. 인사를 해도 받지도 않고 음식 조리가 늦다고 배차 취소하고 성질을 내며 가 버리는 대책 없는 기사도 많았다. 일단 장 기사를 잘 구슬려서 대현아파트에 가도록 만들어야 했다.

"혹시나 실수로 다른 집 앞에 놓고 나왔을 수도 있지 않습니까."

"진짜 아니라니까요. 바빠 죽겠는데, 백 사장님! 진짜 왜 이러세요?"

방귀 뀐 놈이 성낸다고 장 기사는 또 소리를 질렀다.

"기사님, 한번 확인해 주세요. 부탁합니다."

"아! 씨! 진짜 바빠 죽겠는데. 사람 돌게 만드시네. 알았어요. 갑니다. 가! 아 씨발! 짜증나네."

한참 동안 장 기사의 연락이 없어 속이 타들어 갔다. 장 기사의 전화를 기다리는 동안 대현아파트 고객의 항의 전화를 두 번이나 더 받았다. 배달식당 주인 노릇은 고객의 항의 전화에 시달리는 콜센터 상담원 처지나 마찬가지였다. 음식을 포장하다 홀을 뛰어다니고 있는데 전화벨 소리가 소음을 뚫고 들려왔다. 장 기사 전화인가 싶어 전화를 받자마자 아까 음식을 못 받은 대현아파트 여자 손님의 새된 목소리가 튀어나왔다.

"지금 음식 주문한 지 거의 한 시간 반이 지났어요. 당장 주문 취소하고 환불해 줘요."

"손님 너무 죄송합니다. 기사님이 확인하러 가 본다고 했는데 아직도 연락이 없네요. 너무 죄송합니다."

지금 이 상황에 할 수 있는 말이라곤 죄송합니다, 이 말이 다였다. 나는 죄송합니다를 반복하는 앵무새처럼 손님에게 죄송하다고 했다.

"이젠 장사 좀 된다고 배짱이네. 당장 환불이나 해 줘요. 이

집에 스무 번도 넘게 시켰어요. 맛있어서 평생 단골 하려고 했는데, 죽어도 이 집에 배달 안 시켜요. 장사 이따위로 하지 마세요."

손님은 짜증을 내며 전화를 끊어 버렸다. 손님에게 기계처럼 죄송하다고 하는 와중에도 배달 알림음이 울렸다. 주방에서는 음식들이 컨베이어 벨트 위의 제품처럼 끊임없이 밀려 나왔다. 안 그래도 정신이 없는데 배달 기사들은 다섯 명이나 죽 대기하고 서서 포장이 나오길 기다리고 있었다. 기사마다 자기 음식 언제 나오냐고 재촉을 하는 통에 정신이 없었다. 홀이 조금 잠잠해졌는지 준현이 포장을 돕기 시작했다. 그때 전화가 또 걸려 왔다.

"네, 감사합니다. 만석 갈비입니다."

하나도 감사하지 않았으나 나는 기계적으로 감사 인사를 하며 전화를 받았다.

"사장님, 너무 죄송합니다. 다시 가서 확인해 보니 제가 동을 착각하고 105동에 갖다 놨더라구요. 제 잘못입니다. 진짜 죄송합니다."

짜증 난다고 욕을 내뱉던 장 기사가 다 죽어 가는 목소리로 말했다. 온몸에 힘이 쭉 빠졌다.

"이런 일 없었는데, 죄송합니다. 오늘 콜이 많아서 제가 아까는 좀 정신이 나갔나 봐요. 너무 죄송합니다. 진짜 죄송합니다. 사장님 족발은 어떡할까요."

목소리만으로도 장 기사가 얼마나 미안해하는지 느껴졌다.

나는 연신 죄송하다고 하는 장 기사에게 화를 낼 수가 없었다.

"일단 알았으니까 나중에 이야기합시다."

그동안에 주문서는 여섯 개로 줄어 있었다. 대기하고 있는 기사들은 두 명이었다.

홀을 둘러보니 손님이 일어선 테이블이 다섯 군데였고 숯불을 넣어야 하는 테이블은 없었다. 진숙 이모가 요란한 소리를 내며 상을 재빨리 치웠다. 아내는 주방으로 들어가 밀린 설거지를 하는 중이었다. 나는 준현에게 포장을 맡기고 주방 옆문으로 나갔다. 주차장 마당에서 마스크를 벗고 숨을 몰아쉬었다. 그제야 좀 살 것 같았다.

내가 고객에게 죄송하다고 내내 읍소한 것처럼 장 기사도 내게 몇 번이고 죄송하다고 했다. 죄송합니다, 폭탄 돌리기였다. 족발 대자에 국밥까지 추가해서 5만 5천 원이었다. 5만 원을 벌려면 장 기사는 적어도 열 번은 목숨을 걸고 도로 위를 달려야 할 것이다.

기사들이 실수해서 음식을 다른 집 앞에 가져다 놓는 일이 종종 있었다. 배고파서 음식을 시켰는데 음식이 늦거나 안 오면 손님들은 배고픈 맹수처럼 화를 냈다. 그때마다 배달기사 대신 손님에게 갖은 욕을 듣는 사람은 식당 사장이었다. 배달기사가 음식을 쏟아도, 요청사항을 못 보고 실수해도, 불친절해도 식당 사장들이 기사 대신 욕을 먹거나 리뷰 테러를 당했다. 사람은 누구나 실수를 할 수 있는 것이다. 나는 지금까지 기사들에게 음식값을 변상해 달라고 하는 건 너무 심하다고 생각했다.

기사들에게 음식을 그냥 가져가서 먹으라고 하고 음식값은 안 받았다.

기사들은 내가 봐주든 말든 끊임없이 실수할 것이다. 그때마다 나는 고객에게 기사들 대신 머리를 조아려야 할 것이다. 이곳은 늪에는 거대한 악어가 숨어 있고 울창한 숲에는 독사가 똬리를 틀고 있는 정글이었다. 모질고 독하지 않으면 잡아먹히기 십상이었다. 살기 위해서는 독해져야 했다. 비정한 정글 속에서 누군가는 살고 누군가는 죽게 마련이었다.

장 기사의 실수로 나는 평생 단골 하겠다던 손님을 놓쳤다. 이번에는 그냥 지나갈 수 없었다. 나는 장 기사에게 전화를 걸었다. 장 기사는 배달 중인지 전화를 받지 않았다.

영업 제한 시간은 아홉 시였다. 여덟 시 반이 지나자 홀에 있던 손님들이 계산을 마치고 우르르 몰려 나갔다.

"손님! 문 닫을 시간입니다. 십 분 뒤에 마칩니다."

나는 홀에 혼자 남아 소주잔을 기울이는 손님들으로고 큰 소리로 말했다. 그는 아홉 시 십 분 전인데도 일어날 생각을 하지 않았다. 50대 중반쯤으로 보이는 남자는 소주만 연신 들이켰다. 나는 손님이 아홉 시를 넘길까 봐 신경이 쓰였다. 아홉 시 영업 제한 시간을 넘기면 코로나 방역지침을 어겼다고 벌금을 내거나 영업정지를 당할 수가 있었다. 출입자 명단도 기록해야 하고 출입 인원도 단속하다 보니 손님들과 옥신각신하는 일이 잦았다. 가장 힘든 일이 술에 취한 손님을 아홉 시 전에 내보내는 일이었다.

"사장님!"

술에 잔뜩 취한 남자가 나를 불렀다.

"사장님, 너무 죄송한데요. 제 이야기 한 번만 들어주시면 안 되겠습니까?"

"손님, 지금 마칠 시간입니다. 죄송합니다."

나는 누가 입꼬리를 잡아당기는 것처럼 억지로 미소를 지으며 말했다. 무슨 사정이 있는 듯했지만 일단 손님을 내보내는 게 급선무였다.

"진짜 죽고 싶어요. 어디 높은 데 올라가서 확 뛰어내리고 싶습니다."

난데없이 죽고 싶다는 손님의 말에 심장이 철렁 내려앉았다. 물에 빠진 사람처럼 눈빛이 너무 간절했다. 죽고 싶을 만큼 살고 싶다는 말 같았다. 사정이 어쨌거나 진정시켜 밖으로 내보내야만 했다.

"네 손님, 일단 계산부터 하고 밖으로 나가서 이야기하죠. 지금 마칠 시간입니다. 준현아! 일단 입구 불 꺼야겠다."

음식을 포장하던 준현이 홀 입구 쪽 소등 스위치를 눌렀다. 음식을 픽업하러 입구에 들어서던 기사가 놀라서 멈칫했다. 나는 손님에게 카드를 뺏다시피 받아서 계산부터 하고 카드를 돌려주었다. 계산하고 나니 시간이 아홉 시 오 분이었다. 방역 지침 때문에 장사도 내 마음대로 못 하는 이상한 세상이었다.

나는 손님을 데리고 식당 밖으로 나왔다. 건너편 어두운 골목 안쪽에서 젊은 커플이 진한 키스를 나누고 있었다. 죽을 만큼 괴로운 사람도 있고 죽을 만큼 행복한 사람도 있는 밤이었다. 손님을 주차장 쪽으로 데려가 담배 한 대를 내밀고 불을 붙여 주었다. 일단 죽겠다는 사람 마음부터 진정시켜야 할 것 같았다. 길고양이가 구석에서 튀어나와 달아났다.

"감사합니다. 사장님도 마치고 퇴근하셔야 할 텐데…… 괜히 저 때문에…… 진짜로 너무 죄송합니다."

나는 한숨을 내쉬듯 담배 연기를 길게 내뿜는 남자를 쳐다보았다. 죄송하다는 남자의 말이 유리 조각처럼 폐부를 쿡 찔렀다. 자영업자라면 늘 입에 달고 있어야 하는 말이 죄송합니다, 이 다섯 글자였다. 다짜고짜 남의 식당에서 죽고 싶다고 겁을 줄 때는 언제고, 천성이 소심하고 착한 사람인 것 같았다.

"괜찮습니다. 아홉 시 영업시간 제한 때문에 급하게 일어서시라 해 제가 더 죄송합니다."

"사장님, 제가 말이죠. 종일 밥도 못 먹고 쫄쫄 굶어요. 믿어지십니까?"

"왜 종일 밥을 못 드십니까? 사람이 굶고 어떻게 살아요?"

나는 남자에게 물었다. 죽고 싶다던 사람이 웬 밥 이야기인가 싶어 좀 이상해 보였다.

"제가 준종합병원에서 작은 매점을 하는데요. 요즘 코로나로 매출이 바닥이라 직원 없이 혼자 하다 보니, 그렇게 됐어요. 다 먹고살자고 돈 버는 거잖아요? 근데. 장사하는 사람은 손님 눈치 보여 밥 먹을 자유도 없어요. 매장 안에서 밥 먹으면 반찬 냄새 난다고 손님들이 민원을 넣어요. 먹는 거 가지고 그러면 이상하게 서럽잖습니까? 밥 먹는다고 자리 비우면 걸핏하면 인터넷에 올린다네요. 전요, 요즘 인터넷이 젤 무섭습니다. 심지어 머리 허연 노인들도 인터넷에 올린다는 말이 입에 붙었어요. 자리 좀 비우거나 매점에서 밥 먹는 일이 인터넷에 올릴 일인가요?"

"절대로 아니죠. 저도 요즘 인터넷이 제일 겁납니다."

나는 손을 내저으며 대답했다. 인터넷이 무섭긴 나도 마찬가지였다. 배달 리뷰를 쓰는 손님들이 가장 무서웠다. 리뷰라는 권력을 쥔 손들은 무서운 흉기를 사정없이 휘둘렀다.

"한날은 아침 점심을 못 먹어서 배가 너무 고픈 거예요. 마음은 급하고 손님들 안 보이게 누가 볼까 눈치 보면서 배수구 근처 칸막이 뒤에 숨어서 쭈그리고 앉아 밥을 먹었어요. 집에서 싸 온 도시락을 급히 먹는데…… 싱크대 배수구에서 역한 하수구 냄새가 나는 거예요. 내가 개돼지보다 못하구나 싶어 맨바닥에 털썩 주저앉아 숨어서 울었어요. 웃기죠? 이만한 일로 울다니! 난 가축보다 더 못한 인간입니다. 저는 인간이 아닙니다."

마치 커다란 손이 목을 꽉 조르는 것처럼 목이 메었다. 인간이 아니라는 그 말에 가슴이 미어져 뭐라 대꾸를 할 수 없었다. 남자는 울컥 목이 메는지 잠시 캄캄한 밤하늘을 올려다보았다. 물기로 번쩍이는 그의 눈 속에 장사하는 사람의 모든 비애가 다 담겨 있는 것 같았다.

"장사하는 사람은 사람이 아닌가요? 돈을 내는 손님에겐 장사하는 우리 자영업자들은 말이죠. 사람이 아니라 감정도 없고, 배고픔도 모르는 그냥 서비스 기계나 로봇인가 봐요. 요즘 장사도 안 되고 밥 한 술 못 뜨고 가게 지키는 게 너무 억울한 거예요. 스트레스 받아 화병이 생겼는지 몸도 아프고 해서 하루는 개인 사정상 휴무한다고 써 붙였어요. 그런데 환자들이 민원 넣어서 쫓겨날 판입니다. 장사 망하게 해 준다고 협박하고 그러네요. 인터넷에도 올리고 난립니다. 다 같은 인간인데 사람 취급도 못 받고 이렇게 살아서 뭐 하겠습니까?"

"……."

나는 아무 대꾸도 못 하고 눈을 질끈 감았다 떴다. 가시에 심장이 찔린 듯 가슴에 통증이 느껴졌다. 장사가 힘들다고 하면 사람들은 대수롭지 않게 말했다. 그렇게 장사가 힘들면 때려치우면 될 거 아니냐고 함부로 말했다. 하루에도 열두 번 그만두고 싶지만 못 그만두는 저마다의 고달픈 사정을 이해하지 못했다. 사람들은 누가 장사하라고 등 떠밀었냐고, 때려치우면 될 거 아니냐고 쉽게 말했다. 손님들에게 무시당하며 장사하고 싶어서 장사하는 사람이 누가 있겠는가. 같이 장사하는 사람들만이 그 막막한 마음을 짐작할 수 있었다. 먹고살기 위해 어쩔 수 없이 장사하는 사람들의 캄캄한 마음을.

"휴! 그래도 이렇게 사장님께서 들어주시니 답답한 게 좀 풀리네요. 단 한 사람이라도 이 답답한 심정을 알아주니 좀 낫습니다. 고맙습니다."

"손님! 손님이 왜 죽습니까? 손님, 자살하면 제가 가만 안 두겠습니다."

고개를 푹 숙이고 있던 남자가 무슨 소리를 하냐는 듯 나를 쳐다보았다.

"뭘 어떻게 하실 건데요?"

"제가 저승까지 따라가서 이 쇠주먹으로 손님 묵사발 만들 겁니다."

내 어설픈 농담 한마디에 죽을상을 하고 있던 손님이 배를 잡고 웃었다. 손님에게 다시 오면 같이 느긋하게 소주 한잔 하자고 인사를 하고 배웅했다. 멀어져 가는 손님의 뒷모습이 내 가슴을 후벼팠다. 그 손님이 만석 갈비에 다시 오면 가장 맛있는 밥 한 끼 따스하게 차려 주고 싶었다. 그 누구의 눈치도 보지 않고 편안하게 밥을 먹게 해 주고 싶었다. 싱크대 배수구 앞에서 죄인처럼 숨어서 밥을 먹었다던 그 사람을 이 세상에서 가장 귀한 손님으로 대접해 주고 싶었다.

나는 식당 앞에 서서 불 꺼진 대학로 거리를 바라보았다. 어둑한 거리는 유령의 거리처럼 음산했다. 겨우 아홉 시 반인데 간판 불들이 대부분 꺼져 있었다. 불 꺼진 가게마다 눈물겨운 제각각의 사연들이 숨어 있을 것이다. 갑자기 들이닥친 코로나 재앙의 어둠 속에서 눈물짓는 사람들이 얼마나 많을까. 취객이 전봇대를 붙들고 토하고 있었다. 매점에서 밥 먹는 일이 인터넷에 올릴 일입니까? 그 말을 하던 손님의 슬픈 눈빛이 지워지지 않았다.

인터넷은 저승사자보다 무서웠다. 입 대신 손이 말하는 세상이었다. 말을 할 줄 알게 된 손은 무섭고 끔찍한 말, 악한 말을 스스럼없이 내뱉었다. 악한 말을 하는 손들은 자신들의 말이 정의의 말, 공익을 위한 말, 진실한 말이라고 굳게 믿었다. 인터넷은 개나 소나 괴물로 변하게 만드는 무서운 괴물 사육장이었다. 거리를 걸어가는 멀쩡한 보통의 사람들도 순식간에 괴물로 변하게 만드는 곳이 인터넷이라는 이상한 세상이었다. 배달 앱도 괴물의 사육장이 된 지 오래였다. 인터넷은 인민재판소였다.

인터넷 맘 카페에 올라온 글 때문에 배달로 잘나가던 치킨집 송 사장도 한순간에 나락으로 떨어졌다. 우리 식당 단골인 송 사장은 코로나가 터지기 전에는 만석 갈비를 부러워했다. 배달을 처음 시작한 내게 배달업의 모든 노하우를 전수해 준 사람이 송 사장이었다.

한날, 단체 주문이 들어와 송 사장은 기분 좋게 닭을 튀겨서 보냈다고 했다. 배달 보낸 지 한 시간 만에 가게로 전화가 걸려왔다. 치킨을 거의 다 먹었을 때쯤 파리가 나왔다며 손님이 전액 환불을 요구했다. 송 사장의 치킨집은 해충 방역도 철저히 하는 가게였다. 치킨을 다 먹고 나서야 파리가 나왔다는 손님의 말이 의심스러웠지만 송 사장은 가게 잘못이라고 사과부터 했다. 너무 죄송스럽지만 18만 원 전액을 환불해 주긴 곤란하다고, 사정을 봐 달라고 읍소했다. 전화를 끊자마자 그 손님은 바로 파리 사진을 리뷰 게시판에 올렸다. 그것도 모자라 지역 맘 카페에도 파리 사진을 올리고 송 사장의 가게 이름까지 공개했다. 심지어 임신 6개월째인데 치킨에서 나온 파리 때문에 충격을 받아 유산할 뻔했다는 글까지 올렸다. 그 글에 곧바로 미친 듯 댓글이 달리기 시작했고 급기야 뉴스에까지 오르내렸다.

한 달에 배달 수가 만 건이 넘고 맛집 랭킹 1등까지 했던 가게의 매출은 인터넷 맘 카페 글 하나로 하루아침에 곤두박질쳤다. 송 사장은 뒤늦게 사태를 수습하기 위해 손님에게 연락을 시도했으나 번호 차단이 되어 있고 배달 앱에서도 개인정보라고 알려 주지 않았다. 매일 술만 마시던 송 사장은 죽을 생각으로 번개탄까지 샀다고 했다. 송 사장은 요즘 겨우 마음을 추스르고 아이들 대학까지 가는 건 봐야겠다며 한 달 전부터 택배일을 시작했다. 이젠 목에 칼이 들어와도 장사는 안 하겠다고 했다.

초대형 국밥 솥에서 피어오른 수증기가 주방 안에 가득 차 있었다. 돼지국밥은 열두 시간 돼지 사골을 푹 고아야 진한 맛이 났다. 꽝이 국밥 국물이 눌어붙지 않게 긴 나무 주걱으로 휘휘 저었다. 주방에는 김치찌개 냄새와 돼지국밥 끓이는 냄새, 김치찌개 고기 볶는 냄새가 뒤섞여 있었다. 제각각의 음식들이 피워 내는 김과 열기로 주방은 가마솥 안처럼 후끈했다.

나는 삼겹살을 썰고 꽝은 김치찌개 고기를 볶았다. 주방 이모 두 사람은 주문이 들어온 족발을 썰고 비빔 막국수를 만들었다. 여덟 개의 손은 주방 안에서 바쁘게 움직였다. 불에 데거나 칼에 베이거나 날카로운 주방기구에 찍힌 흉터의 손들이었다.

내가 아는 손은 대부분 노동을 하는 손, 무언가를 만드는 손이었다. 비록 흉터투성이 손일지라도 사랑하는 이들을 지키기 위해 일하는 손은 정직하고 아름다웠다. 자기가 먹을 밥을 제 손으로 벌기 위해 일하는 손은 거짓말을 할 줄 몰랐다. 노동의 손은 악한 말을 하는 손에 대해 알지 못했다.

비닐랩을 벗겨내자 비릿한 돼지 생고기 냄새가 코끝에 스쳤다. 나는 갈비 포를 뜨기 좋게 고기를 쓱쓱 잘라냈다. 갈비 포를 뜨다 칼을 도마 위에 내려놓고 허리를 쭉 폈다. 조금만 오래 서 있어도 허리가 뻐근했다. 잠시도 서 있기가 힘들었다. 병원에 갈 때마다 의사는 척추관협착증 수술을 미루면 나중엔 걷지 못할 수도 있다고 엄포를 놓았다. 보름 정도 입원도 해야 했고 천만 원에 육박하는 수술비 때문에 수술은 엄두도 낼 수 없었다. 그 무엇보다 입원하면 식당 문을 닫아야만 했다.

나는 칼을 도마 위에 놓았다. 갈비 포 10킬로는 더 떠 놓아야 하는데 허리가 끊어질 듯 아팠다. 축축한 목장갑은 잘 벗겨지지 않았다. 핏물이 밴 목장갑은 핏물 속에 빠뜨렸다가 건진 것처럼 축축했다. 장갑을 벗으니 손이 허옇게 불어 있었다. 나는 수도를 세게 틀어 피 묻은 손을 씻고 칼도 깨끗이 씻었다. 날카로운 칼이 형광등 불빛을 되쏘았다.

고객님 정말 맛있게 드셔주셔서 감사드립니다. 너무 먹음직스러운 사진이네요. 소중한 사진 리뷰 올려주셔서 감사합니다. 항상 최고의 맛으로 보답 드리는 만석 김치찌개가 되겠습니다.

나는 리뷰 답글을 달며 쓴웃음을 지었다. 사장님 댓글을 달 때마다 벌레가 팔에 기어오르는 것 같았다. 왕에게 잘 봐 달라고 손을 비비며 아부하는 간신이 따로 없었다. 간, 쓸개 다 빼놓고 사장님 답글을 달다 보면 실없는 웃음이 새어 나오곤 했다. 악플러가 배설하듯이 아무 생각 없이 쓴 리뷰 한 줄에 배달식당이 문을 닫게 될 수도 있었다.

리뷰라는 신은 배달식당의 매출을 좌지우지했다. 손님들은 평점과 리뷰가 좋으면 주문하고 리뷰가 나쁘면 다른 식당으로 가차없이 발길을 돌렸다. 배달식당 업주들에게 호환마마보다 무서운 게 바로 악플러와 블랙컨슈머였다. 악플러란 괴물들이 미쳐 날뛰지 않도록 무조건 납작 엎드려야 했다. 배달 초기엔 이렇게 오글거리는 멘트를 쓸 때 너무나 낯이 간지러웠다. 요즘 나는 낯간지러운 멘트를 아무렇지 않게 쓸 줄 알았다.

나는 몇 개 안 되는 리뷰에 비슷한 감사의 사장님 댓글을 달고는 노트북을 덮었다. 다행히 악플은 없고, 별 세 개짜리 내용 없는 리뷰가 하나 달려 있었다. 평점을 떨어뜨리는 리뷰였지만 아주 세세하게 고기에서 냄새가 난다거나 질기다거나 하는 내용이 아니어서 다행이라고 생각했다. 리뷰 서비스가 서른 개 이상 나갔는데 리뷰가 겨우 대여섯 개밖에 안 올라와 있으면 불안했다. 리뷰 개수가 많다는 것은 오프라인 식당으로 치면 손님이 붐비는 식당이란 뜻이었다.

나는 틈만 나면 배달 앱을 열어 보았다. 배달식당을 시작하고 나서부터 새로 생긴 습관이었다. 악플이 올라와 있을까 봐 불안하고, 5점짜리 리뷰가 많이 안 올라와 있으면 불안했다. 아침에 눈 뜨자마자 바로 리뷰부터 확인했다. 리뷰를 확인할 때마다 시험 성적을 확인하는 아이처럼 긴장했다. 별점 1점이 있으면 심장이 쿵 내려앉았다. 종일 일하고 파김치가 된 상태에서도 리뷰를 확인하고 악플이 없어야만 안심하고 잠을 잘 수 있었다. 리뷰라는 사슬에 묶인 죄수가 된 기분이었다. 아내는 나보다 더했다. 리뷰 때문에 악몽까지 꾸고 잠을 설쳤다. 악플이 올라오면 억울해서 잠이 오지 않는다고 했다. 우리 둘 다 '리뷰 중독증'이란 이상한 병에 걸린 것만 같았다.

이상하게 종일 일이 손에 잡히지 않았다. 나는 텅 빈 홀을 왔다 갔다 했다. 저녁 일곱 시인데도 홀에 손님이 없고 배달 주문도 별로 없어서 평소보다 시간도 더디 갔다. 마음이 싱숭생숭할 때 생각나는 사람이 바로 선호 형이었다. 오랜만에 선호 형과 맥주라도 한잔하고 싶었다. 엎어지면 코 닿을 곳인데 '그리운 나라'에 간 지도 반년이 넘은 것 같았다. 아내는 카운터에서 장부를 정리하고 있었다. 나는 아내에게 그리운 나라에 간다고 말하고 식당을 나섰다.

나는 대로변 쪽으로 걸음을 옮겼다. 대로변 건널목을 건너서 20분쯤 걸어가면 실내포장마차 그리운 나라가 있었다. 바람이 불자 5층 건물 1층 앞에 걸린 현수막이 펄럭거렸다. 건물 상가 곳곳에 임대 현수막이 나붙어 있었다. 을씨년스럽고 섬뜩했다. 번화가인데도 일 년 새 간판이 서너 번씩 바뀐 식당도 있었다.

얼마 전 갈비 무한리필집에서 대패 삼겹살집으로 바뀐 식당에도 손님은 없었다. 1년 전에는 국밥집, 5개월 전에는 돈가스 식당으로 바뀐 식당 창문에 임대라고 쓴 종이가 붙어 있었다. 코로나 사태로 간판 집과 인테리어 업체, 철거 업체만 호황을 누리고 있었다.

건널목 건너편 손 사장의 화장품 가게 앞에 붙은 임대 현수막이 시선을 붙들었다. 몇 달 전 주인이 300만 원 월세를 깎아 주었다고 그리 좋아하더니 결국은 손을 든 모양이었다. 요즘 왜 갈비 먹으러 안 오나 했는데 이런 사정이 있을 줄 몰랐다. 돼지갈비를 구워 먹을 때면 쌈을 사서 서로의 입에 넣어 주며 미소를 짓던 부부의 모습이 떠올랐다. 늙은 연인처럼 사이좋은 부부가 만석 갈비에서 고기를 구워 먹는 모습을 이제 더는 볼 수 없게 된 것이다. 어쨌거나 이 끔찍한 자영업 무간지옥에서 먼저 탈출한 셈이었다. 개미귀신의 먹이로 최후를 마치기 전에 개미지옥에서 빠져나간 손 사장이 부러웠다.

나는 코로나가 터지기 전에는 가끔 퇴근길에 그리운 나라에 들러 생맥주를 마시곤 했다. 코로나가 터지고 배달을 시작한 후에는 그리운 나라에 갈 틈이 없었다. 배달 일에 혼이 나가 시간적 여유도 마음의 여유도 없었다. 엎어지면 코 닿을 데였지만 선호 형과 전화 통화만 가끔 하고 있었다.

2년 전에 우연히 맥주 한잔하러 들어간 곳이 그리운 나라였다. 그날은 식당일을 일찍 마치고 걸어서 퇴근하던 길이었다. 그리운 나라 간판을 본 아내가 실내포장마차 이름이 신기하다고 한번 들어가 보자고 했다. 실내포장마차 문을 열고 들어가니 붉은 앞치마 차림의 사장이 반갑게 인사를 했다. 그는 바로 예전 공장에서 일할 때 친형처럼 따랐던 선호 형이었다. 선호 형이 실내포장마차 주인이 됐을 거라고 상상도 못 했다. 더군다나 우리 식당에서 그리 멀지 않은 데서 장사를 하고 있을 줄은 꿈에도 몰랐다.

20대 때 내가 일했던 자동차 부품공장의 노조위원장이 바로 정선호였다. 나는 형이 없고 누나만 셋이어서 세 살 많은 그를 친형처럼 따랐다. 그는 내가 만난 사람 중에 가장 아는 게 많고 배울 점이 많은 형이었다. 알고 보니 그는 학비를 벌기 위해 휴학하고 공장에 들어온 법대생이었다. 전혀 대학생 느낌이 안 나고 그냥 순박한 시골 청년 같았다. 노동법을 잘 아는 선호 형은 노조 활동을 하다가 복학도 하지 않고 노조위원장을 했다.

선호 형에겐 사람을 끌어당기는 묘한 매력이 있었다. 투박하고 촌스럽게 생긴 외모인데도 그를 떠올리면 향기롭다는 말이 생각났다. 향기로운 꽃이 벌을 부르듯 사람들을 몰고 다니는 사람이 따로 있는 것 같았다. 나이 많은 직원들도 그가 겸손하고 예의 바르다고 입이 마르도록 칭찬했다. 선호 형 주변에는 늘 사람이 많았다. 항상 사람 좋은 미소를 띠고 어떤 사람의 말이라도 귀 기울여 들어주기 때문이었다. 선호 형은 조직가나 활동가로 타고난 사람 같았다. 선호 형을 따라다니다 나도 얼떨결에 노조 대의원 활동을 한 적이 있었다.

IMF로 공장이 폐업하자 선호 형은 폐업반대 투쟁을 앞장서서 이끌었다. 서울 본사 앞에서 상경 투쟁까지 하며 1년 넘게 폐업 반대 투쟁을 벌였으나, 베트남으로 이전한 공장은 돌아오지 않았다. 23년이 지났는데도 나는 선호 형에게 늘 빚진 마음으로 살아왔다. 끝까지 남아서 투쟁하자는 그의 손을 뿌리쳤다는 미안함과 죄책감 때문인지도 몰랐다.

선호 형이 운영하는 그리운 나라는 대학로의 핫플레이스로 통했다. 대학생 때부터 자주 오던 손님이 졸업하고도 일부러 찾아오기도 했다. 코로나가 터지기 전에는 안주도 맛있고, 분위기도 좋고, 사장님도 친절하다는 블로그 포스팅이 많이 올라왔다. 맥주와 막걸리, 소주, 동동주도 팔았고 안주 종류도 한식, 일식, 양식까지 다양했다. 손님들이 가게 밖까지 줄을 서 있는 날도 많았다. 3년 전에는 장사가 잘되어서 2층까지 가게를 확장했으나 요즘은 코로나 때문에 1층만 영업을 하고 있었다. 2층은 문을 닫았는데도 월세가 매달 빠져나갔다. 1층, 2층 월세만 해도 한 달에 팔백만 원이었다. 한때는 직원이 열 명이었는데 지금은 단 세 명으로 운영하는 중이었다.

실내포장마차 문을 열자 연탄불에 고등어 굽는 고소한 냄새가 코에 스쳤다. 코로나 시국에도 여섯 테이블이면 장사가 좀 되는 편이었다. 나는 어느 식당을 가든 손님이 몇 테이블 있는지 죽 스캔을 하는 습관이 있었다. 손님이 있는지 없는지 확인하는 버릇은 오래된 내 직업병이었다.

고등어구이를 앞에 놓고 소주를 마시는 손님 테이블 밑에 고양이 복순이가 쭈그리고 앉아 있었다. 고등어 살 한 점이라도 얻어먹으려고 앞발을 가지런히 모으고 앉아 있는 모습이 앙증맞아 보였다. 복순이는 그리운 나라 주변에 살던 길냥이였는데, 손님들이 자꾸만 안주를 던져주자 아예 그리운 나라에 식구처럼 눌러살았다. 그리운 나라에 산 지 벌써 1년째였는데 복순이를 보러 오는 단골도 많았다. 이름은 복순이인데 실제로는 수컷 고양이였다. 복순아, 하고 부르던 손님들은 수컷이라고 하면 처음에는 놀랐다가 웃음을 터뜨리곤 했다.

선호 형은 주방에서 설거지를 하고 있었다. 여전히 붉은 앞치마 차림이었다. 붉은 앞치마와 그는 완전히 한 몸 같았다.

"이야! 오늘 웬일이야? 어제 돼지꿈 꾸었는데 바로 돼지갈비집 사장이 그리운 나라에 오는 꿈이었네."

선호 형이 붉은 고무장갑을 벗으며 환하게 웃었다.

"그리운 님 만나고 싶어서 왔지. 목구멍이 포도청이지만 장사도 때려치우고 달려왔다니까."

내 농담에 선호 형이 눈가에 잔잔한 주름을 지으며 웃었다. 사람을 무장 해제시키는 미소, 아이 같은 환한 웃음이었다. 선호 형을 떠올리면 향기롭다는 말이 생각나는 이유는 이 사람 좋은 무공해 웃음 때문일지도 몰랐다. 사람 좋기로 소문난 그는 인근 골목의 식당 사장들과도 두루 친했고 직원들에게도 인기 있는 사장이었다.

"형! 맥주 한 잔 줘."

나는 구석 자리로 가서 앉으며 말했다.

그리운 나라의 벽은 온통 낙서로 도배가 되어 있었다. 사랑을 고백하는 낙서, 신세 한탄하는 낙서, 소원을 비는 낙서, 연예인을 찬양하는 낙서 등등 낙서의 종류는 다양했다. 낙서할 자리가 없으니 손님들은 노랑, 초록, 분홍, 주황색 포스트잇에 낙서를 해 벽에 붙였다. 벽에 붙은 색색의 포스트잇이 꽃처럼 화려했다. 내가 예전에 쓴 낙서는 찾을 수가 없었다. 1년 전 아내와 맥주를 마시다 분위기에 취해 한미연, 사랑한데이! 하고 낯간지러운 낙서를 벽에다 휘갈긴 적이 있었다. 그늘 한 점 없이 웃던 그때의 아내가 그리웠다. 웃음을 잃은 아내에게 웃음을 되찾아 주고 싶었으나 어떻게 찾아 주어야 하는지 방법을 알 수가 없었다.

벽에는 캘리그래피로 쓴 '내 그리운 나라' 노래 가사가 붙어 있었다. 나는 노래 가사를 한참 응시했다. 나는 그리운 나라에 올 때마다 처음 보는 것처럼 가사를 다시 읽어 보곤 했다. 임지훈의 목소리를 듣고 있으면 이상하게 눈물이 날 것 같았다. 선호 형은 임지훈의 목소리를 세상에서 가장 슬픈 목소리라고 말한 소설가도 있다고 했다. 내 그리운 나라 울다 지쳐 잠이 들면 내 그리운 나라 갈 수 있을까. 세 번이나 이 구절이 반복되는 건 강한 부정인지도 몰랐다. 내 그리운 나라는 이 세상에 없으며, 영원히 갈 수 없다는 말 같았다.

요즘 내게 내 그리운 나라는 단 한 곳뿐이었다. 배달 별점도 배달 리뷰 갑질도 없는 나라였다. 배달업에 뛰어들고부터 배달 리뷰와 별점은 내 모든 행복을 좌지우지했다. 별에 울고 별에 웃는 인생이었다. 아침에 눈을 뜨면 핸드폰으로 리뷰부터 확인했다. 악플이 없으면 그날 하루는 천국 같았고 악플이 올라와 있으면 온종일 지옥이었다. 요즘 나의 천국과 지옥을 만드는 것은 오직 리뷰였다.

고양이 복순이가 기척도 없이 다가왔다. 복순이가 내 운동화에 머리를 비비고 눈을 지그시 감았다 떴다. 복순아! 너는 좋겠다. 돈 걱정, 별점 걱정, 리뷰 걱정, 진상에게 시달릴 걱정 없으니까. 나는 고양이를 부러워하고 있는 내게 실소했다. 손을 내밀자 복순이는 손가락 끝을 할짝할짝 핥았다. 분홍색 작은 꽃잎 같은 고양이의 혀가 생각보다 거칠고 까끌했다. 정글 속 생존의 공포를 내려놓은 복순이는 손님들에게 애교를 곧잘 떨었다. 복순이는 정글 속에서 더는 쫓기지 않아도 되었다. 길고양이 시절의 두려움을 내려놓아도 괜찮았다. 포식자들에게 쫓기던 때의 공포와 추위와 굶주림을 잊어도 될 터였다. 그리운 나라가 이 자리를 지키고 있는 한은.

"손님! 오늘의 특별 메뉴 주꾸미 볶음이 나왔습니다."

선호 형은 씩 웃으며 천 씨씨 맥주와 주꾸미 볶음, 마른 안주를 테이블에 놓았다. 매콤하고 달콤한 주꾸미 양념 냄새가 코끝에 스치자 입에 침이 고였다. 주방을 맡은 50대 주방장 한 실장은 덩치도 크고 요리도 잘했다. 호텔에서도 일했고 자기 식당도 해 본 사람이었는데, 못하는 요리가 거의 없었다. 온갖 종류의 꼬치 요리에 일가견이 있었고, 양식, 한식, 일식, 중식 요리까지 할 줄 알았다. 붉은 앞치마 입은 친절한 사장과 다양하고 맛난 안주가 내 그리운 나라의 매력이었다.

"형! 같이 한잔 해."

내가 술을 권했지만 선호 형은 역시나 손사래를 쳤다. 그는 단골손님이 권하는 술도 일절 마시지 않았다. 영업시간 중에 술을 마신다는 건 음주운전이나 마찬가지라고 했다. 사장이 내 앞에 앉자 알바생 한 명은 홀을 보고 다른 알바생은 홀과 주방을 오가며 일을 했다.

나는 차가운 맥주를 쭉 들이켰다. 오랜만에 넘기는 맥주는 시원하고 짜릿했다. 목구멍을 꽉 틀어막고 있던 울분이 시원하게 씻겨 내려가는 기분이 들었다. 주꾸미 볶음을 한입 먹어 보니 매콤하고 달짝지근했다. 감칠맛 나는 양념이 잘 밴 주꾸미 식감이 쫄깃하고 부드러웠다. 붉은 앞치마를 입은 사람 좋은 사장이 있는 곳, 분위기 있는 노래가 흐르고 맛난 안주와 시원한 맥주가 있는 곳, 이곳이 바로 내 그리운 나라였다.

"와! 지금 여기가 천국이네. 역시 여기가 바로 내 그리운 나라야."

내가 엄지손가락을 치켜세우자 선호 형이 빙긋 웃었다.

"이 시간에 여기 맥주 마시러 오고. 뭐 속상한 일 있어?"

"우리 정 싸장님 돗자리 펴야겠어. 형, 나 말이야. 요즘 난 리뷰의 노예가 된 것 같아."

"리뷰의 노예? 그게 무슨 말이야?"

선호 형의 눈이 휘둥그레졌다.

"솔직히 말하면 배달의 노예랄까? 배달식당 시작하고 나서 리뷰 때문에 악몽까지 꿔. 악플이 올라와 있으면 지옥이 따로 없어. 심지어 나, 악플 때문에 모기 잡으러 쫓아다닌 적도 있었다니까."

"뭐? 모기?"

선호 형은 눈을 치켜뜨며 의아한 표정을 지었다.

"배달 시작하고 나서 얼마 안 되었을 때였어. 리뷰에 엄청 신경을 쓰고 있었거든. 근데 한날 김치찌개에 모기가 들어 있는 사진이 올라온 거야. 대형 폭탄이 떨어진 거지. 배달식당은 이물질 사진 올라오면 끝이거든. 그중에도 모기, 파리, 바퀴벌레, 날파리 같은 벌레가 음식에 들어간 사진이 올라오면 완전 박살이야. 아참! 내가 그 리뷰 보여 줄게."

문제의 그 리뷰를 배달 앱에서 찾아 선호 형에게 보여 주었다. 두 달 전의 악플이었지만 별점 낮은 순으로 검색하면 금방 찾을 수 있었다. 김치찌개에 모기 한 마리가 빠져 있는 사진이었다. 사진을 확대해서 보면 모기가 금방 빠진 것처럼 날개와 다리 형태가 온전히 그대로였다.

"이것 좀 봐. 모기가 뜨거운 김치찌개 속에서도 모양이 멀쩡하지? 싱싱하게 살아 있는 거 같지 않아?"

"맞네, 찌개 속에서 빠져나오려고 막 허둥거리는 것 같다."

선호 형이 고개를 끄덕였다.

"모기가 식당에서 펄펄 끓는 찌개에 빠진 거라면 말이야. 배달 가는 동안 죽이 됐겠지. 찾을 수도 없어. 이거 금방 찌개에 빠진 거 맞지? 손님 집에서 빠진 거 맞잖아? 자기 집 모긴데 우리 식당 모기라고 악플을 올리고 말이야. 모기 사진까지 찍어서 올리는 게 말이 되냐고? 진짜 억울해서 미치겠더라니까."

"배달식당 하려면 완전히 형사가 되어야겠는데? 국과수도 동원하고."

선호 형이 빙긋 웃으며 말했다.

"아닌 게 아니라 유전자 검사도 의뢰해야 할 지경이야. 자기 머리카락 빼서 넣고 환불해 달라고 하는 경우도 많아. 그리고 음식 다 처먹고 음식 못 받았다고 환불해 달라고 억지 부리는 배달거지도 많다니까."

열을 내며 말하다 보니 속이 탔다. 나는 맥주를 죽 들이켰다.

"와! 그건 너무 심한데?"

"모기 이거, 아마도 경쟁업체에서 작업한 건가 싶었다니까. 우리 식당 물 먹이려고 조작한 사진 올린 건가, 의심이 가더라고. 그래서 어디 두고 봐라, 하면서 모기를 잡아서 멋지게 한 방 먹이겠다는 일념으로 그날은 일도 안 하고 거의 네 시간 동안 모기 잡으려고 식당을 헤매고 다녔어. 그날따라 그 많던 모기가 한 마리도 안 보이더라니까."

"허허! 참! 그깟 리뷰 때문에 모기 사냥이라니! 눈물이 다 날 지경이다."

선호 형이 박장대소했다.

"맞아. 곰 사냥도 아니고 모기 사냥을 하러 다녔지. 눈에 불을 켜고 미친놈처럼 식당 구석구석 모기 찾으러 다녔어. 리뷰에 매출이 달렸으니까 신경 안 쓸 수가 없어. 악플 한 줄 때문에 매출이 반 넘게 뚝 떨어지거든."

"리뷰가 진짜 운명의 신이 맞긴 맞네."

"내가 요즘 배달 시작하고 리뷰 때문에 이러고 살아. 기분 진짜 엿 같아."

"호랑이와 곶감 같다."

선호 형이 웃으며 말했다.

"곶감은 달기나 하지. 심한 악플은 진짜 독사같이 치명적이야. 악플 때문에 충격받아 배달식당 문 닫는 사람도 있다니까."

"요즘은 어딜 가나 악플이 문제구만. 실은 나도 배달 장사 한번 해 볼까 생각 중이었어."

"형도 배달 장사하겠다고?"

"코로나 때문에 배달 말고는 답이 없는 것 같아서 말이야. 술집은 10시 이후가 피큰데 10시까지 영업하라니 말이 되냐? 코로나가 열 시 이후에만 돌아다녀? K방역인지, 억지방역인지 과학적인 근거도 기준도 없으면서 왜 장사를 못 하게 막는지 도무지 이해가 안 돼. 내가 퀴즈 하나 내 볼까? 코로나보다 더 무서운 건 뭘까?"

"마누라. 난 마누라가 젤 무서워."

내 농담에 선호 형이 소리 내 웃었다.

"것도 맞겠지만, 코로나보다 무서운 건 K방역이야. 장사를 못하게 했으면 보상이라도 해 주든가. 이건 다 굶어 죽으라는 거지. 노래방이나 당구장이나 헬스장은 우리보다 더 힘들어. 집합금지로 문 닫아도 월세나 고정비는 다 나가니까. 방역 때문에 집합 금지를 시키고 장사를 못 하게 막는 건 인권 침해고 일종의 국가 폭력이지. 이 나라는 자영업자를 위한 나라가 아니야. 난, 코로나보다 이 나라가 더 무서워."

심란하고 분통 터지는 이야기를 담담하게 말하는 선호 형의 목소리가 쓸쓸하게 들렸다.

"참나! 이 세상에 자영업자를 위한 나라가 어디 있겠어?"

"없으면 만들면 되지."

선호 형의 진지한 눈빛 때문인지 농담이 진담으로 들렸다.

"근데 말이다. 니 말 들으니 배달 엄두가 안 난다. 잘못하다 독사한테 물려 죽을 수도 있겠네. 무슨 해독제 같은 건 없나?"

"해독제? 글쎄? 강철 같은 멘탈, 두둑한 배짱이 아닐까? 식당 문 닫을 수도 없으니까 배달하는 거지. 하고 싶어서 하는 게 아니야. 문 닫아도 월세 내야지, 시설비, 권리금 다 날아가니까."

"월세도 그렇고 인건비도 그렇고…… 우린 주점이라 식당보다 영업 제한 시간 적용을 더 받으니까 타격이 더 심해."

선호 형 말대로 밤늦게 영업하는 주점이나 노래방이나 실내 포장마차는 문 닫는 곳이 많았다. 요즘 만석 갈비 건너편 한신 포차는 손님이 없어서 아예 개점 휴업상태였다. 목을 빼고 거리를 내다보고 있는 한신포차 주인과 서로 시선이 마주칠 때면 머쓱해서 먼저 고개를 돌리곤 했다. 한신포차 주인은 배달 손님이 많다고 만석 갈비를 부러워했다.

"형! 매도 먼저 맞는 게 나아. 이왕 할 거면 빨리해. 배달 먼저 시작한 선배가 여기 있잖아. 배달 노하우 다 가르쳐 줄게. 언제든 말만 해."

"네 싸부님! 소인에게 배달 장사의 비법을 전수해 주시옵소서."

선호 형은 연미복을 입은 지휘자가 인사를 하듯 오른손을 앞으로 하고 왼손은 등 뒤로 하며 고개를 깊이 숙였다. 나는 배를 쥐고 웃었다. 한바탕 유쾌하게 웃고 나니 막힌 가슴이 뚫린 기분이었다. 같은 자영업자 처지인 선호 형이 옆에 있어서 이 막막한 코로나 사막을 견디고 있다는 생각이 들었다. 옆 테이블에서 술을 마시던 손님들이 일어서자 선호 형이 카운터로 갔다. 선호 형의 붉은 앞치마가 오늘따라 짠하게 보였다.

선호 형은 5년 전에 이혼한 뒤로 혼자 살고 있었다. 식당을 하다 몇 번 망하고 24시간 가게에서 살다시피 했다. 가게 근처에 투룸 월셋집이 있었지만, 집에는 거의 들어가지 않는다고 했다. 가게 2층에 딸린 작은 방에서 잘 때가 많았다. 아마도 생활비를 아끼려고 식당에서 먹고 자는 것 같았다. 아이 둘의 양육비로 한 달에 100만 원씩 부치고 있다고 했다.

선호 형은 볼 때마다 늘 앞치마 차림이었다. 낡았지만 깨끗하게 세탁해서 다린 붉은 앞치마는 그와 한 몸 같았다. 스님이 승복만 입는 것처럼 사시사철 붉은 앞치마 한 벌이었다. 그에게 붉은 앞치마는 제복이자 평상복이자 외출복이었다. 직원 결혼식이나 돌잔치에도 일하다가 앞치마를 입은 채 뛰어간 적도 있었다. 나는 선호 형에게 다른 옷이 없냐고 면박을 준 적이 몇 번 있었다. 선호 형은 앞치마가 제일 편하다고, 홍의장군처럼 멋지지 않냐고 웃었지만, 앞치마가 편해서가 아니었다. 매달 나가는 양육비나 가게 운영비를 감당하기가 벅차 옷 한 벌 사 입을 여유가 없었기 때문이었다.

선호 형은 한때 모든 이들이 평등하게 사는 세상을 만들겠다는 꿈을 가진 사람이었다. 부자든 가난한 사람이든, 능력이 있든 없든 모든 사람은 인간답게 살 권리가 있다고 했다. 돈이 아니라 사람이 사람으로 대접받는 세상, 모든 이들이 다 같이 잘사는 평등한 세상을 꿈꾸었던 사람, 힘없고 가난한 이들도 행복하게 살 수 있는 인간해방 세상을 만들고자 했던 사람이 선호 형이었다.

노동운동가에서 자영업자로 변신한 선호 형은 입버릇처럼 말했다. 이 나라는 자영업자를 위한 나라가 아니야. 자영업자를 위한 나라는 없어. 어쩌면 자영업자를 위한 나라가 없기 때문에 이 가게 이름을 그리운 나라로 지은 건지도 몰랐다. 선호 형은 이 작은 가게 안에서라도 그리운 나라를 만들고 싶었던 게 아니었을까.

가게 밖까지 손님이 길게 줄을 서던 그리운 나라도 코로나에 넉다운 상태였다. 나는 붉은 앞치마를 입은 사장의 뒷모습을 바라보며 남은 맥주를 비웠다. 김이 빠진 맥주는 미지근하고 싱거웠다. 늙은 자영업자에게 남은 것은 붉은 앞치마 한 벌이었다. 젊어서는 붉은 머리띠를 하고 노동해방을 외쳤던 투사가 늙어서 붉은 앞치마 속에 갇힌 모습이 애잔했다.

붉은 앞치마는 정선호라는 한 자영업자의 인생 자체인지도 몰랐다. 손님에게 서빙을 할 때나 주방에서 음식을 만들 때나 설거지할 때도 붉은 앞치마 차림이었다. 선호 형은 저 붉은 앞치마에 무엇을 닦았던 것일까. 자영업자로서의 고단한 한숨과 눈물과 슬픔과 분노를 저 앞치마에 닦고 손님에게는 늘 미소를 지었을 것이다. 가슴속에 흐르는 피를 붉은 앞치마에 감추고 그리운 나라를 찾아오는 손님에게는 미소로 환대했을 것이다.

오늘따라 그의 붉은 앞치마가 핏빛 동백꽃처럼 서러워 보였다. 나는 코를 훌쩍였다. 이상하게 코끝이 시큰했다.

쓰레기 집의 악플러

초인종이 울렸다. 인터폰 화면을 보니 검은 헬멧을 쓴 기사가 문 앞에 서 있었다. 살 속에 파묻힌 민성의 눈이 벌어졌다. 음식도 안 시켰는데 배달 기사라니 의아했다.

"배달 안 시켰는데요."

"나야! 빨리 문 열어!"

기사가 헬멧을 벗는데 보니 동우였다. 배달하다 그대로 달려온 차림새였다. 현관문을 열자 동우가 급히 뛰어들더니 화장실로 후다닥 뛰어 들어갔다. 아마도 배달하다가 화장실이 급해서 달려온 것 같았다. 민성은 어이가 없어 피식 웃었다.

"와! 미친 새끼! 화장실이 이게 뭐냐?"

화장실 안에서 동우가 소리를 질렀다. 그 소리가 나올 만도 했다. 화장실이 아니라 초대형 쓰레기통이었다. 온갖 쓰레기가 수북이 쌓인 화장실에 바퀴벌레가 기어다니고 파리와 초파리가 정신없이 날아다녔다. 구석에는 거미가 줄을 쳐놓고 먹잇감을 기다리고 있었다. 화장실 안에는 자연스러운 생태계가 저절로 형성되어 있었다. 설사하는 소리에 이어 변기 물 내리는 소리가 들렸다. 동우는 화장실에서 나오면서 얼굴을 있는 대로 구기고 나왔다. 토할 것 같은 얼굴이었다.

"와! 진짜 이게 사람 새끼가 사는 집이냐?"

"미친! 남의 집에 똥 싸러 온 주제에 말이 많네."

"오죽 급했으면 왔겠냐? 진짜 죽는 줄 알았어. 배달하다 오토바이 위에서 쌀 뻔했다니까. 배달하면서 젤 힘든 게 설사야. 아무리 배달이 급해도 생리현상은 어떻게 못 하잖아? 너도 라이더 해 보면 내 심정 알 거다."

"지랄! 난 귀찮아서 그딴 거 안 해!"

"헐! 그래. 니 똥 굵다."

"근데, 너 배달 이 근처에서 하는 거냐?"

민성은 동우가 다른 동네서 배달하는 줄 알았다. 동우가 이 대학로 부근에서 배달한다고 말한 적이 없었기 때문이었다.

"아 참! 말 안 했나? 일주일 전에 이쪽으로 옮겼어. 대학 동기들 만날까 봐 좀 쪽팔리지만 그게 대수야? 이 동네가 원래 내 나와바리 아니냐? 배달은 길 잘 알면 완전 대박이거든. 그리고 이 동네가 배달이 젤 많잖아. 새끼야! 근데 집 꼴이 이게 뭐냐?"

"뭐?"

"와! 지금까지 저렇게 더러운 화장실은 태어나서 처음 본다. 완전 기네스북감인데! 인증 사진 좀 찍을까? 아, 참! 배달 늦었다. 간다!"

동우는 이 집에서 한순간이라도 빨리 달아나고 싶은지 현관문을 열고 달아나 버렸다. 민성은 무슨 도깨비에 홀린 기분이었다.

민성이 알기로 동우는 대학 신입생 때부터 늘 무슨 알바를 했다. 동우는 부모님이 재래시장에서 건어물 가게를 하고 있었다. 부모님이 번 돈은 할머니 요양원비로 다 나간다고 했다. 학비를 벌어야 했기 때문에 동우는 대학 다닐 때도 학교 주변에서 줄기차게 알바를 했다. 동우는 고등학교 때부터 알바를 했다고 했다.

민성은 동우를 만나기 위해 동우가 일하는 가게에 간 적이 많았다. 예전에 실내포장마차에서 일하는 동우를 만나러 가면 붉은 앞치마를 입은 사장이 동우 친구라고 맛난 안주를 서비스로 주기도 했다. 안주가 맛있어서 일부러 자주 갔다. 그리운 나라라는 포차 이름이 이상해서 아직도 기억하고 있었다.

동우의 알바 이력은 화려했다. 공장, 편의점, 주유소, 피시방, 노래방, 실내포장마차, 이자카야, 빵집, 피자집, 맥도날드, 그리고 스타벅스에서도 일했다. 호프집에서 일하기도 하고 치킨집에서 닭을 튀기기도 했다.

냄새라는 것은 리트머스 종이 같았다. 그가 어떤 사람인지, 어떤 계급인지, 어떤 곳에 사는지, 무슨 일을 하는지 정직하게 보여 주었다. 동우에게서 나는 냄새는 수시로 바뀌었다. 동우는 민성의 원룸에서 잘 때가 많았다. 어떤 날은 담배 냄새가 심하게 났고 어떤 날은 달콤한 갈비 냄새나 고소한 통닭 냄새를 묻히고 왔다. 중국집 주방에서 일할 때는 매운 양파 냄새와 짜장면 냄새가 났다. 피자집에서 일할 때는 피자 냄새가 나고 빵집에서 일할 때는 빵 냄새가 났다. 어떤 날은 주방 하수구가 막혀 씨름했다며 하수구 냄새를 묻히고 올 때도 있었다.

민성이 졸업하고 4년 동안 공시에서 줄기차게 떨어지는 동안 동우는 줄기차게 이런저런 알바로 연명했다. 스펙도 변변하지 않은 지방대학 출신이 들어갈 만한 좋은 일자리는 애초부터 없었다. 동우는 이력서를 백 군데 넘게 내고 비정규직을 전전하다 지금은 알바가 체질이라며 정규직 일자리를 단념했다. 둘은 대학 신입생 때 처음 만났는데, 12년이 지났어도 한 명은 알바를 하고 있고, 다른 한 명은 여전히 엄마 등골이나 빼먹으며 가짜 공시생 노릇을 하는 중이었다.

민성의 침대는 육중한 고래를 실은 작은 배처럼 보였다. 방 안은 배달음식 쓰레기와 온갖 쓰레기로 발 디딜 틈이 없었다. 말라붙은 치킨 뼈다귀와 감자탕 돼지 뼈다귀까지 굴러다녔다. 파리와 초파리가 날아다니는 방은 초대형 쓰레기장을 방불케 했다. 대낮인데도 민성은 침대 위에서 꿈속의 바다를 헤엄치고 있었다.

에어컨을 빵빵하게 틀어 놓아서 추울 정도였다. 민성의 방은 벌레와 악취의 소굴이었다. 실내 온도가 낮으면 벌레가 덜 꼬이기 때문에 봄부터 에어컨을 틀어 놓고 있었다. 민성은 하품을 하며 침대에서 무거운 몸을 겨우 일으켰다. 눈곱을 떼며 시계를 보니 한 시였다. 평소에 오후 서너 시가 되어야 일어나기 때문에 점심을 먹은 적은 거의 없었다. 점심 겸 저녁으로 네 시나 다섯 시에 배달음식을 시켜 먹고 게임을 하다 밤 열두 시나 새벽 한두 시에 라면을 끓여 먹거나 야식을 시켜 먹었다. 민성은 한 달에 배달비용만 백만 원을 쓰는 배달중독자였다.

눈만 뜨면 뭔가를 입에 집어넣는 건 어릴 때부터 몸에 밴 민성의 습관이었다. 점심으로 뭘 먹을지 잠시 궁리하다 배달 앱을 눌렀다. 손안의 음식 천국, 배달 앱 속에는 음식의 무한 우주가 펼쳐져 있었다. 우주가 지금 이 순간에도 무한 팽창하고 거기서 새로운 별이 태어나듯, 하루에도 몇십 개의 새로운 배달음식점이 생겨나고 있었다. 별만큼 많은 식당이 별보다 많은 음식을 만들어 놓고 고객들을 불렀다.

민성에게 배달음식을 먹는 전 과정이 경건한 예배의식이었다. 배달음식이 도착하면 침대 밑에 세워둔 밥상을 침대 위에 펴고 음식을 올려놓았다. 초록색 1인용 밥상 위에는 곰돌이 푸가 행복한 표정으로 꿀을 퍼먹고 있었다. 배달음식 고수답게 민성은 포장을 한 번에 깔끔하게 뜯고는 입안에 퍼지는 제각각의 음식 맛을 천천히 음미했다. 맛난 음식이 들어가면 혀와 이가 광란의 춤을 추는 댄스 가수처럼 입안에서 격렬하게 움직였다. 민성은 사냥감을 포획한 사자처럼 물고 씹고 뜯으면서 식사의 즐거움을 만끽했다.

식사법은 아주 경건했지만 설거지법은 간단했다. 푸짐하고 거나한 식사가 끝나면 남은 음식은 다 긁어모아서 변기에 붓고 물을 내렸다. 빈 포장 용기는 구석에 던져두면 그만이었다. 음식물 찌꺼기 때문에 변기가 막히는 불상사도 자주 일어났다. 음식물 쓰레기 처리가 제일 귀찮았다. 냄새나는 음식물을 통에 모아 두었다가 음식물 쓰레기 스티커를 붙여 건물 앞에 내놓아야 했다. 비운 음식물 쓰레기통을 그다음 날에 집에 들고 들어오기가 너무 귀찮아 음식물 쓰레기는 변기에 버렸다. 방 한쪽 구석에 던져둔 배달 포장 용기가 민성의 허리께까지 쌓여 있었다. 배달의 천국은 다름 아닌 쓰레기의 천국이었다. 배달 천국이 준 선물, 편리함의 대가는 감당 못 할 플라스틱 쓰레기로 남았다.

오늘은 뭘 먹을까. 민성은 입맛을 다셨다. 음식을 고르는 순간은 항상 설렜다. 모태 솔로라 연애를 해 본 적이 없지만 아마도 애인을 만나려고 기다리는 순간의 설렘과 같을지도 몰랐다. 오랜만에 짜장면과 짬뽕이 생각났다. 지난번에는 북경이 아니라 남경에서 깐풍기를 시킨 적이 있었는데 완전 대실망이었다. 민성은 지난번에 썼던 남경의 리뷰를 불러내서 읽어 보았다. 물론 별점 1점 리뷰였다.

ㅋㅋㅋ 별 한 개도 아까움. ㅋㅋㅋ 깐풍기가 깐풍기 느낌이 안 나고 탕수육 같네요. ㅋㅋㅋ 튀김옷이 퍼져도 너무 퍼져 눅눅한 게 떡 씹는 기분이랄까? 살코기 찾기가 어려운데 튀김옷이 3분의 2. 심지어 서비스로 온 군만두도 눅눅하네. 남경이 최애 중국집 중 하나였는데 진짜 개실망임. 다시는 안 시킬 듯 ㅋㅋㅋ

민성은 음식이 마음에 안 들면 별 한 개도 아깝다고 썼다. 그리고 꼭 'ㅋㅋㅋ'를 붙이는 습관이 있었다. 디테일한 별점 1점 리뷰에 사장은 충격을 받았는지 가타부타 아무런 댓글을 달지 않고 있었다. 프로 악플러 민성이 가장 싫어하는 유형이었다. 반응이 있어야 디테일한 악플을 쓴 보람을 느끼는데 실망스러웠다. 죄송합니다, 시정하겠습니다. 하는 한 마디의 댓글조차 안 달아 놓은 사장의 대응 자세를 보니 이 식당은 얼마 안 가서 망하겠구나 싶었다. 이런 사장은 백종원이 옆에서 귀에 딱지가 앉도록 알려 줘도 소용이 없는 인간이다. 하늘같이 높으신 '고객느님'께서 귀한 시간을 투자해서 음식의 문제점을 리뷰로 알려 주면 수첩에 받아 적어 놓고 아주 감사하게 여겨 개선해야 되질 않겠는가.

별점 테러를 하든 말든 온갖 트집을 잡든 말든 아무 대꾸도 없는 사장들이 더러 있었다. 악플러 민성은 식당 사장이 답글을 달지 않으면 김이 샜다. 고객느님의 성은을 무시하는 어리석은 족속들이었다. 리뷰라는 도깨비방망이의 위력을 모르는가 싶기도 하고 별점 테러했다고 고객을 무시하는 것 같기도 해서 개 무시당한 기분이었다.

문제는 이 남경이란 식당이 아니었다. 민성의 방 상태야말로 두 눈 뜨고 보기 힘들 정도였다. 화장실에도 쓰레기가 발 디딜 틈 없이 쌓여 있고 싱크대와 가스레인지 주변에도 쓰레기가 빈틈없이 수북했다. 싱크대 개수대에는 곰팡이가 피어난 설거지거리가 산더미같이 쌓여 있었다. 싱크대 문을 열면 엄지발가락만 한 살찐 바퀴벌레가 튀어나와 쓰레기 속으로 후다닥 숨었다. 방구석을 차지한 쓰레기 산이 열대식물처럼 쑥쑥 자라나는 중이었다. 남경 사장이 쓰레기 하치장을 능가하는 방 꼬락서니를 보았다면 친절한 금자씨처럼 너나 잘하세요, 한마디 했을 것이다.

엄마는 민성의 방만 보면 잔소리를 했다. 이 새끼야! 방 꼬라지가 이게 뭐야? 쓰레기는 무조건 버려. 눈에 보이는 대로 버려. 쓰레기를 그냥 놔두면 사람이든 집이든 망해. 보이는 대로 정리해 버려야지. 절대 모아 두면 안 돼. 쓰레기가 왜 쓰레기겠어? 쓰레기는 생기면 그때그때 버려야 하기 때문에 쓰레기인 거야. 엄마는 쓰레기는 눈에 보이는 대로 버려야 한다고 했다. 민성은 잔소리를 들을 때마다 생각했다. 어쩌면 엄마가 가장 치워 버리고 싶은 쓰레기가 아들 도민성이 아닐까 하고.

민성은 네 번이나 9급 공무원 시험에 떨어졌다. 롤 유저 300만 명 정도에는 못 미치지만, 대한민국에 공시생이라는 신분을 가진 청년은 발에 차이는 돌보다 흔했다. 공시생이란 신분은 아주 편리한 가면이었다. 공시생 카페에 들어가 보면 8, 9년째 공시생으로 살고 있다는 전설적인 고시생 좀비도 있었다. 민성은 앞으로 10년 더, 아니면 평생 공시생 신분으로 늙어도 괜찮겠다고 생각했다. 공시생이라는 편리한 가면이 없었다면 아마도 루저, 백수, 히키코모리라고 손가락질당하며 시궁쥐처럼 숨을 죽이고 죽은 듯 살아야 할 것이 불 보듯 뻔했다.

미장원 원장인 엄마는 화려한 것을 좋아하고 남들에게 보여 주는 삶에 집착했다. 살찐 민성이 엄마의 미장원에 찾아가는 것조차도 질색했다.

엄마는 아들이 대학을 졸업한 지가 6년이 넘었는데 백수로 빈둥거린다는 사실을 친척이나 주변 사람들에게 절대 밝힐 수 없는 사람이었다. 체면을 중시하는 엄마에겐 쓰레기 아들을 가릴만한 것이 필요했다. 6년째 놀고먹는 백수라는 아들의 실체를 공시생 가면 속에 완벽히 숨겨 두어야 했을 것이다. 엄마는 민성의 가짜 공시생 노릇을 알고 있으면서도 모르는 척, 묵인하고 있는지도 모른다. 공시생 아들이란 가면은 대외용으로 보여 줄 아주 적당한 가면이었으므로.

엄마 인생의 최고 자랑거리는 어디 내놔도 빠지지 않는 잘난 딸 도민지였다. 누나 도민지의 인스타그램을 훔쳐보던 민성의 얼굴이 잔뜩 구겨졌다. 친구들과 최고급 호텔에서 호캉스를 즐기는 사진이 올라와 있었다. 모델처럼 늘씬한 여자들은 서울의 야경을 즐기며 와인 잔을 들고 있었다. 하얀 드레스를 입은 네 여자는 그리스 여신들처럼 우아했다.

잘나가는 인간들의 SNS를 눈팅하다 보면 민성은 질투로 속이 끓었다. 그들에게는 먹는 음식조차 입을 위한 것이 아니라 허세나 자랑질을 위한 장식품이었다. 사람의 입은 뒷전이고 카메라가 온갖 위치에서 음식을 먼저 맛보았다. 명품 사진으로 도배가 된 도민지의 인스타에도 고급 레스토랑이나 럭셔리한 카페에서 찍은 음식 사진들이 많았다. 인스타그램을 돌아다니면 행복에 겨운 인간들밖에 없는 것 같았다. 도민지처럼 다 가진 인간들에게 드러내지 못한 열등감과 분노는 엉뚱한 대상에게로 향했다.

민성이 엄마에게 간절히 원한 것은 무조건적인 칭찬과 인정이었다. 단 한 번이라도 엄마의 인정을 받고 싶었다. 엄마는 칭찬 대신 비난과 잔소리와 악담을 퍼부었다. 민성의 마음 저 밑바닥에는 열등감과 증오심과 수치심과 질투심의 검은 늪이 숨어 있었다. 석유처럼 검고 찐득한 늪에는 맹독을 품은 독사 한 마리가 살고 있었다. 그 독사는 언제든 물어뜯고 상처를 입힐 만한 약한 대상만 노렸다.

민성의 화풀이 대상은 만만한 배달식당이었다. 악플 놀이는 가성비 좋은 최고의 장난이었다. 악플은 연못 속 개구리에게 던지는 돌멩이였다. 악플 놀이는 무료하고 심심한 히키코모리 민성에게 단지 재미있는 장난일 뿐이었다. 현실 속의 민성은 루저였으나 리뷰어 민성은 신이었다. 리뷰와 별점 하나로 식당을 죽일 수도 살릴 수도 있었다. 배달식당의 생살여탈권이 리뷰어의 손안에 있었다. 악플을 쓸 때마다 민성은 마치 염라대왕이라도 된 듯한 기분을 맛보았다. 별점과 리뷰는 리뷰어의 만능 광선검이었다.

민성이 쓴 500개가 넘는 배달리뷰 반 이상이 불만 리뷰나 악플이었다. 어떤 리뷰는 육개장 포장을 뜯다가 음식을 쏟아 짜증이 나서 악플을 썼던 적도 있었다. 별점 테러를 하고 심한 악플을 썼는데도 화가 안 풀려 연이어 육개장을 한 개 더 시키고 별점 테러를 한 번 더 했다. 민성의 연이은 악플로 5.0이던 유미원 육개장의 평점은 4.4로 추락했다. 리뷰가 얼마 없었던 탓이었다. 평점이 4.4면 그 식당은 얼마 못 가서 문 닫을 게 불 보듯 뻔했다.

민성은 식당 사장들이 머리를 쥐어뜯으며 괴로워하는 모습을 상상하는 것만으로도 짜릿했다. 민성은 악플을 쓸 때마다 짜릿한 기쁨을 맛보았다. 어쩌면 사악한 즐거움, 샤덴프로이데와 같은 감정인지도 몰랐다. 타인의 고통을 보면서 고소하고 사악한 즐거움을 맛보는 것을 독일어로 샤덴프로이데라고 했다. 민성은 악플을 쓸 때마다 맛난 음식을 먹는 듯한 미식의 즐거움을 느꼈다.

민성은 며칠 전에 썼던 리뷰를 들여다보며 무공훈장을 꺼내 바라보는 퇴역장군처럼 흐뭇한 미소를 지었다.

별 한 개도 아까움 ㅋㅋㅋ 고기는 한약재 향이 남, 개인적으로 한약재 향이 겁나 싫음. 고기 누린내 남. 한약으로 고기 누린내 가리는 꼼수 좀 부리지 마세여. ㅋㅋㅋ 좀 질기고 딱딱함. 부들부들 방금 한 것 같은 수육은 아님. 고기 자체가 문제가 있음. 된장찌개는 내 입에는 영 안 맞음. 레시피 점검이 필요함. ㅋㅋㅋ 반찬은 식어서 맛없음. 없는 게 나을 듯함. 맛없어서 다 버림. ㅋㅋㅋ

며칠 전 명품 보쌈에서 보쌈 정식과 된장찌개를 시키고 쓴 리뷰였다. 고기는 고기 본연의 맛으로 승부해야 하는 게 아닌가. 한약으로 고기 누린내를 가리는 꼼수를 부리는 것 같아서 한방 먹여 줬다. 입맛이 가장 보수적이라고 했는데 민성이 어릴 때부터 가장 싫어하는 맛이 한약 맛이었다. 사장은 충격을 받았는지 아직도 사장님 댓글을 달지 않고 있었다. 반응이 있어야 재미가 있는데 김이 샜다.

민성은 배가 출출해 냉장고를 뒤져 바닐라 아이스크림을 꺼냈다. 침대에 앉아 아이스크림을 퍼먹으며 스마트폰을 집어 들었다. 밤 11시가 넘었는데 이상한 문자 한 통이 날아왔다. 발신자 제한 표시 문자였다. 이렇게 늦은 시간에 문자가 날아온 적이 없어 의아했다. 스팸 문자나 보이스 피싱 문자일지도 몰랐다. 문자를 확인한 민성의 눈이 크게 벌어졌다.

이 악플러 씹새끼야! 너 때문에 우리 식당이 망하게
생겼다! 니가 쓴 리뷰 덕분이다. 개새끼야! 더러운 손가락
잘라 버리기 전에 악플 그만 써라. 두고 봐. 내가 너
언제든 죽이러 간다.

민성은 문자를 보고 쓴웃음을 지었다. 프로 악플러 민성에게 드디어 올 것이 온 것이었다. 리뷰 삭제해 달라고, 살려 달라고 매달리던 맛나 김치찌개 사장의 목소리가 떠올랐다. 협박 문자를 보낼 시간에 음식 연구나 할 것이지. 민성은 코웃음을 쳤다. 지금까지 수백 개의 악플을 썼으니, 이런 문자 한 통 받는 것쯤은 예상했다. 직업적인 프로 악플러로서 이미 각오한 바였다. 강철 멘탈을 장착하지 않으면 어떻게 그 많은 악플을 쓸 수가 있겠는가.

민성은 곰곰이 생각했다. 숨어서 협박 문자나 보내는 이 지질한 인간은 대체 누구일까. 지금까지 수백 건 넘게 악플을 썼으니 민성에게 별점 테러를 당한 식당 주인일 가능성이 높았다.

민성의 전화번호를 알고 있는 사장들도 많았다. 환불해 줄 테니 리뷰를 삭제해 달라고 매달린 사람만 해도 열 명 이상이었고 심지어 어떤 치킨집 사장은 새로 튀긴 치킨을 들고 집에 찾아온 적도 있었다. 민성이 쓴 악플이 첫 리뷰라고 눈물까지 글썽이며 리뷰 삭제해 달라고 매달리는 꼴이 측은했다. 새로 튀겨 온 프라이드 치킨이 맛있어서 성은을 내리듯 리뷰를 삭제해 주었다.

어떻게 이따위 협박 문자를 보낼 생각을 했을까. 신고당해 처벌을 받을 수 있는 일이었다. 그깟 리뷰 한 줄에 목숨 거는 인간이 과연 누구일까. 명품 보쌈이나 남경이나 맛나 김치찌개일까? 아니면 민성에게 연이어 별점 테러를 당한 유미원 육개장일 수도 있었다.

아무래도 리뷰 삭제해 달라고 매달리던 맛나 김치찌개일 가능성이 가장 높았다. 어쩌면 사장이 아니라 맛나 김치찌개 사장의 아들이 보낸 문자일지도 몰랐다. 똘끼와 허세 가득했던 사장님 댓글 문체를 볼 때, 어느 정도 가능성이 있었다. 댓글 알바도 있는 마당에 꼭 사장만 댓글을 쓰라는 법은 없었다. 리뷰 삭제해 달라는 전화를 받았을 때, 목소리로 봐서 사장은 나이대가 좀 지긋한 사람이었다. 거의 60은 넘은 것 같았다. 나이 많은 사장들은 사장님 댓글 달기도 어려워할 게 뻔했다. 그 늙은 사장이 직접 사장님 댓글을 쓴 것 같지는 않았다. 민성은 맛나 김치찌개 사장님 댓글을 보고 처음부터 사장의 아들이나 딸이 쓴 글이라고 생각했다.

두고 보라는 놈치고 무서운 놈은 없었다. 진짜 겁나는 인간은 이런 협박 문자를 보내는 인간이 아니다. 그런 인간은 협박 따위는 아예 할 생각도 하지 않는다. 앞뒤 재지 않고 칼을 들고 바로 찾아오는 인간이 진짜 무서운 인간이다. 민성은 입술을 일 그러뜨리며 미소를 지었다. 지렁이도 밟으면 꿈틀한다고 하지 않았던가. 하찮은 지렁이의 몸부림일 뿐이었다. 대체 이 하찮은 인간은 누굴까? 민성은 그깟 악플 때문에 협박 문자를 보낼 생각을 한 인간의 뇌 구조가 궁금했다.

어떤 미친 인간의 장난질에 쓸데없는 신경을 쓴 탓인지 아이스크림 한 통을 다 먹었는데도 허기가 밀려왔다. 민성은 허기가 지면 짜증이 밀려오고 화가 솟구쳤다. 창밖에는 비가 추적추적 내리고 있었다. 비가 와서인지 오랜만에 뜨끈하고 얼큰한 김치찌개 생각이 났다. 어쩌면 협박 문자 때문에 생각지도 않던 김치찌개가 떠오른 건지도 몰랐다. 지난번 맛나 김치찌개 사장과 전화로 옥신각신한 이후 김치찌개는 쳐다보기도 싫었는데 오늘은 이상하게 뜨끈한 김치찌개가 먹고 싶었다.

민성은 배달 앱을 누르고 사냥감을 찾아 나섰다. 새로운 김치찌개 집을 찾아 찜해 두어야 했다. 평점이 5.0이고 주문 수도 많은 만석 김치찌개가 눈에 들어왔다. 처음 보는 김치찌개 배달식당이었다. 먹음직스러운 김치찌개 사진이 입맛을 다시게 만들었다. 리뷰를 읽어 보니 칭찬 일색이라 구미가 당겼다. 민성은 리뷰 서비스로 계란찜을 요청하고 삼겹직화구이 정식에다 김치찌개를 주문했다. 만석 김치찌개는 민성의 주문을 기다렸다는

듯 바로 접수했다. 민성은 얼큰한 김치찌개를 눈앞에 그리며 입
맛을 다셨다. 입안에 침이 가득 고였다.

배달 전쟁터

　말 그대로 기록적이고 기습적인 폭우였다. 하늘이 뚫린 듯 비가 쏟아졌다. 거리는 순식간에 물에 잠겼다. 폭우 때문에 홀 손님은 단 한 명도 없었다.

　전화기에 불이 난 것 같았다. 나는 주방에 음식을 그만 만들라고 했다. 배달 앱도 중지시켰다. 기사들이 픽업하러 오지 않아 음식 봉지가 테이블 위에 줄줄이 밀려 있었다. 아직 포장을 안 한 음식이 열 개였고 포장이 완료된 음식만 해도 열여섯 봉지나 되었다. 배차를 잡을 기사들이 아예 없었다. 기사가 사고를 내는 비상상황에는 대행회사 사장이 직접 배달을 해 주곤 했다. 대행회사 공 사장도 기사가 펑크 낸 배달을 뛰고 있는지 아무리 전화를 해도 받지 않았다.

　배달이 너무 늦다고 손님들의 항의 전화가 빗발쳤다. 마치 총탄이 쏟아지고 피가 튀는 전쟁터 같았다. 폭포처럼 폭우가 쏟아지는데 배달비를 두 배로 줘도 목숨 내놓고 배달할 기사는 없었다. 폭우 때문에 마흔 명이 넘는 기사들이 다 퇴근해 버리고 단 세 명의 기사들만 배달 중이었다. 주문받은 지 한 시간이 넘었는데 아직 배차도 안 된 주문이 열두 개였다. 포장해 놓은 음식들은 봉지 안에서 식고, 막국수는 퉁퉁 불고 있었다. 준현은 손님들의 항의 전화를 받아내느라 혼이 나간 얼굴이었다.

홀 영업은 아예 포기하고 아내와 진숙 이모는 핸드폰으로 고객들에게 일일이 사과 전화를 돌렸다. 비 때문에 배달이 늦어진다고 손님들에게 사정을 설명하고 죄송하다고 읍소했다. 음식을 못 받은 손님들은 소리를 지르고 욕을 퍼부었다. 기다리다 지친 한 여자 손님은 직접 음식을 가지러 오겠다고 했다. 아내는 대로변 롯데리아 앞에서 그 손님을 만나기로 했다며 폭우를 뚫고 음식 봉지를 들고 나갔다.

한 시간이나 두 시간 넘게 기다리던 손님들은 주문을 아예 취소하겠다며 전화로 난리였다. 조리가 다 된 음식은 취소 불가였으나 손님들의 요구대로 취소해 줄 수밖에 없었다. 음식이 식는 게 문제가 아니었다. 다른 음식은 몰라도 막국수는 한 시간이 넘으면 떡지고 퍼져서 도저히 먹을 수 없었다. 아까워도 버려야만 했다. 나는 포장 봉지를 풀고 막국수를 다 꺼냈다. 주방에 막국수 일곱 개를 다시 끓여 새로 포장을 하라고 했다.

"사장님요!"

비에 쫄딱 맞아 생쥐 꼴이 된 기사 정용덕 씨가 식당에 들어섰다. 물에 빠졌다가 간신히 살아온 것 같은 얼굴이었다. 빗물이 줄줄 흐르는 음식 봉지를 그대로 들고 있었다. 용덕 씨가 입은 비옷에서 빗물이 줄줄 떨어졌다.

"어! 아니, 정 기사님! 어떻게 된 일입니까?"

기함할 노릇이었다. 음식을 들고 나간 지 한 시간이 넘었는데 음식 봉지를 들고 되돌아온 것이었다. 음식 봉지에 붙어 있던 영수증도 떨어져 나갔는지 보이지 않았다.

"사장님! 진짜 죽는 줄 알았어요. 사고 나서 배달 못 했어요."

용덕 씨가 물에서 건져낸 듯한 음식 봉지를 들어 보였다.

"지금 도로가 완전 물바다라니까요. 떠내려갈 뻔했어요. 오토바이가 물에 빠져서 안 움직이는데 배달을 어떻게 합니까? 와! 진짜 죽을 뻔했어요. 온 사방이 물바다라 배달 못 간다고 손님한테 전화했는데, 그 씨발 손님 새끼가 헤엄쳐서라도 오라고 했다니까요. 자기 배고파 죽는다고 말입니다. 그게 사람 새낍니까?"

헤엄쳐서라도 배달을 하라니! 나는 할 말을 잃고 잠시 멍하니 용덕 씨를 쳐다보았다.

"배달하다 물에 빠져 죽으라는 거 아닙니까? 씨발놈! 배달한다고 사람 취급도 안 하는 놈이, 진짜 그게 인간입니까? 내 진짜 더러워서 배달 때려치우고 만다. 사장님! 오늘은 죽었으면 죽었지 배달 못 해요. 진짜 배달하다 물귀신 될 뻔했어요. 오죽하면 내 목숨 같은 오토바이를 길에 버리고 왔겠습니까? 와! 진짜 생각할수록 열받네!"

이 폭우에 만석 족발을 배달하다 생긴 사고라 정 기사에게 면목이 없었다.

"그게 정말입니까? 진짜 인간도 아니네요. 기사님 제가 다 미안합니다. 제가 대신 사과드릴게요."

나는 용덕 씨에게 너무 미안해 고개까지 숙였다.

"사장님 미안하라고 한 말 아닌데……."

용덕 씨는 머리를 긁적였다. 용덕 씨는 말이 많아 포장할 때 헷갈리게 만드는 데 일가견이 있었다. 준현은 용덕 씨가 너무 산만하다고 고개를 절레절레 흔들었다. 대행회사 공 사장은 정 기사가 말도 많고 배달 실수는 많아도 아픈 노모에게 극진한 효자라고 편을 들었다.

"일단 주문 취소부터 해야겠네요. 준현아!"

나는 전화기와 포스기에 붙어 정신을 못 차리고 있는 준현을 불렀다. 준현이 혼이 나간 얼굴로 뒤돌아보았다.

"정 기사님 배차 건부터 찾아서 전화해야겠다. 기사님 사고 나서 배달 못 하니까 주문 취소한다고 전해."

나는 마스크를 내리고 숨을 깊게 들이마셨다. 배차가 안 된 음식 일곱 봉지가 그대로 남아 있었다. 배달해 줄 기사도 없는 데 언제까지 배차만 기다리고 있을 수는 없는 노릇이었다. 주문을 받았다면 일단 손님에게 끝까지 책임을 져야 했다. 포장해 놓은 음식이라도 차로 직접 배달하는 수밖에 없었다. 나는 광안동 방향 음식 봉지 다섯 개를 양손에 들었다. 남은 음식은 다른 기사들이 배달해 주기만을 기도하는 심정이었다.

주방 옆문을 열자 주차장은 물바다로 변해 있었다. 발목까지 물에 잠겼다. 나는 장대 같은 비를 맞으며 차 뒷문을 열고 뒷좌석에 음식 봉지를 실었다. 배달음식 봉지가 옆으로 넘어졌다. 음식이 한쪽으로 쏠리거나 엎어지면 고객들은 불같이 화를 냈다. 나는 주방으로 뛰어 들어가 대형 사각 플라스틱 바구니를 들고 나왔다. 음식 봉지가 쓰러지지 않게 바구니에 담았다.

나는 차에 시동을 걸고 물바다가 된 도로로 차를 몰고 나갔다. 차를 몰고 나가는 게 아니라 바다 위로 배를 끌고 나가는 기분이었다. 배수진을 치고 전쟁터로 나가는 심정이었다. 이곳은 목숨을 걸어야 하는 배달 전쟁터였다.

돈방석 삼겹살 주차장에 차를 세웠다. 구석에서 쓰레기 봉지를 뜯던 갈색 고양이가 후다닥 달아났다. 검정 바탕에 황금색 글씨로 쓴 돈방석 간판은 아직도 깨끗하고 선명했다.

내가 식당을 오래 한 선배라고 박은 무슨 문제가 생기면 내게 전화를 했다. 삼겹살집 문을 닫을지 말지 고민이라고, 몇 달 전부터 틈만 나면 가게에 한번 오라고 성화를 부렸다. 말끝마다 씨발인 돈방석 사장 박은 별명이 박시발이었다.

고등학교 동창인 박은 다니던 농기계 제조회사에서 명퇴하고 자영업 대열에 뛰어들었다. 박은 퇴직금과 아파트 대출금으로 3억을 들여 돈방석을 차렸다. 식당 이름을 기막히게 잘 지었다고, 개업식 때 돈방석에 앉으라고 다들 덕담을 했다. 장사가 그런대로 되는 편이었는데, 코로나가 터지고 돈방석의 꿈은 물 건너 가 버렸다.

1년 만에 보니 몸이 좋았던 박은 살이 쑥 빠진 모습이었다. 금방이라도 폭발할 것처럼 얼굴에는 분노가 가득했다. 박은 나를 보자마자 힘들다는 하소연부터 했다. 자영업 대열에 멋모르고 뛰어든 박은 개미지옥에 빠져 허우적거리고 있었다.

"이 씨발! 진짜 식당 더러워서 못 하겠다. 직장 다닐 땐 노는 날이라도 있었지. 씨발! 하루도 쉬는 날도 없고, 이게 바로 징역 살이야. 진짜 개좆같아. 씨발! 며칠 전에는 이물질 신고까지 당했다니까."

박이 한숨처럼 욕을 내뱉으며 말했다. 말끝마다 욕이어서 돈방석이 아니라 욕방석에 앉은 것 같았다.

"무슨 이물질이 들어갔는데?"

"냉면에 쇠 수세미가 나왔지 뭐냐. 우리 실수라 환불도 해 주고 사과를 했는데 직원이 사과도 제대로 안 했다면서 직원 교육도 똑바로 안 시키고 뭐하냐고 삿대질하고 소리를 치는 거야. 씨발! 무릎이라도 꿇어야 되냐? 그러고도 분에 안 차는지 다짜고짜 사진까지 찍더라니까. 씨발새끼! 구청에 신고한다는 거야. 내가 식당 밖에까지 따라 나가서 길거리에서 부탁했어. 요즘 코로나로 가뜩이나 식당 힘든데 사정 봐 달라고 했지. 근데 그 씨발 개새끼가 뭐라 그랬는지 알아?"

하도 박 사장이 말끝마다 씨발 소리를 해대서 나는 귀가 마비되는 것 같았다.

"그 씨발놈이 대뜸 삿대질하면서 당신만 힘드냐고, 코로나로 안 힘든 사람 어딨냐고, 자긴 더 힘들다고, 죽을 지경이라고, 식당 사장만 힘드냐, 전 국민이 힘든데 앓는 소리 그만하라고, 꼴사나운 짓거리 그만하라고 소리를 지르고 지랄발광하는 거야. 길거리 지나가던 사람들이 다 쳐다보는데 진짜 살의를 느꼈다니까."

"진짜 너무 심하네. 다들 코로나로 스트레스가 심해서 그런

가? 요즘은 식당에도 갑질하는 사람들이 더 늘었어."

"씨발! 진짜 이 시국에 위생과에선 자영업자 힘든 사정 좀 봐
줄 생각은 안 하고 씨발! 전화 한 통화에 무슨 암행어사 출두하
듯 들이닥쳐 식당을 다 뒤지더라구. 손님들 앞에서 기분 진짜
더럽더라. 씨발! 전생에 무슨 죄를 이리 많이 지어서 장사를 하
게 됐는지, 씨발! 아 참! 근데, 저기 저 편의점 보이지?"

욕을 하며 열을 내던 박이 갑자기 손가락으로 창문 밖을 가
리켰다. 문 닫긴 편의점 셔터 위에 흰 쪽지가 붙어 있었다.

"갑자기 편의점은 왜? 근데. 저 편의점 왜 문 닫았는데?"

"한마디로 좆된 거지. 청소년에게 담배 팔았다고 영업정지 당
했잖아. 한 놈은 담배를 사고 한 놈은 영수증 들고 와서 50만
원 주면 신고 안 하겠다고 사장한테 협박하더래. 머리에 피도
안 마른 놈이 어른한테 협박하니 사장이 열 받아서 신고하라
했다가 저 꼴 났어. 속이고 협박한 청소년 놈들은 처벌 안 하고
왜 자영업자만 때려잡냐고? 법이 개좆같아. 칼로 찌른 놈은 안
잡아가고 칼에 찔린 놈을 처벌하다니, 이게 법이냐? 먹고살기
힘든 우리는 이 지경인데 부자들은 이 코로나에도 점점 부자가
되니, 진짜 세상이 확 뒤집어져야 해."

박의 말대로 코로나 재앙은 평등하지 않았다. 팬데믹이라는
괴물은 가장 가난한 이들부터 집어삼켰다. 박의 말대로 코로나
시대에도 가진 자들은 돈을 쓸 곳이 없어 폭등하는 부동산과
주식에 열을 올렸다. 재난지원금이라고 자영업자에게 몇 푼 나
온 돈까지도 건물주에게 내는 월세로 빼앗겼다. 부자들이 더 부

유해지는 동안 가난한 자들은 생존의 벼랑 끝에 매달려 힘겹게 버티고 있었다. 재앙의 검은 비는 우산이 없는 이들에게 더 가혹하게 퍼부어졌다.

"휴! 원죄 아니겠냐?"

나는 한숨을 길게 내쉬며 말했다.

"원죄? 무슨 원죄?"

박이 무슨 엉뚱한 소리를 하냐는 표정으로 물었다.

"영세 자영업자는 그냥 죄인이야. 조선시대 소작농이나 백정보다 못한 인간들이지. 자기 먹을 양식도 다 빼앗기는 소작농이나 마찬가지야."

"맞아. 이건 뭐 순 노예지. 자기 건물 없이 남의 건물에서 장사하는 건 노예 짓이야. 가게 시설도 우리가 하고 세금도 다 우리가 내고 장사도 우리가 하는데 말이야. 손 하나 까닥 안 하는 건물주가 우리가 번 돈 월세로 다 가져가잖아? 월세 내는 날 진짜 억울해. 코로나에도 건물주들은 손해 보는 거 하나 없어. 이 와중에도 월세 올려 달라는 놈들 있다더라. 너. 요즘 내 소원이 뭔 줄 알아?"

박의 목소리가 자못 비장했다.

"뭔데? 로또 당첨?"

나는 무거운 분위기를 바꾸려고 일부러 농담을 했다. 박은 내 어설픈 농담에 굳은 얼굴을 풀지도 않았다.

"난 요즘 드럼통에 기름 가득 싣고 국회나 청와대 돌진하는 게 소원이야. 코로나가 자영업자 가게에만 있어? 씨발 왜 우리 자영업자만 조지냐고? 코로나를 자영업자가 만들었냐? 왜 자영업자한테만 책임지라고 하는데? 우리가 무슨 총알받이야?"

"그나저나 박시발 열사님! 쳐들어갈 때 가더라도 일단 열 좀 식혀."

나는 열을 내는 박에게 물 한 잔을 따라서 내밀었다. 박이 물을 벌컥벌컥 들이켰다.

"박시발 열사? 호호, 그거 말 되네. 씨발! 식당 문 닫을 수도 없고, 배달이라도 할까 하는데 말이야. 넌 그동안 배달 장사 선수 다 됐잖아? 싸부님! 배달 장사 비법 좀 가르쳐줘. 아무리 생각해도 배달만이 살길인 것 같아. 만석 갈비 가서 배달 일 좀 배우자."

그렇게 식당에 오라고 하던 박의 용건이 바로 배달 장사였다. 배달을 처음 시작할 때 치킨집 송 사장에게서 배달 장사를 배우던 일이 떠올랐다. 배달로 잘나가던 송 사장은 인터넷 맘 카페 때문에 한순간에 모든 걸 잃었다. 택배차를 모는 송 사장은 이제 장사는 쳐다보기도 싫다고 했다.

"비법은 무슨. 배달도 진짜 힘들어. 음식 만들고 배달하는 건 그리 힘든 게 아닌데, 마진이 없어. 기사들 배달대행비도 얼마나 많이 나가는데. 그중에서 젤 힘든 게 리뷰야. 리뷰 때문에 식당 문 닫는 일도 있어."

"뉴스 보니 리뷰가 진짜 문제긴 하더라. 그 때문인지 리뷰 조작하는 식당 사장들도 있다던데 진짜로 리뷰 조작하고 그러냐?"

나는 박이 씨발 소리를 안 하고 말하는 것이 너무 신기했다.

"그런 곳도 있지. 한날 리뷰 작업해 주는 광고 업체에서 전화가 왔더라고. 리뷰 작업으로 맛집 랭킹 1위 만들어 준다는 거야. 필요하면 경쟁업체에 리뷰 테러나 별점 테러도 한다고 하길래 쓰레기짓 하지 말라고 소리 지르고 전화 끊었어."

박이 어처구니가 없다는 듯 입을 헤 벌리고 나를 쳐다보았다.

"악플 내리겠다고 지인 찬스를 쓰는 일도 종종 있지. 악플 한 줄에 식당 문 닫을 수도 있으니까."

"지인 찬스?"

"일종의 댓글 알바랄까? 자작 리뷰야. 실은 나도 첨엔 주문도 없고 해서 내가 주문해서 사진 찍고 자작 리뷰 몇 개 올린 적도 있었어. 아는 사람들에게 주문해 달라고 해서 리뷰 써 달라고 하는 거야. 악플 올라오면 악플 안 보이게 가리려고 그런 모양 빠지는 짓까지 해야 한다니까."

심한 악플이 올라온 날, 나는 아내에게 집에서 주문해서 자작 리뷰를 쓰라고 했다. 고지식한 아내는 무슨 사기를 치는 것 같다고 질색했다.

"씨발! 난 더러워서 그런 짓은 못 해. 배달식당도 해 먹을 게 못 되네. 배달 장사 한번 해 볼까 싶었는데 그 말 들으니 영 자신 없다."

"밤낮 리뷰에 시달리다 보니 난 배달업이 원형 감옥 같다는 생각이 들어."

"원형 감옥? 그게 뭔데? 감옥이 둥글다고?"

"원형 감옥을 파놉티콘이라 한대. 어려운 말 쓰니까 좀 유식해 보이지 않냐? 내가 진짜 좋아하는 정선호라는 똑똑한 형이 있는데 그 형이 말해 주더라고. 중앙에는 감시탑이 있고 가장자리엔 죄수들의 방이 둥글게 둘러싸고 있는 원형 감옥이 있다는 거야. 상상이 돼? 죄수들 방만 불을 밝혀 놓고 중앙의 감시탑은 어둡게 해 놓아서 죄수들은 간수들을 볼 수가 없대. 간수들은 죄수들의 일거수일투족을 다 감시할 수 있으니 죄수들이 얼마나 고통스럽겠어? 코로나 때문에 내 발로 원형 감옥에 들어갔지만, 배달업은 말리고 싶어. 웬만하면 하라 하겠는데 잘 생각해 봐."

"씨발! 가게 때려치우고 이민이나 가야겠다. 이 나라에선 도무지 앞이 안 보인다."

박이 미간을 찌푸리며 한숨을 길게 내쉬었다. 테이블 위에 올려 둔 내 핸드폰이 부르르 떨었다. 전화를 받자마자 준현의 다급한 목소리가 튀어나왔다.

"사장님! 식당에 빨리 오세요."

"어! 준현아, 왜?"

"배달 간 막국수에서 칼날 조각이 나왔다는데요."

"뭐?"

나도 모르게 자리에서 벌떡 일어섰다. 막국수에 칼날이 나왔다니 보통 심각한 일이 아니었다. 사실이 맞는지 아닌지부터 확인해야 했다.

"그래 알았다. 지금 갈게."

나는 전화를 끊고 박을 쳐다보았다.

"나, 식당 가 봐야겠어. 배달 간 막국수에서 칼날이 나왔대. 배달이 이래서 어렵다니까. 잘 생각해. 나, 간다. 나머진 전화로 이야기하자."

박에게 급하게 인사하고 식당을 빠져나왔다. 박이 현관문까지 따라 나와 어이없다는 듯 나를 쳐다보았다.

주차된 차로 다가가니 차 보닛 위에 드러누워 있던 검은 고양이가 나를 빤히 쳐다보았다. 고양이는 가볍게 몸을 날려 주차장 담장 위로 올라갔다. 새처럼 가벼운 몸짓이었다.

"사장님! 오랜만이네요."

윤명학 기사가 식당 입구에 들어서며 인사를 했다. 다리를 심하게 절며 포장대로 다가왔다.

"어! 윤 기사님 왜 다리 절어요?"

"조금 전, 광안동 배달하다가 넘어졌어요. 갑자기 자전거가 골목에서 튀어나왔지 뭡니까? 자전거 피한다고 핸들 꺾다가 넘어졌어요. 음식이 안 들어 있었기에 망정이지 와! 음식 쏟았으면, 생각만 해도 아찔해요. 진짜 사람 돌아 버리거든요."

배달 기사들은 다치는 것보다 음식을 쏟아서 변상해 주는 걸 더 겁냈다.

"아이구! 진짜 큰일 날 뻔하셨네. 지금 배달이 문제가 아니라 병원 가셔야 할 것 같은데요. 병원은 다녀오셨습니까?"

"뭐 이만한 일로 병원 가면 어쩝니까? 그럼 일주일 서너 번은 병원 들락거려야지요. 허리 수술받고도 사흘 만에 배달 나오는 기사도 있어요. 먹고살자면 어쩔 수 있습니까?"

윤 기사는 정수기에서 물을 받아 마시며 말했다. 그놈의 먹고살자면, '먹고사니즘' 그것이 문제였다.

윤 기사는 60대 초반의 배달 라이더였다. 10년 전 퇴직금으로 곰탕집을 차렸는데 코로나 때문에 장사가 안 되어서 배달기사를 한다고 했다. 아내에게 가게를 맡겨 놓고 배달을 하는데 한 달 번 돈 500만 원은 월세와 주방 아줌마 인건비로 다 나간다고 했다. 권리금과 시설비 1억 때문에 문 닫고 싶어도 정리를 못 한다고 했다. 나는 동병상련의 심정인지 몰라도 윤 기사가 안쓰러웠다. 그가 식당에 오면 뭐라도 하나 더 챙겨주고 싶었다. 가끔 직원들 챙겨주려고 사다 놓은 박카스를 윤 기사에게 넌지시 건네곤 했다.

"백 사장님 근데, 그 소식 들었습니까? 듬뿍 분식집 사장님이 보름 전에 심장마비로 세상을 떠났잖아요, 들으셨죠?"

"네? 에이, 무슨 말씀이세요? 그 사람 아직 30대라면서요?"

나는 윤 기사가 농담한다고 생각했다.

"저번에 폭우 쏟아질 때 직배하다 너무 무리했는가 봐요. 그날 밤에 일 마치고 자다가 심장마비로 죽었다는데 모르십니까?"

"그게 진짭니까?"

나는 입을 쩍 벌리고 윤 기사를 멍하니 쳐다보았다. 듬뿍 분식은 대학가에서 배달이 제일 많기로 소문난 곳이었다. 나도 식당 직원들에게 가끔 듬뿍 분식의 튀김이나 김밥, 순대, 떡볶이를 시켜주곤 했다.

"그 폭우 쏟아지는 날, 사장이 혼자서 정신없이 오토바이로 배달 다니다 그리 됐나 봐요. 하늘도 무심하시지. 그렇게 열심히 살려는 사람을 데려가다니, 이게 말이 됩니까?"

"폭우 쏟아지던 그날 말입니까? 그날 직배를 했다구요?"

나는 눈을 크게 뜨고 윤 기사를 쳐다보았다. 나도 그날 차로 직접 몇 개 배달하긴 했지만 오토바이 배달은 꿈도 꾸기 힘든 날이었다.

"그날 혼자서 60건 넘게 처리했다는 거예요. 베테랑도 그렇게 처리 못 하는데, 와! 말이 60건이지, 폭우가 쏟아지고 도로는 잠겼는데, 혼자서 목숨 걸고 죽도록 뛰었겠죠. 비 오는 날은 배달이 아니라 무슨 목숨 건 전쟁이에요. 길이 장난 아니게 미끄럽잖아요? 오늘부터 듬뿍 분식 배달 다시 시작했어요. 산 사람은 살아야 하니까. 애들이 이제 유치원 다닌다는데 사모님 진짜 안됐어요. 지금 듬뿍 분식 배달하고 오는데 젊은 사모님 얼굴이 너무 많이 상해서 안쓰러워 못 보겠더라니까요. 보름 사이에 폭삭 늙었어요."

윤 기사가 한숨을 길게 내쉬었다. 가슴이 답답하고 먹먹해 아무 말도 할 수가 없었다.

"아, 참 백 사장님, 지난번 칼날 사건 어떻게 됐어요? 제가 그날 막국수 수거해 왔잖아요."

윤 기사가 무거운 이야기를 하다 화제를 바꾸니 다행이다 싶었다.

"아! 진짜 그날 십 년 감수했어요. 칼날 조각이 아니라 호일 조각이었어요. 손님한테 사과하고 환불해 주고 나서 잘 처리되었어요. 손님이 너무 고맙더라구요."

"진짜 다행이네요. 세상엔 좋은 사람도 많아요. 지난번에 빗길에 넘어져 음식이 엉망진창이 됐는데요. 손님이 다친 데는 없냐면서 오히려 제 걱정을 다 해 주지 뭡니까? 엉망이 된 음식도 괜찮다고, 그냥 가라고 하는 거예요. 와! 진짜 그날 눈물 나게 감동먹었지 뭡니까?"

윤 기사와 시간 가는 줄 모르고 떠들고 있는데 주방에서 꽝이 포장한 김치찌개를 들고 나왔다.

"사장님, 김치찌개 나왔습니다."

졸업하고 베트남 하노이에 한식당을 차리는 게 꿈이라고 하던 꽝은 요즘 생각이 변했는지, 배달 라이더 일을 하고 싶다고 엉덩이를 들썩거렸다. 나는 꽝이 언젠가 말없이 안 나올 수도 있다는 걸 알고 있었다. 외국인 직원을 쓰면 월급 받고 바로 다음 날에 말도 안 하고 그만두곤 했다. 몇 년 동안 정이 들었어도 월급을 한 푼이라도 더 주는 곳으로 쉽게 옮겨갔다.

요즘은 외국인 라이더가 예전보다 몇 배로 늘었다. 우즈베키스탄, 우크라이나, 몽골, 중국, 베트남, 태국, 방글라데시, 필리핀, 네팔 등 국적도 다양한 기사들이 식당에 들락거렸다. 몇 년 전에는 상상도 못 하던 광경이었다. 배달 일은 식당 주방에서 일하는 것보다 수입이 배였다. 외국인 직원들이 배달기사로 빠저나가는 것은 당연한 노릇이었다. 윤 기사는 알바나 외국인 노동자들 처지가 식당 사장들보다 낫다고 했다.

나는 뜨거우니 조심하세요, 라고 쓴 쪽지를 김치찌개 포장 용기 위에 붙였다. 아내가 틈날 때마다 써 놓은 손 글씨 쪽지였다. 김치찌개를 포장할 때마다 화상 입었다고 난리 쳤던 그 진상이 생각났다. 고객님 주문해 주셔서 감사합니다. 맛있게 드시고 건강하세요. 이런 메모까지 붙였다. 제발 성의를 봐서 별점 테러만은 하지 말아 달라는 아부나 마찬가지였다. 추상 같은 어명을 내리는 상감마마 앞에 납작 엎드리는 사극 속의 신하들이 떠올랐다. 나는 윤 기사에게 포장 음식 봉지를 건넸다. 윤 기사는 절뚝거리며 봉지를 들고 식당을 나갔다.

오토바이 출발하는 소리가 들렸다. 뭔가 이상한 느낌이 등골을 찌릿하게 훑고 지나갔다. 수저와 뜯개 칼을 안 챙겼다는 사실이 떠올랐다. 현관 쪽으로 급히 뛰어갔다. 윤 기사의 오토바이는 그새 보이지 않았다. 윤 기사와 이야기를 하며 포장을 하다 실수를 한 것이었다. 하늘 같으신 고객님의 악플을 각오해야 했다.

슈라라펜란트, 음식의 천국

배달 오토바이 달리는 소리가 거리의 정적을 깨트렸다. 배달 라이더들의 오토바이만이 죽은 거리의 유일한 생물체 같았다. 지구의 종말이 와도 그들은 누군가에게로 음식을 배달하는 자신의 임무에 충실할 것만 같았다. 코로나로 세상은 한순간에 멈추었지만 배달 오토바이만은 쌩쌩하게 달렸다.

코로나가 터지기 전부터 민성은 집 밖으로 나가지 않는 히키코모리였다. 히키코모리의 본분에 더 충실하도록 만들어 준 것은 배달 앱이었다. 코로나는 밖에 나가기 귀찮아하는 민성을 아예 집 안에만 틀어박혀 있도록 만들었다. 집이 아예 쓰레기 하치장이나 마찬가지라 쓰레기 버리러 밖에 나갈 필요가 없었다. 최근에는 편의점에 나가기도 귀찮아 사소한 생필품도 코앞의 편의점에서 배달을 시킬 때가 많았다. 배달 앱만 있다면 죽을 때까지 외출 한번 안 하고도 살 자신이 있었다.

코로나가 일상의 문을 닫아걸자 배달의 천국이란 멋진 신세계의 문이 열렸다. 세상에는 배달되지 않는 게 없었고, 배달되지 않는 음식이 없었다. 천 원짜리 커피 한 잔에서부터, 백만 원짜리 킹크랩까지 다 배달되었다. 전복죽, 미역국, 생선구이, 매운탕, 숯불에 구운 갈비, 국수, 과일 디저트, 음료수, 빵, 스파게

티, 일식, 중식, 양식, 이탈리아 요리, 프랑스 요리, 태국 요리, 베트남 요리. 세상 모든 나라의 음식이 돈만 주면 다 배달되었다.

코로나가 만든 배달의 천국은 마치 무한한 우주처럼 팽창했다. 배달의 천국은 고객에게 로마의 귀족이나 올림포스 신들이 누리는 천상의 쾌락을 선물했다. 더 맛난 음식을 먹기 위해 먹고 토하고 먹고를 반복하는 로마의 귀족처럼 살 수 있는 세상이 배달의 천국이었다. 고객들은 클릭 몇 번으로 세상 모든 음식을 집에 앉아서 편하게 맛볼 수 있었다. 배달의 천국에 입장하기 위해서는 돈이란 열쇠가 있어야 했다. 돈만 있다면 먹잇감은 사방에 널려 있었다. 사냥감을 선택하고 주문 버튼을 누르기만 하면 맛난 사냥감들은 제 발로 집 앞까지 찾아왔다.

민성은 사냥감을 기다리며 기지개를 켰다. 주문한 갈비찜을 기다리며 입맛을 다시는데 동우에게서 전화가 왔다. 한참 배달을 하고 있을 시간인데 웬 전화인가 싶었다.

"왜?"

"새끼야! 왜가 뭐냐? 그냥 전화했다, 왜?"

평소 동우답지 않게 오늘따라 시비조였다.

"지랄! 내가 니 애인이냐? 그냥 전화하게. 무슨 일 있냐?"

"존나 뚜껑 열리는 일이 있었어. 오늘 배달 갔다가 21층까지 걸어 올라갔지 뭐냐. 엘리베이터가 고장 나서 죽어라 걸어 올라갔거든. 근데 어떻게 된 줄 알아?"

"새끼야, 내가 도사야?"

"도착하면 전화하라더니 망할 손놈이 15분이나 지나도 전화를 안 받는 거야. 진짜 심장 터지는 줄 알았어."

"어허! 이놈 무엄하도다. 손놈이라니! 하늘같으신 고객느님께 감히 손놈이라니!"

"미친! 그 손놈 새끼가 이사를 갔으면서 주소 변경도 안 하고 옛날 주소로 시켰더라니까. 라이더에겐 10분이 한 시간이야. 그놈 때문에 20분이 날아갔지. 진짜 빡쳐서 죽는 줄 알았어."

"헐! 진짜 빡쳤겠네. 그래서 음식은 어떻게 했는데?"

"미안하단 말 한마디 없이, 불어터진 칼국수 나보고 가져가서 먹든지 알아서 하래. 미친 새끼! 누가 거지냐? 아무도 안 잡는 똥콜 강제 배차받아서 목숨 걸고 달려갔는데 이게 뭐 하는 짓인가 싶었어. 칼국수는 불면 손님들이 개지랄 떨거든. 식당 주인들도 배달 늦으면 난리 치고. 그것보다 오늘 사고를 눈앞에서 목격했어. 데미지가 너무 크다."

"사고?"

"도무지 일할 기분이 안 나서 전화했어. 신호 대기에 걸려 정지선에 서 있었어. 근데 신호 무시하고 달리던 배달기사가 트럭에 받혔는데, 와! 그대로 날아가는 걸 봤지 뭐냐? 너무 놀라서 진짜 몸이 얼어붙는 것 같더라. 움직일 수가 없었어. 아마 그 사람 즉사했을 거야. 그다음부터 어떻게 배달을 했는지 모르겠어. 오늘 기분 너무 더러워. 일할 맘이 전혀 안 나. 술 한잔하자."

충격받은 동우의 심정은 충분히 안타까웠으나 민성은 욕이 나왔다. 처음부터 술 마시고 싶다고 할 것이지. 얼마 안 있으면 주문한 매운 갈비찜이 도착할 시간이었다.

"다음에 살게."

집돌이 민성에게 다음은 언제인지 기약이 없었다.

"끊어. 새끼야."

신경질이라곤 낼 줄을 모르던 동우가 좀 이상했다. 알게 뭐람. 한 며칠 지나면 뻔질나게 연락할 게 뻔했다. 민성은 연락한번 안 해도 동우가 항상 먼저 연락을 했으니까. 살찐 배를 쓱쓱 긁으며 입이 찢어져라 하품을 하는데 문자 오는 소리가 들렸다.

이 악플러 씹새끼야! 너 때문에 우리 식당이 망하게
생겼다! 니가 쓴 리뷰 덕분이다. 개새끼야! 더러운 손가락
잘라 버리기 전에 악플 그만 써라. 두고 봐. 내가 너
언제든 죽이러 간다.

똑같은 내용의 문자가 한 달 만에 또 날아왔다. 이번에도 발신자 제한 표시가 걸려 있었다. 아무래도 맛나 김치찌개 사장이 가장 의심스러웠다. 금방 숨넘어갈 것처럼 살려 달라고 매달리던 그 목소리가 방금 들었던 것처럼 생생하게 떠올랐다.

민성은 배달 앱에 들어가서 맛나 김치찌개를 검색했다. 식당이 망해서 문을 닫았나 했는데 아직도 간당간당하게 숨이 붙어 있었다. 맛나 김치찌개는 평점이 4.3이었다. 기본이 4.9인데 4.3이라면 완전히 망한 식당이나 마찬가지였다. 얼마 안 가서 문을 닫을 게 뻔했다. 민성은 혀를 찼다. 악플 탓이 아니라 음식

솜씨가 없으니 자업자득일 뿐이었다. 육개장이 쏟겨 홧김에 리뷰 테러를 연달아서 했던 유미원 육개장도 의심스러웠다. 육개장 주문 수 많은 순으로 찾아보니 맨 밑에 깔려 있어서 보이지도 않았다. 갑자기 귓속이 간지러웠다. 민성은 새끼손가락으로 귀를 후벼 귀지를 후 불었다.

민성은 오랜만에 정성 돈가스에서 돈가스를 시켰다. 거의 한 시간 만에 음식이 도착했다. 기대했던 바삭한 돈가스가 아니었다. 너무 눅눅해서 집어던지고 싶었다. 민성은 홧김에 장문의 악플을 썼다. 음식이 너무 형편없고, 미리 튀겨 놨던 돈가스 준 거냐고. 너무 눅눅하고 차갑고, 서비스 만두는 축축하고, 서비스, 맛, 배달, 음식 다 최악이라고 리뷰를 작성했다.

민성이 리뷰를 올린 지 한 시간 만에 정성 돈가스 사장의 사과 댓글이 올라와 있었다. 별 한 개도 아깝다고, 먹지도 못하고 다 버렸다고 심한 악플을 썼는데도 정성 돈가스 사장은 사과의 댓글을 단 것이었다. 수치심을 이겨내고 잘못을 사과하다니 정말 기특한지고! 사장님 댓글을 보며 민성은 아주 자애로운 왕처럼 흡족한 표정을 지었다.

협박 문자를 보낸 협박범은 정성 돈가스 사장과 애초에 비교 자체가 되지 않았다. 악플을 썼다고 손님에게 협박 따위나 하는 인간이 음식인들 제대로 만들 리가 있겠는가. 그런 마인드로 장사하니 망하는 건 시간 문제였다. 모든 불행을 남 탓이나 사회 탓으로 돌리는 지질한 인간들은 어딜 가나 꼭 있는 법이었다.

악플은 수치심을 자극하는 가장 유용한 무기였다. 아마도 식당 사장에겐 자신의 음식이 최악이고 형편없다는 말처럼 수치스러운 건 없을 터였다. 모든 손님이 보는 공개된 리뷰 게시판에서 자기네 음식이 최악이란 리뷰를 발견한다면 기분이 어떨까. 아마도 식당 사장은 죽고 싶을 정도의 수치심을 맛보게 되지 않을까. 수치심은 인간이 죽는 순간까지 놓지 못하는 가장 무서운 감정이었다.

민성의 감정 창고 가장 밑바닥에는 석유처럼 찐득하고 검은 수치심이 부글거리며 악취를 피워내고 있었다. 민성이 죽어라 음식과 게임에 매달리는 이유는 하나였다. 수치스러운 그날의 기억을 틀어막기 위해선 더 많은 도파민이 필요했다. 게임에 빠지거나 음식에 탐닉하는 순간만이 민성에겐 구원의 순간이었다. 고장 난 수도에서 흘러나오는 물처럼 수치스러운 기억이 수시로 떠올랐다.

민성이 초등학교 3학년이었을 때 아버지가 교통사고로 돌아가셨다. 출근길에 매일 차로 학교에 데려다주던 아버지였다. 아버지가 돌아가신 뒤부터 민성은 입을 닫았다. 민성에게 학교는 정글이었고 지옥이었다. 아이들은 살찐 민성을 보기만 하면 돼지라고 놀렸다. 여럿이 둘러싸고 이유 없이 민성을 때렸다.

우아하고 화려한 사모님 생활을 접고 갑자기 생계를 떠맡게 된 엄마는 매일 골치 아파 죽겠다고 했다. 민성은 엄마에게 왕따를 당한다고, 죽어도 학교 가기 싫다고 했다. 종일 미장원 손님에게 시달린 엄마는 민성에게 짜증을 냈다. 이 못난 새끼야!

그건 전부 네 탓이야. 식충이처럼 처먹으니까 애들이 살쪘다고 그러는 거잖아. 왕따 안 당하고 놀림 안 받고 싶으면 살부터 빼. 살을! 누나 한번 봐. 날씬하지, 공부 잘하지, 못하는 게 없잖아. 상은 얼마나 많이 받아 오니? 제발 누나 반만 해라. 응. 도대체 넌 하나도 쓸모가 없어. 엄마가 누나와 비교하고 잔소리할수록 민성의 식탐은 점점 심해져만 갔다. 엄마의 사랑을 독차지한 누나가 죽었으면 좋겠다고 생각했다.

초등학교 4학년 때였다. 어느 날 운동장에서 놀던 민성은 5학년 남자아이들에게 끌려갔다. 발버둥치며 우는 민성의 팔을 두 녀석이 꽉 잡았다. 민성을 빙 둘러선 아이들은 손가락질하며 킬킬거렸다. 아이들은 민성의 바지를 벗기고 나무 꼬챙이로 성기를 마구 찔렀다. 민성은 온몸이 부서져 가루가 되는 것 같았다. 죽는다고 비명을 질렀지만 아무도 도와주지 않았다. 킬킬대며 구경하는 아이들 중에는 민성의 반 여자아이도 있었다. 짝이었던 그 여자아이와 눈이 마주친 순간 민성은 먼지처럼 사라지고 싶었다. 민성은 그 자리에 선 채로 바지에 오줌을 지렸다. 온 세상이 발밑에서 푹 꺼지고 끝없이 나락으로 떨어지는 것만 같았다.

그날 바지에 오줌을 싼 채로 울면서 집에 갔다. 미용실이 쉬는 화요일이라 엄마는 집에서 낮잠을 자고 있었다. 엄마는 민성의 축축한 바지를 보고 아무것도 묻지 않고 대뜸 등짝을 후려쳤다. 엄마는 이게 과연 내 새끼가 맞나, 하는 표정을 지었다. 민성은 엄마가 등짝을 세게 후려쳤을 때, 엄마에게도 외면당한 쓰레기가 된 기분이었다. 그날, 민성의 어린 영혼은 유리컵처럼 깨지고 말았다.

어린 민성은, 엄마는 가짜 엄마일 거라고, 진짜 엄마는 죽었을 거라고 상상하곤 했다. 아들을 식충이라고, 걸신들린 놈, 쓸모없는 놈, 망할 놈이라고 했던 엄마는 조각상을 진짜 사람으로 만든 피그말리온보다 더 대단한 능력자였다. 민성은 엄마가 말하는 대로 식충이, 걸신들린 놈, 쓸모없는 놈, 쓰레기가 되어 주기로 마음먹었다. 죽을 때까지 엄마의 등골을 빼먹고 사는 쓰레기 아들로 살겠다고 마음먹었다. 어린 아들이 무슨 일을 당했는지도 알고 싶어 하지 않은 엄마, 아들을 벌레 취급하는 엄마에 대한 완벽하고 정당한 복수라고 생각했다.

민성은 컴퓨터 화면을 바라보았다. 컴퓨터 화면에 보이는 그림의 앞쪽에 남자 세 명이 흙바닥에 아무렇게나 큰대자로 누워 있었다. 가운데 둥근 나무 테이블 위에는 쓰러진 술병과 먹다 남긴 음식이 보였다. 귀족처럼 보이는 남자 옆에는 수수한 흰 상의에 갈색 바지를 입은 뚱뚱한 남자가 세상모르고 깊이 잠들어 있었다. 테이블 아래에 망토를 깔고 누운 갑옷 입은 남자 옆에는 장갑과 긴 창이 보였다. 팬케이크가 기왓장처럼 널린 삼각 지붕 아래 투구를 쓴 남자가 하품을 하고 있었다. 멀리 마을 언덕 뒤편에는 흰 우유 강이 보였다. 우유 강 옆의 산언덕에 머리를 집어넣고 굴을 파고 있는 남자의 뒷모습이 우스꽝스러웠다. 마을 광장 곳곳에 음식들이 굴러다녔다. 흰 접시 위에는 구운 거위가 맛있게 먹어 달라는 듯 얌전히 누워 있었다. 다리가 달린 계란은 껍질이 반쯤 깨져 스푼을 얹은 채 걸어 다녔다. 잘 구워진 새끼 통돼지가 나이프를 꽂은 채 살찐 엉덩이를 뒤뚱거리며 뛰어다니고 있었다.

화면 속의 그림 제목은 브뢰헬의 〈게으름뱅이의 천국〉이었다. 인터넷에서 발견한 브뢰헬의 그림을 보고 민성은 눈을 번쩍 떴다. 민성이 꿈꾸던 나라였다. 게으름뱅이의 천국이라니! 민성은 그 그림 속으로 들어가 살고 싶었다. 그림 속의 세상은 음식의 천국이었다. 아무 일도 안 하고 종일 먹고 자는 그런 세상이 바로 민성이 그리는 천국이었다. 일도 안 하고 누워서 종일 뒹굴다 맛난 음식을 토할 정도로 먹고 졸리면 자는 세상이 민성이 살고 싶은 세상이었다.

브뢰헬의 그림이 준 인상이 강렬해 민성은 게으름뱅이의 천국을 검색했다. 그 그림은 독일 우화 속에 나오는 게으름뱅이의 나라, 슈라라펜란트에 관한 그림이었다.

그 나라에는 모든 집의 지붕이 빵이고 대들보는 구운 돼지고기, 울타리는 소시지였다. 술이 생각날 때 샘마다 넘쳐흐르는 향기로운 포도주나 달콤한 샴페인에 대롱만 갖다 대면 마음껏 빨아 마실 수 있었다. 자작나무나 버드나무에는 빵이 주렁주렁 매달려 있고 그 밑에는 우유의 강이 흘렀다. 우유에 빵을 적셔 먹기 좋아하는 사람들은 강에 떨어진 빵을 건져서 먹기만 하면 되었다. 물고기들은 요리가 된 상태로 헤엄치고 있어서 부르기만 하면 손바닥으로 펄쩍 뛰어올라 물고기 잡는 수고를 할 필요가 없었다. 먹기 좋게 잘 구워진 새들도 창공을 날아다니다 사람이 입만 벌리면 저절로 입안으로 들어왔다. 알맞게 익은 새끼 돼지들이 나이프를 꽂은 채 돌아다니고, 치즈 덩어리가 돌처럼 굴러다녔다. 사방에 굴러다니는 돌멩이는 고기를 넣은 파이였다. 말들은 똥을 누는 대신 계란을 낳고 하늘에서 내리는 눈은 얼음사탕이었다.

슈라라펜란트에는 착한 보통의 사람들, 열심히 일하는 자들은 들어갈 수가 없었다. 거짓말쟁이와 사기꾼, 도박꾼과 게으름뱅이들이 환영받는 이상한 나라였다. 슈라라펜란트는 죽으로 만든 벽으로 둘러싸여 있었다. 보통 사람들이 그 나라에 들어가려면 산처럼 높은 죽의 성벽을 다 핥아먹고 벽을 허물어야 들어갈 수 있다고 했다. 소경과 벙어리가 그 나라로 가는 길을 알려 준다고 했다. 슈라라펜란트는 절대로 존재하지도 않고 들어가는 건 꿈도 꿀 수 없다는 뜻이었다. 현실에서는 슈라라펜란트를 볼 수 없기에, 브뢰헬은 그림으로 그려 그 나라를 실제로 눈앞에서 보려 한 것 같았다.

브뢰헬은 그림에서나 게으름뱅이의 천국을 만들었지만 배달 앱은 현실에 존재하는 게으름뱅이의 천국이었다. 배달 앱은 편리함과 쾌락의 끝판왕이었다. 편리함과 쾌락을 추구하는 인간의 끝없는 욕망을 간파한 자본주의가 만들어 낸 최고의 선물이 배달 앱이었다. 침대에 누워 클릭만 하면 세상의 모든 음식이 금방 집 안의 식탁 위에 배달되는 세상이 어쩌면 현실 속 게으름뱅이의 천국이 아니겠는가. 민성에게 배달 앱은 바로 음식의 천국, 슈라라펜란트였다.

음식이 굴러다니는 그림을 들여다보고 있었던 때문인지 민성은 갑자기 맹렬한 허기를 느꼈다. 포크를 꽂은 채 뒤뚱뒤뚱 걷는 그림 속 구운 돼지에 시선이 갔다. 쫄깃한 족발이 생각났다. 민성은 입맛을 다셨다. 족발 뼈를 들고 뼈에 붙은 쫄깃한 살점을 한입 가득 물어뜯고 싶었다.

민성은 배달 앱을 눌러 음식의 천국에 입장했다. 음식을 고르는 순간부터 도파민이 용솟음치는 듯했다. 먹음직스러운 음식을 구경하다 보면 뇌 속에서 폭죽이 터지고 불꽃놀이가 벌어졌다. 입안에는 침이 가득 고였다. 민성은 배고픈 맹수처럼 먹잇감을 찾았다. 일단 주문 많은 순으로 족발 가게를 검색했다. 별점 높은 순, 배달 팁 낮은 순, 찜 많은 순으로 검색했다. 새로운 족발 집 하나가 눈에 띄었다. 이름도 촌스러운 만석 족발이었다. 지난번에 시킨 만석 김치찌개와 같은 식당인 것 같았다. 만석 김치찌개는 민성이 먹어 본 김치찌개 식당 중에서 맛이 최상급이라 찜을 해 두었다. 프로 악플러였지만 민성은 아직 만석 김치찌개에 악플을 쓴 적은 없었다.

민성은 만석 족발에 들어가 리뷰부터 하나하나 읽기 시작했다. 사냥을 시작하기 전에 사냥감이 맛있을지부터 신중하게 살펴야 했다. 사냥은 무조건 성공해야만 했다. 민성이 사냥감을 고르는 데 가장 중요한 기준은 바로 리뷰였다. 먼저 먹어 본 자의 리뷰가 좋아야 사냥감이 괜찮다는 걸 믿을 수 있었다. 만석 족발은 주문 수도 가장 많은데 평점이 5.0이었고 후기도 나쁘지 않았다. 민성은 오늘의 사냥도 성공할 것 같은 기분 좋은 예감을 느꼈다. 3인분이나 되는 족발 중자 세트를 주문했다. 민성은 기본이 2인분 이상이었다.

스마트폰만 있으면 음식의 천국에 언제든 들어갈 수 있었다. 게으름뱅이의 천국, 슈라라펜란트가 손안에 있었다. 별보다 많은 음식의 꽃이 핀 음식의 천국, 배달의 천국은 더없이 아름다웠다.

원숭이 꽃신을 신고

"뭐 해? 안 내려?"

내 말에 아내는 대꾸도 하지 않았다. 딱딱하게 굳은 얼굴로 차 앞만 노려보았다. 찬 겨울바람이 부는 바깥보다 차 안의 공기가 더 냉랭했다. 입을 꼭 다물고 앞을 노려보는 아내의 옆모습이 얼음장 같았다.

"직원들 앞에서 소리 좀 지르지 마!"

아내는 도저히 못 참겠는지 차갑게 쏘아붙였다.

"아! 씨! 좀 그만해! 시끄러워!"

나는 짜증이 확 치밀어 화를 벌컥 내며 소리를 질렀다.

"뭐가 시끄러운데? 왜 나한테만 욕하고 소리 지르는데? 욕하지 마! 끔찍해!"

나를 쏘아보는 아내의 눈에는 눈물이 맺혀 있었다.

"안 그래도 피곤해 죽겠다. 대체 내가 언제 소리 질렀다고 그러냐?"

나는 한숨을 푹 내쉬며 아내를 노려보았다.

"내가 당신 화풀이 대상이야? 다른 건 다 참아도 사람들 앞에서 나한테 욕하는 거, 소리 지르는 건 도저히 못 참아!"

"못 참겠으면 어떡할 건데? 이 씨바! 이게 욕이야?"

"욕하지 마! 끔찍해! 그게 욕이 아니면 뭐가 욕인데?"

"내 친구, 박일섭이는 입만 열었다 하면 씨발이야. 그냥 감탄사라고 생각하면 되잖아?"

"욕이 감탄사라고? 하 참! 어이가 없네. 예전엔 욕 한마디 안 했어. 나도 욕해 볼까? 사람들 앞에서 당신한테 이 씨발새끼야! 개새끼! 썹새끼! 이렇게 욕해 봐?"

나는 아내를 멍하니 쳐다보았다. 난데없이 뺨을 세게 얻어맞은 것 같았다. 욕 한마디 못하던 아내가 이 씨발새끼란 말까지 하자 기도 안 찼다. 눈앞에 있는 여자가 아내의 탈을 쓴 낯선 여자 같았다.

"너 미쳤어?"

"그래 미쳤어. 당신은 욕해도 되고 난 욕하면 미친 거야?"

"허! 참! 지금 그깟 욕이 대수야? 그렇게 욕하는 게 꼴 보기 싫고 못 참겠으면, 식당 나오지 마! 코로나 때문에 전쟁 난 것보다 더한 상황인 거 알면서 왜 이래? 죽기 아니면 살기! 이판사판 벼랑 끝이야. 절체절명의 시기인 줄 누구보다 잘 알잖아?"

내 머릿속에는 어떻게 해서든 배달식당을 살려야 한다는 그 생각밖에는 없었다. 정글 속에서 맹수에 쫓기는 초식동물이 된 것 같았다. 지금은 죽느냐 사느냐 하는 전쟁 상황이었다. 전쟁터에서 사소한 감정싸움이 웬 말인가. 정글에서는 오직 살아남는 일만 중요했다.

"뭔 말만 하면 그놈의 전쟁! 코로나! 코로나 핑계 정말 지긋지긋하다."

"핑계? 내가 지금 틀린 말 했어?"

"그래 당신 말이 다 옳아. 하지만 코로나가 뭔데? 코로나 때문에 마누라한테 소리 지르고 욕해도 된다고 누가 그랬어? 욕은 폭력이야! 난, 코로나보다 당신이 망가지는 게 더 무서워."

"뭐? 폭력? 한미연 너! 말 다 했어? 배달 손님들 난리 치는 것도 힘든데, 대체 왜 이래? 안 그래도 죽겠는데, 이 씨발!"

나는 욕을 내뱉으며 차 핸들을 주먹으로 쾅 쳤다. 경적이 크게 울렸다. 아내의 쌍꺼풀 진 큰 눈이 놀란 듯 크게 벌어졌다. 아무런 미동도 없이 한참 앞을 노려보던 아내는 갑자기 차 문을 열고 밖으로 휙 나가 버렸다. 나는 어이가 없어서 얼어붙은 듯 멍하니 앉아 있었다.

두 시간 전이었다. 배달음식을 기사에게 보내고 20분이 지난 뒤 손님에게서 전화가 걸려 왔다. 숟가락도 없는 모텔인데, 밥을 어떻게 먹으라는 거냐며 손님은 쌍욕까지 하며 고함을 질렀다. 나는 죄송하다고 손님에게 사과부터 하고 숟가락을 바로 가져다주겠다고 했다. 거리가 멀어 숟가락 하나를 다시 배달해주는데 배달비가 육천 원이나 나왔다. 나는 숟가락을 빠뜨린 내 손을 부러뜨리고 싶었다. 만천 원짜리 직화구이를 팔면 천 원도 안 남는데 수저 하나 빠뜨려 생돈 육천 원까지 배달비로 날리게 된 셈이었다. 게다가 새파랗게 젊은 놈에게 쌍욕까지 덤으로 듣다니 분이 풀리지 않았다.

배달기사가 수저를 가지고 출발한 지 5분도 안 됐는데 또 전화벨이 울렸다. 딱 3분 안에 안 오면 각오하라며 욕을 하고 전화를 끊었다. 누가 내 얼굴에 구정물을 확 끼얹은 듯한 기분이 들었다. 이를 악물고 눈을 질끈 감았다. 한참 분을 못 삭이고 있는데 아내가 주방에서 생갈비 접시를 들고 나왔다.

"여보, 이 고기 좀 봐. 비계가 너무 많아. 먹는 중간에 고기 바꿔 달라는 손님이 한둘이 아니야. 고기 좀 바꿔야겠어."

내 기분이 어떤지 사태 파악을 못 한 아내가 불난 데 부채질을 했다.

"이 씨발! 지랄 좀 하지 마! 시끄러워! 제발 입 좀 닥쳐!"

나는 대뜸 아내에게 소리를 질렀다. 내가 무슨 말을 내뱉었는지도 몰랐다. 아내는 그 자리에 얼어붙은 것처럼 나를 멍하니 쳐다보았다. 상황을 모르는 아내로선 난데없이 뺨을 맞은 격이었다. 진숙 이모는 빈 카트를 밀고 주방으로 들어가다 놀라서 멈칫했다. 아내는 고기 접시를 테이블 위에 그대로 올려놓고 화장실로 들어가 버렸다. 아내는 퇴근할 때까지 말 한마디도 하지 않았다.

아내에게는 늘 미안한 마음뿐이었다. 식당일 때문에 꿈에서도 마음 졸이는 아내를 생각하면 칼에 베인 듯 가슴이 쓰라렸다. 식당 사장인 남편 때문에 손에서 물 마를 날 없는 아내에게 잘해주고 싶다는 생각뿐이었지만 말은 마음과 반대로 튀어 나갔다. 배달을 시작하고부터 요즘은 걸핏하면 부부싸움을 했다. 가족과 잘살기 위해 장사를 하는데, 마치 싸우기 위해 장사를 하는 것 같았다.

20년 넘게 식당을 하면서 내가 식당을 몇 개나 말아먹었어도 아내는 대범하게 괜찮다고 위로해 주곤 했다. 무슨 일이 있어도 내 편을 들어 줄 거라고 믿었는데 요즘 아내는 이상하게 전에 없이 따지고 들 때가 많았다. 차창을 열고 담배를 한 대 피워 물었다. 열어 놓은 차창 사이로 차가운 밤공기가 들어와 담배 연기와 섞였다. 요즘 느는 거라곤 담배와 욕이었다.

10년 전, 아내와 단둘이서 작은 삼겹살집을 할 때였다. 나는 주방 일을 하고 아내 혼자 홀을 보았다. 아무리 홀이 바빠도 아내는 혼자서 서빙 하고 계산하고 상을 다 치웠다. 그때의 아내는 마치 날아다니는 원더우먼 같았다. 코로나가 터지기 전까지는 아무리 힘들어도 힘들다 소리 한마디 하지 않았던 아내였다. 원더우먼같이 씩씩하던 아내는 요즘 몸도 마음도 안 아픈 데가 없는 약골로 변해 버렸다. 억센 손이 심장을 꽉 쥐어짜는 듯 아프고, 갑자기 미친 듯 분노가 치밀고, 가슴이 두근거리고, 죽을 만큼 불안하다고 했다. 배달 리뷰 스트레스에 시달리던 아내는 공황장애 진단까지 받았다.

나는 집 도어락 비밀번호를 누르고 현관문을 열었다. 현관에 아내의 신발이 보이지 않았다. 심장이 철렁했다. 당연히 먼저 집에 들어왔을 거라고 생각했는데 이상했다. 아내는 이 야심한 밤에 겁도 없이 어디로 갔단 말인가.

"아빠 왔어?"

지원이가 방문을 열고 나와 인사를 했다. 밤늦도록 공부하느라 아이의 얼굴에는 피곤이 묻어 있었다. 고3이 내년인데도 아이는 인서울이 목표라면서 인강을 들으며 밤늦게까지 공부했다. 대학 1학년인 첫째 지환이는 코로나 때문에 공부에 집중이 안 된다며 한 학기만 다니고 군에 가 있었다. 코로나 때문에 아직 휴가 한 번 나오지 못했다.

"엄마는?"

지원이 이상하다는 듯 물었다. 나는 뭐라 대답해야 할지 난감했다.

"뭐 급하게 살 거 있다고 잠깐 편의점에 갔다 온다던데……."

나는 뒤통수를 긁으며 딴 데를 쳐다보고 대답했다.

"헐! 이 밤에? 이 시간에 엄마 혼자 편의점 갔다고? 아빠는 엄마 걱정도 안 돼? 아빠가 가지. 혹시 엄마랑 싸웠어?"

지원이는 의심스럽다는 듯 내 얼굴을 빤히 쳐다보았다.

"싸움은 무슨, 안 싸웠어. 금방 올 거야. 일찍 자."

내가 얼버무리며 대답하자 아이는 고개를 갸웃하더니 방문을 닫고 들어갔다. 나는 씻을 생각도 하지 않고 소파에 멍하니 앉아 있었다. 아내에게 전화를 해 볼까 말까, 전화기를 몇 번이나 들었다가 놓았다. 벌써 밤 열두 시 반이었다. 퇴근하다 아내가 말도 없이 사라진 일은 단 한 번도 없었다. 나는 베란다로 나가서 아파트 주차장을 내려다보았다. 아내를 처음 만나던 그때의 일이 어제 일처럼 생생히 떠올랐다.

IMF로 회사가 문을 닫자 나는 하루아침에 실업자가 되었다. 갑자기 일자리를 잃어 막막해하던 내게 공장장이 연락을 해 왔다. 자기 부인이 운영하는 제법 큰 갈비집 식당 주방 일을 소개해 주었다. 주방에서 갈비 포를 뜨는 일이었다. 나는 끝까지 남아서 폐업반대 투쟁을 하자던 선호 형이 마음에 걸려 망설였다. 식당일을 하겠다는 마음은 없었지만 일단 면접이나 봐 두자 싶었다.

그날 식당 문을 열고 들어갔던 순간이었다. 한 여자가 어서 오세요, 하고 밝은 목소리로 인사를 했다. 식당에는 손님도 많았고 직원들도 바쁘게 오가고 있었지만 그 많은 사람 중에 오직 그 여자만 있는 것 같았다. 식당 안에 가득하던 소음이 일순간 음소거가 된 것만 같았다. 까만 티셔츠에 청바지를 입고 붉은 앞치마를 두른 모습이 그렇게 예뻐 보일 수가 없었다. 길거리에서 보면 별로 눈에 띄지 않을 수수한 외모였으나 그 순간에는 그녀만 보였다. 말 그대로 첫눈에 반했다.

그녀는 갈비집 여사장의 조카였다. 유치원 교사생활을 몇 년하다 그만두고 공무원 시험 준비를 하고 있다고 했다. 바쁜 주말에만 알바를 하는 중이었다. 그냥 면접이나 보자고 생각했던 내가 식당일을 하기로 마음을 정한 건 바로 그 여자 때문이었다. 내 시선은 그녀의 모습만 뒤쫓았다. 한미연이란 그 여자의 이름을 종이에 수없이 썼다. 그 여자의 신발, 그 여자의 앞치마, 그 여자의 옆모습, 그 여자의 머릿결, 그 여자의 목소리와 웃음소리, 그 여자가 있는 모든 공간이 다 좋았다. 그 여자를 매일 볼 수만 있다면 그 무슨 일도 할 수 있을 것 같았다.

그녀와 함께 도원가든에 들어서던 날, 나는 꿈을 꾸는 것 같았다. 그녀를 만난 지 6개월 만이었다. 달콤하고 고소한 소갈비 냄새, 사람들의 웃음소리, 실내에 흐르는 은은한 클래식 선율에

몸이 둥실 떠오르는 것 같았다. 식당 창밖으로는 복숭아 꽃나무가 보였다. 분홍색 구름 같은 복숭아 꽃밭이 도원가든 주변에 펼쳐져 있었다. 앞에는 강이 흐르고 아름다운 복숭아꽃이 흐드러진 도원가든은 무릉도원을 연상하게 만드는 외식 명소였다. 식당 주변에 아름다운 산책코스가 있어서 데이트 장소로도 인기가 있었다. 나는 도원가든 같은 큰 식당의 주인이 되고 싶었다.

나중에 이렇게 큰 식당 주인이 될 겁니다. 이 도원가든 같은 식당 주인이 되면, 손에 물 한 방울 안 묻게 해 줄게요. 나는 도원가든 2층 창가에 앉아 떨리는 목소리로 그녀에게 청혼했다. 그녀의 뺨이 복숭아 빛깔로 물들었다. 반지를 내미는 내 손이 떨렸다. 촌스럽기 짝이 없는 청혼을 그녀가 거절할까 봐 심장이 밖으로 튀어나올 듯 심하게 두근거렸다. 이곳이 바로 천국이네요. 어떻게 이렇게 아름답고 멋진 곳이 있을까요? 마치 천국처럼 아름다워요. 담에 우리 여기 또 와요. 꼭이요. 그녀의 그 말이 너무 달콤해서 온몸이 녹는 것 같았다. 세상을 다 얻은 것 같았다.

그날 저녁 노래방이라는 곳을 그녀와 처음 가 보았다. 그녀는 정태춘, 박은옥의 〈사랑하는 이에게〉를 불렀다. 나는 음정, 박자 무시하고 남진의 노래를 불렀다. 저 푸른 초원 위에 그림 같은 집을 짓고 사랑하는 우리 님과 한 백 년 살고 싶네, 그녀 앞에서 나는 어설픈 막춤을 추면서 〈님과 함께〉를 목이 터져라 불렀다. 나를 보며 환하게 웃는 그녀의 미소가 숨 막힐 정도로 아름다워 정신이 아득했다. 나는 그녀를 평생 웃게 해 주는 사람이 되고 싶었다. 이 여자를 위해서라면 몸이 부서지도록 일해서저 푸른 초원 위에 그림 같은 집 한 채 지어 주고 싶었다.

젊고 당찼던 그녀는 세상에 대한 두려움도 걱정도 없었다. 자기보다 가진 것도 배운 것도 없는 남자의 청혼을 아무런 두려움 없이 받아들였다. 젊었던 우리에게는 눈부시게 푸르른 청춘과 반짝이는 꿈이 있었다. 서로의 존재만으로 족했다. 세상 부러울 것도 두려울 것도 없었다. 가난의 진짜 얼굴을 그때는 알지 못했다.

나는 아내가 모든 면에서 내게 과분하다고 생각했다. 나를 만나지 않았다면 아내는 바라던 대로 공무원이 되었거나 괜찮은 남편감을 만나 편하게 살았을 것이다. 아내는 대학도 나왔고 처가도 형편이 괜찮았다. 처가에 가면 자격지심인지 몰라도 늘 주눅이 들었다. 못난 남편과 결혼해 준 아내에게 늘 미안하고 고마웠다. 아내가 최소한 남편 잘못 만나 고생한다는 소리는 듣게 하고 싶지 않았다. 식당으로 성공해 보려 죽어라 기를 썼지만 무지개 같은 성공은 내 손에 잡히지 않았다.

처음 본 순간 순진한 한 남자의 영혼을 지진처럼 뒤흔들어 놓았던 여자가 이제는 삶에 지친 식당 아줌마로 변해 있었다. 생활에 치이다 보니 돈 걱정에 한숨이 마를 날 없었다. 늘어난 허리의 군살처럼 잔소리도 늘고 짜증도 늘고, 바가지도 벅벅 긁어 대는 중년의 식당 아줌마로 늙어 가고 있었다. 일 년 열두 달 쉬는 날도 없이 독한 주인 만난 하녀처럼 일만 했다. 식당 사장의 아내는 손에서 물 마를 날이 없었다.

대체 아내는 이 오밤중에 어디로 갔단 말인가. 한참 핸드폰을 들여다보다 아내에게 전화를 걸었다. 5분 간격으로 일곱 번이나 전화를 걸었지만 아내는 받지 않았다. 온갖 생각이 다 들었다. 진짜 집을 나가 버린 건가, 식당 하다 먹고살기 힘들어 갈라서는 부부처럼 이혼하자는 건가. 혹시 홧김에 아파트 근처에 있는 바다에 뛰어들었나. 불안과 걱정으로 심장이 오그라들었다. 아내의 마음을 도무지 짐작할 수가 없었다.

나는 아파트 주차장 밖으로 나가서 아내를 기다렸다. 부부싸움으로 집에 안 들어오는 아내를 기다리는 꼬락서니라니, 한숨이 나왔다. 차가운 밤공기에 얼굴이 얼어붙을 것 같았다. 이 추운 겨울밤에 아내는 어디로 갔단 말인가. 주차 공간이 없어서 빙빙 돌던 차 한 대가 주차장을 빠져나가고 있었다.

돈은 잡을 수 없는 파랑새였다. 아내를 행복하게 해 주겠다는 그 꿈이 소박한 꿈이 아니라, 비현실적이고 쳐다보지도 못할 나무란 사실을 진작 깨달았어야만 했다. 15년 전, 식당을 해서 돈을 좀 벌 때가 있었다. 집을 사자는 아내의 말을 듣지 않고 식당을 크게 확장했다. 큰돈을 벌고 싶어 식당에 돈을 투자했지만, 돈은 벌리지 않고 빚만 늘어 갔다. 20년 넘게 식당을 했지만 아직도 집 한 채 마련하지 못했다. 식당을 시작하고 망하고 다시 차리는 동안 가족들은 수없이 이사 다녀야 했다.

나는 한숨을 내쉬며 캄캄한 밤하늘을 올려다보았다. 도시의 밤하늘에도 별이 드문드문 박혀 있었다. 나는 요즘 별에 울고 별에 웃었다. 리뷰 게시판에 별점 1점 악플이 올라오면 매출은 순식간에 곤두박질쳤다. 장사꾼에게 매출은 죽느냐 사느냐, 생존이 달린 문제였다. 배달을 시작하고 별점 때문에 발 뻗고 잔 적이 없었다. 제 기분 내키는 대로 별점 테러를 해서 매출을 떨어뜨리는 악플러는 치명적인 독사였다. 평생 음식만 만들던 내가 어쩌다 별만 쳐다보는 신세가 되었는지 피식 웃음이 나왔다.

코로나가 터지기 전만 해도 나는 성격이 느긋하다는 소리를 들었다. 장사가 돼도 안 돼도 얼굴에 표를 안 냈다. 장난도 잘 치고 아내를 자주 웃겼다. 손님들에게 싱거운 농담도 곧잘 하는 편이어서 유쾌한 사장님이란 소리도 들었다. 진상들에게도 유들유들하게 대처할 줄 알아 크게 문제가 생기진 않았다.

배달을 시작하고 나서부터 둥글둥글하던 성격이 칼날처럼 날카로워졌다. 아내를 화풀이 대상으로 삼는 못난 사내가 되어가고 있었다. 아내가 조금만 잔소리를 해도 짜증을 내고 소리를 질렀다. 직원들에게는 화내거나 큰 소리 낸 적이 없으면서 유독 아내에겐 더 소리를 지르고 화를 냈다. 늘 미안한 마음인데도 이상하게 아내가 뭐라고 하면 더 화가 났다.

나는 주차장과 아파트 주변을 한참 돌아다니다 집에 들어왔다. 소파에 멍하니 앉아 있는데 갑자기 도어락 삑삑하는 소리가 들렸다. 현관문이 열리더니 아내가 들어왔다. 나는 허둥거리며 소파에서 일어섰다. 눈두덩이 붉게 부어오른 아내는 나와 눈도 마주치지 않고 곧장 화장실로 들어갔다. 수돗물 소리가 한참 들려왔다.

아내가 화장실에서 씻고 방으로 들어갈 때까지 나는 거실 소파에 우두커니 앉아 있기만 했다. 소파에 앉은 내 주위로 모기 한 마리가 성가시게 날아다녔다. 아파트 앞에 15년째 방치된 폐수영장 때문에 겨울인데도 모기가 기승을 부렸다. 아내에게 무슨 말을 어떻게 꺼내야 할지 입을 뗄 수가 없었다.

아내가 방에서 나오더니 내 옆에 앉았다. 나는 어색한 공기를 감당하기 힘들어 소파에서 일어섰다. 나는 아내에게 무슨 말인가 해 보려고 입을 달싹였다. 당신에게 화를 내려 했던 게 아니었다고, 못난 내 자신에게 화가 났던 거라고 솔직하게 말하고 싶었다. 말이 목구멍에 걸려 빠져나오지 않았다. 나는 괜히 헛기침만 했다.

"여보!"

아내의 목소리가 생각보다는 담담하고 다정해 가슴이 뭉클했다.

"많이 힘들지?"

아내의 그 말 한마디에 다 이해받고 용서받은 기분이 들었다. 나는 목덜미를 긁으며 소파에 앉았다.

"배달 때문에 힘들어서 그런 거 알아. 앞으로 힘들면 힘들다고 해. 화내고 욕하지 말고. 알았지?"

아내가 내 손등을 툭 치며 말했다.

"많이 미안한가 봐?"

웃고 있는데 아내의 눈에는 눈물이 그렁했다. 아내의 서글픈 웃음이 날카로운 쇠꼬챙이처럼 폐부를 아프게 찔렀다.

"내가 잘못했어. 미안해."

나는 겨우 입을 뗐다. 내 입에서 나온 말인데 다른 사람이 하는 말처럼 어색하게 들렸다.

"그래! 백만석 씨! 앞으로 마누라한테 좀 잘해!"

아내가 갑자기 나를 안았다. 더없이 다정하고 따스한 포옹이었다. 콧등이 시큰하고 가슴이 뭉클해 눈을 질끈 감았다. 갑자기 방문 열리는 소리가 났다. 아내가 민망한지 재빨리 몸을 뗐다.

"헐! 대박! 엄마, 아빠 뭐 해?"

지원이가 눈을 가리는 척하면서 헤헤 웃으며 말했다.

"뭘? 아무것도 안 했는데?"

아내가 시치미를 떼고 어색하게 웃었다.

"하던 거 계속해. 아무것도 안 봤거등."

지원이가 혀를 쏙 내밀며 웃었다.

"아직 안 잤어?"

나는 머리를 긁적거리며 아이의 시선을 피했다.

"응, 물 좀 마시려고. 근데 엄마, 왜 이렇게 늦었어?"

"달빛이 내리는 겨울 밤바다 보고 왔지. 내가 좀 낭만을 알잖니?"

"우리 엄마 밤늦게 진짜 주책이시네요. 밤길이 얼마나 위험한데!"

"그래, 니 엄마 주책이지? 다 늙은 아줌마가 바람이 났나? 밤길 무서운 줄도 모르고."

지원이의 말에 맞장구를 치자 아내가 나를 흘겨보았다.

"네 알겠습니다요. 싸모님, 그만 주무시러 들어가실까요."

식구들의 투명한 웃음소리가 집 안에 울려 퍼졌다. 이 웃음소리가 세상에서 가장 귀한 보석이라는 것을 이제야 처음 알았다. 천금보다 더 귀한 이 웃음소리만 있으면 되는 것이다. 나는 무슨 거센 파도가 닥쳐도 끝까지 이 웃음을 지키겠다고 다짐했다.

수건으로 얼굴을 닦으며 화장실에서 나왔다. 나보다 한 시간먼저 퇴근했던 아내는 옷도 안 갈아입고 소파에 앉아 있었다. 집에 오기 바쁘게 피곤하다고 쓰러지던 아내가 웬일로 텔레비전을 보고 있는지 낯설고 의아했다. 마치 화면 속으로 빨려 들어갈 것처럼 보였다. 화면 속의 검은 중국 물소는 주인의 채찍을 견디며 논을 힘겹게 갈고 있었다. 클로즈업된 소의 커다란 눈망울에 눈물이 그렁그렁했다. 아직도 소를 이용해 논을 가는곳도 있는 모양이었다. 크게 재미도 없는 다큐 프로그램이었다.

"안 피곤해? 어제 잠도 못 잤잖아?"

아내는 대답 대신 텔레비전만 뚫어져라 쳐다보았다. 나는 며칠 전의 부부싸움 때문에 되도록 아내의 심기를 건드리지 않으려 조심하고 있었다. 화면은 금세 바뀌어 당나귀들이 무거운 짐을 나르는 장면으로 전환되었다. 원주민 여자들이 짐을 싣고 가는 당나귀의 엉덩이를 나무 회초리로 아프게 때렸다.

"우리가 저 가축 같아."

아내는 혼잣말처럼 엉뚱한 소리를 했다.

"뭐? 가축?"

"저 가축들은 자기를 위해서 하루도 못 살잖아."

나는 아내가 낯설고 이상해 멍하니 쳐다보았다.

"가축은 인간을 위해서 일생을 살아야 해. 죽을 때까지 밭을 갈고…… 낙타와 당나귀는 평생을 제 몸보다 몇 배나 무거운 짐만 날라야 해. 고기와 뼈와 살과 피와 내장까지 다 내주고…… 죽어서도 제 몸을 인간에게 내놓아야 해. 한 번도 자기가 못 되어 보고……."

"거 참, 별소리를 다 하네. 자기가 못 되다니? 가축이 가축으로 사는 게 뭐 어때서? 우린 저 가축들 덕분에 먹고살잖아? 돼지갈비집 주인아줌마! 대체 왜 그래?"

"저 가축들도 처음부터 사람만을 위해선 살고 싶지 않았을 거야. 자기를 위해 살고 싶었겠지."

아내는 내 말엔 대꾸도 않고 하던 말만 계속했다.

"가축들이 어떻게 자기를 위해 사나? 오늘 갑자기 왜 그래? 겁나게 왜 안 하던 헛소리야? 혹시 나 몰래 술 마신 거야?"

내가 쿵쿵대자 아내는 어이가 없다는 듯 밀어냈다. 아내에게서는 식당에서 묻혀 온 돼지갈비 탄 냄새가 났다.

"근데, 여보…… 사람이 말이야. 언제 가장 불행할까?"

나는 이상하게 뜨끔했다. 아내는 지금 가장 불행한 것 같았다. 식당 사장인 남편 때문에.

"왜 그래? 사람 심란하게 왜 자꾸 안 하던 소리를 하냐?"

텔레비전 화면 속에는 낙타가 무거운 짐을 지고 사막을 횡단하고 있었다. 열사의 사막을 터벅터벅 걸어가는 낙타를 보고 있으니 숨이 턱 막혔다.

"자신을 위해 한순간도 못 사는 게 가장 불행한 게 아닐까? 저 낙타처럼, 소처럼, 말처럼, 노새처럼…… 제 몸의 몇 배를 지고 가는 당나귀처럼…… 무거운 썰매를 끄는 개처럼…… 자신의 시간을 타인에게 송두리째 빼앗기며 사는 게 가장 불행한 일이 아닐까? 주인 월세 벌어 주려고 쉬는 날도 없이 일하는 우리도 마찬가지고……."

아내의 말이 맞을지도 몰랐다. 식당은 쉬고 싶을 때 쉬는 일은 꿈도 꿀 수 없었다. 주 52시간 노동을 지나 주 4일제까지 외치는 시대인데 식당 주인들은 한 달 내내 노는 날도 없이 하루 열 시간 이상 식당에 매여 있어야 했다. 잠자는 시간 빼고는 온종일 식당에 매여 있었다. 하루 열네 시간 죽자고 일하면 돈이라도 벌어야 할 게 아닌가. 손에 쥐는 돈도 없고 늘 빚에 허덕였다. 코로나 이후 배달로 매출은 세 배나 늘었는데 우리 부부 두 사람 인건비도 못 건지고 있었다.

"일단 잠이나 좀 자자. 노예 노릇이든 가축 노릇이든 잠을 자야 하든가 하지. 빨리 씻고 잠이나 자. 안 그래도 힘든데, 힘 빠지는 소리 그만하고."

아내의 말을 더 듣다간 기운만 빠질 것 같았다. 나는 입이 찢어지도록 하품을 했다. 아내를 불행의 늪에서 일단 빼내야겠다 싶었다. 가축 신세든 뭐든 다 잊고 잠이나 자는 게 최선이었다.

"여보, 혹시 원숭이 꽃신 이야기 들어본 적 있어?"

난데없이 원숭이 꽃신은 뭐란 말인가. 나는 혀를 찼다. 아무래도 아내가 이틀 동안 썩은 감자와 씨름하더니 그 후유증이 큰 것 같았다.

사흘 전 아내는 인터넷으로 감자를 싸게 주문했다고 좋아했다. 손님에게 인기가 많은 샐러드용 감자였다. 감자 샐러드 먹고 싶어서 먼 데서 만석 갈비에 일부러 온다는 손님이 있을 정도였다. 겨울이라 감자 한 박스에 사만 원이나 하는데 관리를 잘못해 썩은 감자를 세 박스나 버렸다. 아까워서 발을 구르던 아내는 인터넷으로 햇감자 한 박스를 구천 원에 샀다며 로또 맞은 것처럼 좋아했다. 정작 택배로 온 감자는 햇감자가 아니라 전부 싹이 나고 썩은 감자여서 쓸 수가 없었다. 별일도 아닌데 하늘이 무너진 것처럼 낙담하는 아내를 보니 한숨이 나왔다. 아내는 반품하겠다고 판매자와 전화로 옥신각신 싸웠다. 판매자가 택배비도 안 나온다며 반품을 절대로 못 받아 준다고 하자 아내는 썩은 감자 사진을 리뷰에 올리겠다고 이를 갈았다. 나는 기껏 감자 한 박스에 열 내는 아내를 이해할 수가 없었다. 분을 못 참던 아내는 갑자기 맥이 빠졌는지 한숨만 푹푹 내쉬었다. 나는 아내에게 왜 리뷰로 안 올리냐고 물었다. 아내는 우리도 손님 악플 때문에 골치를 앓는데 기껏 구천 원 가지고 불만 리뷰를 못 올리겠다고 했다.

그놈의 감자가 뭔지, 할 수 없이 아내의 이야기를 좀 들어주어야 할 것 같았다. 나는 하품이 나오는 걸 억지로 참고 아내를 처다보았다. 눈꺼풀이 바윗돌처럼 무거웠다.

"내가 크게 선심 썼다. 졸리지만 들어주지 뭐."

"아유! 서방님 감사합니다요. 정휘창 선생님 동환데, 한번 들어 봐. 애들이 이 이야기를 참 좋아하더라구. 아주 오랜 옛날에 원숭이들이 평화롭게 사는 마을이 있었대. 한날 오소리가 나타나 원숭이에게 비단 꽃신을 보여 주면서 너무 폭신하고 발이 편해진다면서 공짜로 신어 보라고 했어."

"공짜라면 양잿물도 마실 판이지."

나는 입이 찢어져라, 하품을 했다. 아예 거실 바닥에 드러누워 아내를 올려다보았다.

"원숭이가 우린 맨발로 다니니까 꽃신이 필요 없다고 처음엔 거절했지. 오소리는 꽃신을 신고 다니면 가시에 안 찔리고 발이 너무 편하다고 온갖 감언이설로 원숭이를 꼬드긴 거야. 원숭이는 긴가민가하며 그 꽃신을 한번 신어 봤어. 진짜 발도 너무 따뜻하고 폭신했지. 발도 안 아프고 날아갈 것처럼 좋은 거야. 꽃신이 낡아서 떨어지니까 오소리가 한두 번은 공짜로 그냥 주더니 나중에는 꽃신값을 내라고 했어. 꽃신이 없으니까, 원숭이는 발이 아파서 걸어 다니지 못했어. 그동안 발이 너무 보드라워진 거지. 원숭이는 겨우내 먹으려고 모아 둔 도토리나 개암 열매들을 바치고 꽃신을 사야 했어. 그뿐 아니라, 오소리의 하인이 되어서 모든 시중을 들어야 했지. 그깟 비단 꽃신 하나 때문에."

"바보 같은 원숭이가 오소리한테 사기당한 이야기네."

"그 바보 원숭이가 누굴까? 그리고 오소리는?"

"그게 무슨 소리야? 원숭이가 누구냐니?"

"어쩌면 배달 앱이 바로 원숭이 꽃신이 아닐까?"

"뭐?"

나는 벌떡 몸을 일으켰다. 머리를 한 대 얻어맞은 것 같았다. 생각해 보니 아내의 말대로였다. 배달 앱은 원숭이 꽃신값으로 배달 장사해서 남는 마진을 광고비나 수수료로 다 가져갔다. 배달료도 배달 때문에 생긴 비용이니까 원숭이 꽃신값이었다. 배달 앱이 하는 일은 고객과 음식을 만드는 식당을 연결해 주고 수수료를 챙기는 일이었다. 재주는 곰이 부리는데 돈은 왕서방이 다 가져가는 꼴이었다.

배달을 시작하기 전에는 배달 앱이 구세주라고 생각했다. 코로나 때문에 처음 배달을 시작했을 때 배달 매출이 늘고 주문 수가 느는 것이 기뻤다. 코로나가 터지고 홀 매출은 바닥으로 추락했지만 배달 매출은 점점 늘었다. 나는 배달 앱이 코로나 때문에 죽어 가는 식당을 살려낸 신이라고 고마워했다. 코로나 지옥에서 끌어올려 줄 구원의 밧줄이라고 생각했다.

대학로 인근에서 우리 배달식당은 주문 수가 높은 편에 들었다. 특히 만석 족발은 항상 맛집 랭킹 1위나 2위 안에 들었다. 피 튀기는 배달의 정글 속에서 맛집 랭킹 1위에 올랐다는 건 보통 대단한 일이 아니었다. 24시간 배달의 노예가 되어 살아가고 있는데 장사가 잘될수록 수입은 이상하게 줄어들기만 했다. 배달업에 뛰어들고부터 잠자는 시간조차 아끼며 일했다.

배달 장사는 창살 없는 감옥이었다. 자기 돈 들여서 창살 없는 감옥을 만들어 놓고 제 발로 감옥에 걸어 들어간 바보들이 바로 배달식당 사장들이었다.

한겨울인데도 모기가 귓가에 앵앵거렸다. 잠이 오지 않았다. 누워서 원숭이와 원숭이 꽃신과 오소리를 생각했다. 발이 편해진다는 원숭이 꽃신에 영혼을 팔아 버리고 오소리라는 거대 자본의 노예가 된 어리석은 원숭이. 수많은 원숭이를 삼킨 오소리의 덩치가 거대한 공룡처럼 부풀어 오르는 상상을 하다 잠에 스르르 빠져들었다.

공룡보다 거대해진 오소리를 떠받치고 있는 원숭이들이 비명을 지르며 아우성을 치고 있었다. 원숭이는 개미보다 더 작아졌다. 나는 꿈에서도 거대한 오소리의 추격에 쫓겼다. 오소리의 발에 밟혀 흔적도 없이 사라질 것만 같았다.

악마의 음식, 황홀한 그 향기

이 악플러 씹새끼야! 너 때문에 우리 식당이 망하게
생겼다! 니가 쓴 리뷰 덕분이다. 개새끼야! 더러운 손가락
잘라 버리기 전에 악플 그만 써라. 두고 봐. 내가 너
언제든 죽이러 간다.

민성은 문자를 들여다보며 피식 웃었다. 한동안 뜸하던 협박
문자가 또 날아왔다. 민성은 눈도 끔쩍하지 않았다. 이따위 지
질한 협박도 악플러로선 당연히 치러야 할 기회비용일지도 몰
랐다. 세상에서 가장 지질한 인간이 바로 두고 보자는 놈이었
다. 세상은 넓고 미친 인간은 많은 법이다.
　토씨 하나 안 틀린, 똑같은 내용의 문자를 들여다보며 민성은
혀를 찼다. 협박 문자를 보내려면 창의적이고 독창적인 내용으
로 보내야 할 게 아닌가. 협박범이 원하는 대로 겁을 먹고 악플
러짓을 그만두고 싶어도 겁을 먹을 수가 없었다.
　이따위 한심한 협박 때문에 신나는 악플 게임을 그만두고 싶
지는 않았다. 같잖은 협박에 흔들릴 유리 멘탈이었다면 처음부
터 악플을 쓰지도 않았다. 겁이 났다면 처음 협박 문자가 왔을
때 악플 게임을 그만두었을 것이다. 민성에게 리뷰 쓰기는 즐거

운 게임이었고 악플은 최고의 진정제였다. 악플을 쓰고 있을 때면 영혼을 묶고 있는 수치심의 감옥에서 풀려날 수 있었다. 수치심을 잊으려고 악플을 쓰는지도 몰랐다. 마음의 가장 밑바닥에 오래 묵혀 둔 수치심을 잊으려면 민성도 누군가를 수치스럽게 만들어야 했다.

민성이 쓴 수백 개나 되는 리뷰 중 반 이상이 별점 1점이었다. 맛없으면 맛이 없다고, 양이 부족하면 부족하다고, 배달이 늦으면 늦다고, 리뷰 서비스 질이 떨어지면, 이런 거 줄 거면 차라리 리뷰 서비스 없애라고 아주 신랄하게 리뷰를 쓰고 별점 테러를 했다. 권력을 가진 강자만이 약자에게 수치심을 안길 수가 있었다.

음식을 평가하는 리뷰를 쓸 때면 전지전능한 초능력자가 된 기분이었다. 리뷰는 루저도 하루아침에 최고 권력자로 만들어주었다. 별점은 무소불위의 무기였다. 민성은 악플을 쓰면서 스스로 어떤 대단한 존재가 된 기분에 사로잡혔다. 하나에서 열까지 디테일하게 장문의 악플을 쓰면 식당 사장들은 더 벌벌 떨었다. 납작 엎드리고선 다음에는 더 잘하겠습니다, 하며 답글을 달았다.

누가 협박 문자를 보내는지도 궁금하지 않았다. 지질하고 겁많고 하찮은 인간의 마지막 발악일 뿐이었다. 꼭 겁쟁이에다 소심한 인간들이 숨어서 이런 짓을 했다. 경찰에 신고하면 당연히 악플러 생활을 접어야 할 것이다. 신고하고 말고 할 일도 아니었다. 민성은 귀찮은 일은 딱 질색이었다. 악플을 더 부지런히 올리라고 응원해 주고 격려해 주는 문자 같기도 했다.

민성은 얼굴과 목이 가려워 손톱을 세워 벅벅 긁었다. 여드름과 아토피 피부염 때문에 피부가 성한 곳이 없었다. 일종의 등가교환의 법칙이랄까. 기름진 배달음식을 사랑한 대가라는 걸 알고 있었지만 오늘따라 푸짐하고 기름진 중식이 당겼다. 민성은 침대에 누운 채 100개나 되는 배달 앱 찜 목록에서 중국집 북경을 찾아냈다. 짜장면의 생명은 뭐니 뭐니 해도 면발이었다. 북경은 남경보다 짜장 소스 퀄리티는 좀 떨어졌지만, 매번 배달이 빨라 면발이 살아 있어서 만족스러웠다. 민성은 한참 메뉴를 고민하다 2인 탕수육 세트를 골랐다. 탕수육에다 짬뽕과 짜장면이 한 세트에 들어 있어 세 가지를 한꺼번에 먹을 수 있는 메뉴였다. 2인분은 민성에게 기본이었다. 가격은 배달비 포함해서 이만육천 원인데 배달 앱 쿠폰할인에다 북경의 쿠폰할인을 받으면 이만이천 원에 먹을 수 있었다.

민성에게 배달음식은 애타게 보고픈, 그리운 연인이었다. 배달음식을 기다리다 보면 생각은 너무나 단순해졌다. 일생을 다하여 기다린 것이 오로지 지금 오고 있는 배달음식인 것만 같았다. 모든 청각 기능과 후각 기능이 개의 감각 기능처럼 배달 오는 음식만을 향하여 곤두섰다. 살아 있다는 생생한 느낌을 받는 순간이 바로 배달음식을 기다리는 순간이었다. 그 짜릿하고 살아 있는 느낌이 좋아서 배달음식을 시키는지도 몰랐다. 음식이 언제 오나 목 빼고 기다리다 보면 입안에 침이 흥건히 고였다. 음식을 기다리는 순간은 그 좋아하는 롤 게임에도 집중이 되지 않아 유튜브로 예능 프로그램을 틀어 놓고 기다렸다. 주로 먹방 프로그램이었다.

민성은 배달기사에게 음식을 건네받고 문을 닫으면 절로 콧노래가 나왔다. 봉지 밖으로 새어 나오는 냄새로 먼저 음식을 음미했다. 포장을 뜯으면 그때는 시각과 후각이 맹렬하게 살아 움직였다. 실망스러운 음식이 오면 민성은 폭발했다. 배달이 늦거나, 식었거나, 상했거나, 기대한 맛이 아니거나, 양이 부족하면 사냥감을 놓친 사자처럼 광분했다. 민성은 자신을 실망시킨 식당 사장들을 악플로 즉시 응징했다.

배달을 시킨 지 이십 분 만에 초인종이 울렸다. 민성은 속으로 별점 5점이라고 외쳤다. 짜장면은 무조건 삼십 분 내로만 배달해 주면 땡큐였다. 삼사십 분 넘어서 배달이 오면 면이 엉겨 붙은 경우가 많았다. 한 시간 넘어 배달 온 짜장면은 나무젓가락으로 집어 올리면 한 젓가락에 다 집을 수 있거나 나무젓가락이 뚝 부러질 때도 있었다. 현관문을 여니 눈만 내놓은 외국인 라이더가 맛있게 드세요, 하며 음식 비닐봉지를 건넸다. 친절한 배달기사가 오면 음식 먹을 기분이 났다.

랩 포장을 벗겨내자 짜장면과 짬뽕 냄새가 코를 찔렀다. 입 안에 침이 흥건하게 고였다. 짜장면 냄새에는 수많은 손가락이 숨어 있는 것 같았다. 수많은 냄새의 손가락이 민성의 후각 세포를 쉼 없이 쓰다듬고 만지고 파고들었다. 음식의 첫인상은 냄새였다. 사람이든, 음식이든, 어떤 장소든 무조건 첫인상이 좋아야 했다. 음식과 본격적으로 만나기 전에 냄새로 먼저 눈인사를 나누었다. 코에 스며드는 음식의 향기로운 냄새는 음식의 정수, 음식의 영혼, 음식의 핵이었다. 짜장면은 짜장면 냄새가, 갈비는 갈비 냄새가, 피자는 피자 냄새가 좋아야 했다. 짜장면과 짬뽕에서 김이 모락모락 피어오르며 냄새의 꽃송이를 활짝 펼쳤다.

민성은 군침을 삼키며 탕수육 위에 소스를 들이부었다. 걸쭉한 소스가 탕수육 위에서 용암처럼 흘러내렸다. 짜장면을 나무 젓가락으로 쓱쓱 비벼 막 한입에 넣으려는데 핸드폰 벨이 울렸다. 첫맛을 음미하려는 아찔한 순간을 망친 인간에게 화가 치밀었다. 식도락의 즐거움을 망친 주인공은 아니나 다를까 손금자 여사였다. 민성은 미간을 있는 대로 찌푸렸다. 공사다망하신 모친이 아들의 생사확인을 위해 전화를 걸어 주었으니 감사하게 여겨야 마땅했으나 하나도 고맙지가 않았다.

"아! 씨! 왜?"

"이 망할 놈이! 엄마 전화에 아 씨?"

아들에게 대뜸 이 망할 놈이 하는 엄마는 또 어떻고. 엄마의 목소리는 전화기를 뚫고 나올 만큼 쩽했다. 무슨 산삼을 잡수셨나, 민성은 전화기를 귓가에서 뗐다. 아직도 서른이 넘은 아들을 예전 버릇대로 중고딩 취급하는 엄마였다.

"점심 좀 먹자는데 귀찮게 왜?"

"이 새끼야! 제발 배달음식 그만 처먹고 밥 좀 해 먹어."

민성은 뜨끔해서 천정을 올려다보았다. 혹시 엄마는 이 원룸 안에 CCTV를 설치해 두고 감시하는 게 아닐까. 히키코모리 아들이 고독사라도 할까 봐.

"공부할 시간도 모자라는데 무슨 밥을 해 먹어? 잔소리 시전할 거면 끊어."

방 안에 가득 찬 탕수육과 짜장면과 짬뽕의 냄새에 정신이 혼미해 기절할 지경이었다. 배 안에 사는 걸신이 음식을 넣어 달라고 북과 꽹과리를 치며 난리를 피우는 것 같았다. 일단 엄마의 잔소리를 원천 봉쇄해야 했다.

"빨리 용건만 말해."

"아이구! 잘났다. 공부할 시간도 모자라신다? 말이냐? 막걸리냐? 지나가던 개가 웃겠네. 공부할 시간이 모자라 밥도 안 해 먹는다는 녀석이 무슨 몇 년째 내리 낙방이냐? 개 풀 뜯어먹는 소리도 정도껏 해."

역시나 엄마의 용건은 쓰레기 아들의 고독사 방지와 밀린 잔소리였다. 시답잖은 농담조차도 그냥 넘어가는 법이 없는 손금자 여사는 아들 기죽이는 데 일가견이 있었다. 하나밖에 없는 아들 도민성에겐 늘 잔소리를 퍼부었지만, 미래의 판검사가 되실 따님, 도민지에게는 늘 우쭈쭈였다. 넘사벽인 능력자 누나는 대기업도 그만두고 로스쿨에 들어갔다. 유능한 법조인이 되기 위해 요즘은 인스타도 덜하고 불철주야 공부에 매진하고 있었다.

"생활비 다 떨어졌어. 돈이나 부치셔."

"이 빌어먹을 새끼야! 배달을 그리 시켜 처먹으니 돈이 모자라지. 하고많은 날 게임이나 하고 놀 생각이나 하고 자빠졌으니 시험에서 떨어지는 거잖아. 이 돈 까먹는 하마 자식아! 누나를 좀 봐. 누나를! 누나 반만큼이나 좀 해 봐. 누나는 그 어렵다는 로스쿨도 한 번에 척 붙었잖아. 이 망할 놈아! 니 엄마가 무슨 금고냐? 한 달에 백오십 만원이 적은 돈이야? 반찬 부쳐 줘, 과일 부쳐 줘. 뭔 돈을 그리 많이 써?"

민성의 얼굴이 심하게 구겨졌다. 아들에게 망할 놈에다 빌어먹을 새끼라니! 이 사람이 진정 엄마가 맞을까? 민성은 엄마에게 망할 놈 소리를 들으면 진짜 망해 버려야겠다는 생각밖에 들지 않았다. 민성은 엄마가 부치는 택배가 너무 귀찮았다. 엄마가 부쳐 준 반찬은 전부 상해서 버려야 했고 택배 쓰레기도 골칫거리였다.

"아! 누가 반찬 부쳐 달래? 다 버리거든. 돈 부쳐 주기 싫으면 부치지 마! 쓰레기 아들이야 굶어 죽든 말든 신경 끄셔."

민성은 전화를 아예 꺼 버렸다. 지금, 이 순간 엄마의 잔소리를 들을 때가 아니었다. 불어터진 짜장면을 먹는다는 건 식도락가 민성에게는 대참사였다. 민성은 그새 면이 불어 잘 안 비벼지는 짜장면을 정성 들여 다시 비볐다. 한 젓가락 수북하게 집어 짜장면을 입안으로 밀어 넣었다. 입이 터질 정도로 음식을 밀어 넣을 때의 그 충만감은 그 어떤 만족감에 비할 데가 없었다.

엄마와 통화하느라 면발이 좀 불어 있는 게 흠이었지만 짜장면 소스가 일품이었다. 감칠맛이 혀에 착 감기고 빈틈없이 혀를 애무하는 것 같았다. 통화하는 동안 소스가 촉촉하게 배인 탕수육도 만족스러웠다. 쫄깃하고 달콤하고 바삭한 맛이 입안 구석구석 번졌다. 짬뽕은 면이 불긴 했지만, 국물 맛이 진하고 얼큰해서 좋았다. 민성은 입가에 묻은 탕수육 소스를 혀로 핥았다. 포식을 끝낸 사자처럼 오랜만에 느긋한 포만감이 몰려왔다. 민성은 음식의 천국을 만들어 준 배달 앱이란 신에게 엎드려 경배를 드리고 싶었다.

민성에게 식도락의 순간은 황홀 그 자체였다. 미각과 청각과 후각과 시각과 촉각이 만들어 내는 완벽한 하모니, 완벽한 몰입, 섹스보다 더한 완벽한 쾌락, 바로 식도락의 순간이었다. 인간이 음식에 탐닉할 수밖에 없는 이유는 섹스의 쾌락과 마찬가지로 오감을 충족해 주기 때문인지도 몰랐다. 군침이 도는 음식을 눈으로 보고, 냄새를 음미하고, 음식을 입안에 넣어 맛보고, 음식의 촉감을 혀로 음미하고, 음식을 씹어 먹는 소리를 귀로 듣는 이 모든 과정을 즐길 수 있는 오감의 축제가 바로 식도락의 순간이었다.

민성은 자칭 미식가였다. 프랑스 요리인 오르톨랑을 꼭 한번 먹어 보는 게 소원이었다. 세계 3대 진미 트러플, 캐비아, 푸아그라만큼 유명한 오르톨랑은 프랑스 요리 중에서 가장 비싼 음식이었다. 미식가 미테랑 대통령이 죽기 직전에 최후의 만찬으로 선택한 음식이라고 해서 유명해진 요리였다. 오르톨랑은 신이 노할까 봐 머리에 냅킨을 쓰고 몰래 먹는 요리라고 했다. 천국의 풍미와 향기가 날아가지 않도록 붙잡아 두기 위해서 냅킨을 머리에 쓰고 먹는지도 몰랐다.

천국의 맛과 향기는 지옥 위에서 만들어지는 법이었다. 오르톨랑을 만드는 과정은 세계 3대진미 중의 하나인 푸아그라를 만드는 과정만큼이나 잔인했다. 작은 참새만 한 멧새를 잡아 밤낮으로 먹이를 먹여 다섯 배로 살을 찌운다고 했다. 푸아그라를 얻기 위해 거위를 기계 안에 집어넣고 강제로 먹이를 주입하는 것과 흡사했다. 멧새가 알맞게 살이 찌면 산 채로 붉은 포도주에 담갔다 빼기를 반복해 오븐에 구워 낸다고 했다. 어느 요리 평론가는 오르톨랑을 황홀한 불쾌감을 느끼게 만드는 요리라고 평했다. 민성은 오르톨랑의 맛을 상상하며 입맛을 다셨다. 황홀한 불쾌감을 선사한다는 오르톨랑의 냄새와 맛을 단 한 번만이라도 음미해 보고 싶었다.

맛있는 음식 냄새는 천국으로 올라가는 사다리였다. 음식의 영혼은 냄새였다. 민성에게는 맛있는 음식 냄새만큼 황홀한 것이 없었다. 스테이크를 굽는 냄새, 갓 튀긴 감자튀김 냄새, 짜장면 냄새, 해물이 듬뿍 들어간 짬뽕 국물 냄새, 피자 냄새, 치킨 냄새, 보글보글 끓는 라면 냄새, 갈비 굽는 냄새, 삼겹살 굽는 냄새, 육개장 냄새, 얼큰한 김치찌개 냄새, 온갖 맛있는 음식 냄새에는 손이 달려 있어서 허기진 영혼을 끌어당기고 만지고 쓰다듬었다. 세상에서 가장 아찔하고 매혹적인 손길이 바로 황홀한 음식 냄새였다.

냄새를 음미한 다음 음식을 한입 넣으면 입안에서 혀와 이가 느끼는 촉각과 미각의 순간, 음식을 씹는 소리를 듣는 청각의 순간이 이어졌다. 마지막으로 배가 느끼는 포만감은 뭐랄까, 황홀한 섹스가 주는 여운과도 비슷했다. 맛있는 음식을 먹는 행위는 후각, 시각, 청각, 미각, 촉각이 벌이는 오감의 황홀한 축제, 오르가즘의 순간이었다.

배달음식은 마약만큼 중독성이 강했다. 배달 앱은 혀가 녹을 듯 부드럽고 고소하고 달고 짜고 기름진 음식을 준비해 놓고 민성을 유혹했다. 달고 짠 배달음식에 탐닉하는 순간에는 도파민이 치솟았다. 배달음식에 길든 몸은 더 많은 쾌락, 더 많은 도파민을 원했다. 민성은 배달 앱으로 하루를 시작하고 배달 앱으로 하루를 마감했다. 10년째 롤 게임을 해도 실버 등급이었지만 배달 앱에서는 VVVIP 최고 레벨 고객이었다.

배달 앱에서는 수만 명의 전속 요리사들이 주인의 시중을 들기 위해 명을 기다리고 있었다. 민성은 배달을 시키는 순간의 느낌이 좋았다. 삶의 주인이란 느낌이 드는 유일한 순간이었다.

배달음식을 자주 시키게 되면서부터 민성은 뭐든 별점을 매겼다. 게임, 영화, 연예인, 운동선수도 별점 1점에서 5점을 매겼다. 도민성이란 인간에게 별점을 매긴다면 1점도 주기 아까울 거란 사실은 누구보다 잘 알고 있었다. 별점 1점도 안 되는 인간을, 최악의 쓰레기 식충이를 최고로 인정해 주고 대접해 주는 건 오로지 배달식당 사장들밖에 없었다. 아무에게도 관심받지 못하는 민성에게 항상 감사하다고 말해 주는 이들은 배달식당 사장들이었다. 자신을 최고로 대접하는 이들에게 민성은 별점이라는 칼을 마구 휘두르고 별점 테러로 보답할 때가 많았다.

롤에 빠져 종일 마우스로 광클하다 보니 어깨가 쑤시고 허리도 아팠다. 시간을 보니 자정이었다. 본격적으로 야식을 즐길 타임이었다. 민성은 배달 앱을 켜고 음식 사냥에 나섰다.

　찜 목록 맨 위에 있는 만석 족발이 눈에 들어왔다. 지난번에 족발을 한 번 시켜 먹은 적이 있었는데 제법 만족스러웠다. 먹음직스러운 사냥감이 눈앞에 있었다. 민성의 입가에 빙긋 웃음이 떠올랐다.

리뷰의 노예

접객실에는 몇 명 안 되는 조문객이 술을 마시거나 밥을 먹으며 이야기를 나누고 있었다. 엘리베이터 앞에서 조문실 입구까지 조화가 빽빽이 세워져 있었다. 향 피우는 냄새가 떠도는 장례식장에는 조문객이 많지 않았다. 나는 이 먼 안동에 있는 장례식장에 와 있다는 사실이 실감 나지 않았다. 몸이 열 개라도 모자란 판국에 세 시간이나 차를 몰아 안동에 있는 장례식장에 온 것이었다. 오랜만에 꺼내 입은 검은 양복이 남의 옷처럼 어색했다.

"바쁠 텐데, 이 먼 데까지 온다고 진짜 고생했어. 고맙다."

마스크를 쓴 강의 눈 밑에 다크서클이 진했다. 조문객이 드문드문 앉은 접객실은 썰렁했다. 온돌방 위에 놓인 테이블과 의자가 어색했다. 테이블 위 일회용 접시에는 보쌈 고기와 김치, 오징어 무침회, 마른안주와 떡과 방울토마토와 귤이 차려져 있었다.

"고생은 무슨, 당연히 와야지."

"밥 안 먹었을 건데 밥 한술 떠. 보기보다 육개장 괜찮더라."

강의 말이 떨어지기가 무섭게 장례식장 도우미 아줌마가 일회용 종이 그릇에 담긴 육개장과 밥을 테이블에 놓고 갔다. 조

154

미료가 많이 들어간 듯한 육개장 냄새가 코를 찔렀다. 하얀 플라스틱 숟가락에 벌겋게 들러붙은 고기 기름 때문에 입맛이 달아났지만 한 숟가락 떠먹어 보았다. 시장이 반찬인지 육개장은 그런대로 먹을 만했다. 나는 밥을 육개장에 말았다. 강이 종이컵에 따라 주는 소주를 한잔 들이켰다. 오랜만에 마시는 소주는 짜릿하게 식도를 타고 위로 내려갔다. 식도와 위 속의 세포들이 갑자기 알코올이 들어오자 깜짝 놀라는 듯했다. 한동안 배달 때문에 술을 입에도 대지 않았던 터였다.

코로나 때문에 썰렁한 장례식장이 마치 파리 날리는 식당 같았다. 23년 차 식당 사장의 고질적인 직업병이었다. 내 눈에는 장례식장 안에 있는 모든 사람이 식당에 오는 손님으로 보였다. 장사에 매달려 있다 보니 경조사를 챙기는 게 보통 일이 아니었다. 경조사에 얼굴 내미는 게 사람 도리란 말이 갈수록 부담스러웠다. 장사를 오래 하다 보니 최소한의 도리를 하기도 쉽지 않았다. 사람 도리를 하는 데는 무엇보다 시간과 돈이 들었다.

만석 갈비를 차릴 때 강은 나를 믿고 집을 담보로 잡아 돈을 빌려 주었다. 만석 갈비는 마지막이라고 생각하고 친구 돈까지 빌려서 시작한 가게였다. 강에게 빌린 돈 1억이 아니었다면 이 먼 곳까지 오지 않았을 것이다. 돈을 빌린 지 벌써 5년이 넘었는데 원금은 한 푼도 못 갚았다. 어쩌다 돈이 생기면 이자만 얼마씩 부쳐 주곤 했다. 코로나까지 터지는 바람에 그 돈을 언제 갚을지 요원하기만 했다. 평생 못 갚을지도 몰랐다. 가족이나 친구 사이에는 돈을 안 빌려 주고 안 빌리는 게 최선이었다. 친구를 믿고 돈을 빌려 준 강에게 빚을 갚기 위해서라도 재기를 해야만 했다.

"아버진 쭉 요양원에 계셨어. 코로나 때문에 1년 넘게 면회도 못 했지. 임종도 못 하고……. 고생 그만하고 빨리 돌아가시길 바랐는데, 정작 돌아가시니 마음이 좀 그래."

"가시고 나면 못해 드린 것만 생각나. 코로나가 뭔지……."

"이거 영 우리 아버지가 가시는 날을 잘못 잡았다니까. 장례식장은 그래도 잔치마당처럼 좀 시끄럽고 해야 하는데 너무 썰렁하지? 코로나 터지기 전에 가셨으면 좀 좋아? 노인네가 영 센스가 없어. 맞지?"

강이 농담을 하며 웃었다.

"그러게. 메르스처럼 몇 달 안 가서 끝날 줄 알았는데. 이 망할 놈의 코로나가 언제 끝날지……."

"상주가 마스크라니, 이게 말이 돼? 마스크 쓴 상주, 공포영화 제목 같지 않냐?"

마스크 쓴 상주 강이 웃으며 소주를 한 잔 더 따라 주었다. 소주를 들이켜는데 양복 주머니에서 핸드폰이 울렸다. 아내의 전화였다.

"잠깐! 전화 좀 받고 올게."

식당에 또 무슨 일이 있는 모양이었다. 자리에서 일어서는데 전화가 끊겼다. 조문실 밖으로 나와 엘리베이터 앞에서 아내에게 전화를 걸었다.

"전화했네. 왜?"

"신경 쓸까 봐 연락 안 할까 했는데…… 좀 걱정이 되어서……."

아내는 말꼬리를 흐렸다.

"괜찮아. 말해 봐."

"국밥에 악플이 달렸는데 국밥이 상했대. 상한 국밥 먹고 싶으면 이 집 추천합니다, 이런 악플이 올라왔다니까. 별 한 개도 아깝대."

"뭐? 상한 국밥?"

머리에 뜨거운 김이 올라오는 것만 같았다. 악플 하나가 올라오면 그날 매출은 바로 곤두박질쳤다. 국밥이 상했다는 리뷰를 본다면 그 누가 주문을 하겠는가.

"국밥이 왜 맛이 가? 혹시 밥이 상한 거 아니야? 재고 밥 내지 말라 했잖아."

"재고 밥을 왜 팔겠어? 국밥 어젯밤에 당신이 직접 새로 끓여 놓고 갔잖아? 오전에 국밥이 일곱 개 나갔어. 딴 사람들은 다 잘 먹었다고 리뷰 썼던데. 맛 이상하다고 전화 온 사람도 없었어. 그냥 일부러 생트집 잡는 거 같기도 하고…… 근데, 악플 올라오면 지난번에 게시중단 요청하면 된다고 하지 않았나?"

"게시중단? 아! 맞네. 그 방법이 있었지. 알았어. 내가 한번 알아 볼게."

나는 리뷰 게시중단 정책이 있다는 걸 배달 시작한 지 1년이 지나서야 알았다. 인터넷 검색을 하다 뉴스 기사를 보고 이렇게 좋은 제도가 있는데 왜 진작 몰랐을까 싶었다. 나는 리뷰 게시중단에 큰 희망을 걸었다. 이젠 칼집에서 칼을 빼야 할 시간이었다. 이번에야말로 게시중단으로 악플러를 단호하게 응징할 때였다.

배달 앱에 들어가 찜 항목에서 만석 국밥을 찾아 리뷰를 클릭했다. 오늘 아침까지 평점이 5.0이었는데 평점 테러 때문에 4.9로 변해 있었다. 사포에 심장을 쓱쓱 문지른 것처럼 마음이 쓰렸다. 문제의 배달리뷰왕이라는 놈의 리뷰가 제일 상단에 보였다.

ㅋㅋㅋ 별 한 개도 아까움. ㅋㅋㅋ 음식 장사하시는 분이 양심상 이러심 안 되죠. 음쓰를 보내다니! 아니 이따위 음식도 음식이라고 파는 겁니까. 국물이 완전 맛이 간 국밥임. 한 입도 못 먹고 다 버렸어요. 상한 맛 나서 한약 맛으로 가린 거죠? 국물 상했네요. 맞죠? 국물이 며칠 지났던가. 한약 맛으로 감춘다고 상한 국물 맛이 가려집니까? 이상하게 배도 살살 아픈 것 같네. 식중독 걸리면 책임지세요. 사장님 장사 오래 하고 싶으면 상한 국밥 따위 팔지 말고 정직하게 장사하세여. 상한 국밥 드시고 배탈 나고 싶으시면 이 집 강력 추천드립니다. 사장님 번창하세요. ㅋㅋㅋ

누가 얼굴에 뜨거운 물을 확 끼얹은 듯한 느낌이 들었다. 배달 시작하고 지금까지 올라온 리뷰 중 최악의 악플이었다. 모욕감으로 몸이 떨렸다. 어쩌면 우리 식당을 죽이려는 경쟁업소의 리뷰인지도 몰랐다.

"이 개새끼!"

내 목소리가 너무 컸는지 검은 양복 입은 남자가 지나가다 힐끗 쳐다보았다. 상한 국밥 드시고 싶으시면 이 집 추천한다니! 크크크 하는 비웃음 소리가 들리는 것만 같았다. 악플러가 눈앞에 있다면 당장 목이라도 비틀어 버리고 싶었다. 음식물 쓰레기라니! 이따위 음식이라니! 게다가 사장님 번창하세요, 라니! 한껏 빈정대며 웃음 짓는 악마의 얼굴이 눈앞에 있는 것 같았다. 놈은 음식을 가장 귀하게 여기는 내 자존심을 쓰레기통에 처박은 것이었다. 이 악플러를 절대로 가만 놔둘 수가 없었다.

실명으로 리뷰를 쓰면 찍소리도 못할 놈이 꼭 이런 허위 리뷰를 썼다. 닉네임이란 가면 뒤에 숨어서 혀를 날름 내밀며 한껏 약을 올리고 있었다. 놈의 닉네임을 클릭하니 리뷰의 반 이상이 악플이었다. 평점 테러와 악플이 수두룩했다. 리뷰왕이 아니라 악플의 왕인 것 같았다.

세 개의 배달식당 중에서 가장 늦게 론칭한 샵인샵 만석 국밥은 지금까지 늘 평점 5.0을 유지하고 있었다. 1점도, 2점도, 3점도 없었다. 제일 낮은 평점이 4점이었는데 4점 평점이 아홉 개였다. 평점 테러 한 번 없는 평화가 넘치는 배달식당이 바로 만석 국밥이었다. 나에겐 귀한 옥동자 같은 식당이었다. 두 번째 차린 만석 족발은 평점이 4.9였는데 그래도 객단가가 높아서 매출이 가장 높았다. 가장 먼저 시작한 만석 김치찌개도 평점 4.9를 유지 중이었다.

다들 촌스럽다 해도 나는 아버지가 지어 주신 만석이란 내 이름에 큰 자부심이 있었다. 백만석! 만석꾼이 되라는 멋진 이름, 아들에 대한 아버지의 기대와 사랑이 담겨 있는 최고의 이름이었다. 만석 갈비, 만석 족발, 만석 김치찌개, 만석 국밥. 내 이름을 딴 이 식당들은 내 인생 전부였다.

나는 바로 배달 고객센터에 전화를 걸었다. 마음이 급해 상담원이 전화를 받자마자 용건부터 꺼냈다. 상담원은 내 급한 용건은 무시하고 AI처럼 상담 매뉴얼 대로 고객정보부터 확인했다. 가게명과 등록된 이메일 주소를 차례대로 물었다. 게시중단을 어떻게 하느냐고 하니 상담원은 등록된 이메일로 게시중단 신청서를 보내 주겠다고 했다. 게시중단 신청서를 작성해서 신분증 사진과 함께 이메일로 보내고 고객센터에 전화를 해야 한다고 상담원이 말했지만 내 귀에는 그 말이 들리지 않았다.

장례식장은 시내와 좀 떨어진 변두리에 있었다. 당연히 근처에 피시방이 있을 리가 없었다. 게시중단 신청서를 프린트해서 작성하려면 일단 피시방에 가야 했다. 차를 몰고 시내로 나가서 문을 연 피시방을 찾아 돌아다닐 생각을 하니 난감했다. 게다가 소주도 두 잔이나 받아 마셨는데 음주운전을 할 수는 없었다. 잠시 머리를 굴리다 아내에게 전화했다.

"지금 안 바쁘면 내 이메일 좀 들어가 봐."

"이메일은 왜? 당신 이메일 주소 모르는데. 왜?"

나는 아내의 왜란 소리에도 부아가 치밀었다. 나는 요즘 갱년기 여자처럼 수시로 화가 치밀었다. 머리부터 발끝까지 화의 불덩어리로 변하고 있는 것만 같았다.

"장례식장에서 게시중단 신청서를 어떻게 부쳐? 이메일 주소 알려 줄 테니까 내 이메일 들어가서 게시중단요청서 다운받아 봐. 신청서 프린트하고 사유 작성해서 이메일 다시 부치면 된 대. 내 주민증 사진 찍어서 보내 줄 테니 주민증 사진하고 같이 부쳐."

"나, 바빠. 당신이 부쳐."

"여기 장례식장이야. 장례식장에서 어떻게 프린트해? 알아서 좀 해 봐!"

나는 부아가 치밀었지만 억지로 목소리를 낮췄다. 그나저나 지금으로선 아내의 성질을 건드리지 않는 편이 가장 현명한 선택이었다.

"안 그래도 당신 없어서 포스기 잘못 조작할까 봐 겁나. 지금 배달 포장도 하고 홀도 봐야 하는데 언제 그걸 해?"

아내는 신경질을 내며 전화를 끊었다. 나는 주차장 바닥에 뒹구는 돌을 툭 찼다. 빌어먹을! 장례식장에서조차 악플 때문에 신경을 쓰게 될 줄은 꿈에도 몰랐다.

나는 장례식장 입구 로비에 있는 테이블에 주민증을 올려놓고 사진을 찍었다. 주민증 사진과 이메일 주소를 아내에게 카톡으로 보냈다. 카톡 확인 표시는 읽음 표시로 바뀌었지만 한 시간이 지났는데도 아내에게선 연락이 없었다. 저녁 시간이라 고객센터 리뷰 담당 직원들도 퇴근했을 수도 있었다. 이러다간 그 악플이 내일까지 그대로 계속 리뷰 게시판 제일 상단을 차지하고 있을 것 같았다.

냄비근성인지 군중심리 때문인지 악플이 올라오면 연달아 악플이 주루룩 달리곤 했다. 매출이 떨어지는 건 불 보듯 당연했다. 다른 고객들이 악플을 보고 상한 국밥 파는 식당으로 오해하면 큰일이었다. 일단 급한 불부터 꺼야 했다.

나는 한 글자 한 글자 고심하면서 핸드폰으로 사장님 댓글을 썼다. 단어 하나, 문장 한 줄 정성을 다해 글을 썼다. 사장님 댓글 쓰는데 숨겨둔 필력을 써먹을 줄은 몰랐다. 어릴 때부터 무협지를 많이 읽은 덕분인지 군대 시절에는 선임들 연애편지 대필로 군 생활은 나름 편하게 했다. 노트북으로 댓글을 쓰면 더 장문으로 써서 놈의 기를 죽일 수 있을 텐데 못내 아쉬웠다. 절대로 이런 놈에게는 '죄송합니다'의 '죄'자도 꺼내기 싫었다.

배달리뷰왕님,

신선한 순대를 재료로 사용하고 국밥도 새로 끓였는데 상한 국밥이라니 심하네요. 오늘 아침부터 지금까지 국밥이 많이 나갔는데 다른 고객님들께는 이상 있다는 전화 한 통 못 받았습니다. 국밥에 이상이 있다고 바로 전화 주셨다면 환불해 드리거나 교환해 드렸을 텐데 이렇게 허위 과장 리뷰를 올리는 것은 식당에 심각한 피해를 주는 일입니다. 상한 국밥 드시고 싶으시면 이 집 강력 추천드립니다, 이렇게 상처 주는 심한 말씀을 남기셔야 하는지 많이 안타깝고 아쉽네요. 장사하는 사람들도 마음이 있습니다. 지금껏 고객님들께 늘 극찬을 받으며 좋은 음식 대접하고자 최선을 다하고 노심초사하며 노력하고 있는데 많이 허탈하군요. 코로나 조심하시고 늘 좋은 날 되세요.

'코로나 조심하시고'는 내 나름의 소심한 복수였다. 이 새끼야! 어디서 코로나나 걸려서 콱 뒈져 버려라, 이게 진심이었다. 진상의 손바닥 안에서 놀아난 기분이 들어 입맛이 썼다.

나는 주차장 밖으로 나갔다가 장례식장 로비 의자에 앉았다가 주차장으로 다시 나가 서성거렸다. 마스크를 쓴 문상객들이 검은 옷을 입고 장례식장을 들락거렸다. 마스크를 쓰고 있는 사람들의 표정은 하나같이 엇비슷했다. 마스크 덕분에 부조금처럼 지참해야 하는 엄숙하고 어둡고 슬픈 표정을 억지로 짓지 않아도 되겠다는 쓸데없는 생각이나 하며 나는 오가는 사람들을 쳐다보았다. 장례식장을 들락거리는 사람들을 멍하니 쳐다보다 핸드폰을 들여다보았다. 기다리다 지쳐 아내에게 게시중단 신청서를 부쳤냐고 카톡을 했다.

한참이 지나도 아내는 카톡을 읽지 않고 있었다. 평소에 여섯 명이 하던 일을 네 명이 하려니 정신이 없을 터였다. 일주일 전 입대한다고 준현이 일을 그만두고 나서 아직 알바생도 못 구한 상태였다.

나는 리뷰 게시판에 또 들어가 보았다. 악플은 게시중단 처리도 안 되고 제일 상단에 보란 듯이 그대로 있었다. 더러운 토사물 같기도 하고 누군가 내지른 더러운 배설물 같은 글에서 악취가 올라오는 것 같았다. 리뷰 게시판에서 배설물을 한시라도 빨리 치워 버리고 싶었다. 악플 때문에 국밥은 단 한 건도 주문이 없었다. 속이 바짝바짝 타들어 갔다.

　나는 이 코로나 시기에 장례식장에 얼굴 비친 것만 해도 나름 큰 부조라고 애써 자위했다. 출발할 때는 빈소에서 하룻밤 지새우고 내일 아침 발인까지 보고 갈 작정이었다. 그 큰돈을 믿고 빌려 준 친구에게 최소한의 예의라도 차려야 했다. 친구에게 진 빚이 아니라면 부산에서 안동까지 오진 않았을 것이다. 발인까지 있겠다고 했는데 친구에게 뭐라 말을 꺼내야 할지 난감했다. 다른 것도 아니고 리뷰 때문에 내려간다고 하면 정신 나갔다고 할 게 뻔했다.

　강은 접객실 한쪽에서 조문객과 이야기를 나누고 있었다. 나는 강에게 식당에 급한 일이 생겼다고 둘러대고 장례식장을 빠져나왔다. 차가 안 밀리면 12시 전에는 도착할 것 같았다. 차에 시동을 거는데 아내에게서 전화가 걸려 왔다.

　"왜 이제 전화해? 참 빨리도 한다."

　표를 안 내려 했지만 내 목소리는 날이 서 있었다.

　"바빴다니까! 게시중단 신청서는 보냈어. 건너편 쥬시 사장이 밥 먹으러 왔길래 도와 달라고 부탁했어. 근데 왜 리뷰가 빨리 안 내려가는 거야?"

　디저트 음료 카페 쥬시 사장은 일주일에 서너 번은 밥을 먹으러 오는 단골이었다. 쥬시 사장도 최근에 배달을 시작했다고 했다.

　"밤이라서 담당 직원들이 퇴근한 건가? 나, 지금 내려가는 중이야."

"이 시간에 내려온다고?"

"걱정하지 마."

"내일 내려오지. 조심해. 운전 중인데 끊을게."

아내는 그 말만 하고 전화를 끊었다. 아내에게 할 말이 있었던 것 같았는데 그게 뭔지 생각이 나지 않았다. 아내에게 뭔가 좀 미안한 기분이 들었다.

장례식장에서조차 리뷰 때문에 애를 태울 줄은 상상도 못 했다. 리뷰의 사슬에 매인 노예가 따로 없었다. 배달 시작하고는 리뷰 때문에 단 한 순간도 마음 놓아 본 적이 없었다. 리뷰는 창살 없는 감옥이었다. 24시간 고문을 당하는 것만 같았다. 일하는 중간중간 악플이 달려 있을까 봐 틈만 나면 리뷰를 확인했다. 마치 리뷰라는 거대한 줄에 묶여 있는 꼭두각시 인형이나 노예 같았다. 누구를 위해 종은 울리나가 아니라 누구를 위해 리뷰의 노예가 되었나 하는 생각이 들어 쓴웃음이 나왔다.

나는 운전대를 잡고 앞을 노려보았다. 차는 밤의 검은 물살을 뚫고 맹렬하게 달렸다. 헤드라이트를 켜고 달려가는 차 앞에 두꺼운 솜이불 같은 검은 바다가 펼쳐져 있었다. 내 차는 두 눈에 불을 켠 맹수처럼 어둠의 바다를 헤치고 무서운 속도로 달렸다.

다른 날보다 잠에서 빠져나오는 것이 너무 힘들었다. 흠씬 두들겨 맞은 것 같이 온몸이 아팠다. 숨죽이고 있던 세포들이 소리를 질렀다. 나는 일어나야지 하면서도 일어나지 못했다.

커다란 쇳덩이나 바윗돌에 짓눌렸다가 빠져나오는 것처럼 몸이 무겁고 아팠다. 초긴장하고 있던 온몸의 세포들이 아침이 되어서야 비명을 질러댔다. 안 괜찮다고, 너무 아프다고, 몸이 울었다.

배달 장사를 시작하고부터 아침에 일어나는 일이 고역이었다. 잠잘 때조차 긴장하고 있기 때문인지도 몰랐다. 배달 일은 조금이라도 긴장을 놓치면 실수가 일어나기 때문에 꿈에서도 리뷰에 시달렸다. 아침이면 몸이 비명을 질러댔다. 모든 세포가 일제히 긴장하고 숨을 죽이고 있다가 몸의 주인인 내게 아프다고 좀 봐 달라고 하는 것만 같았다. 비명을 지르는 세포들을 달래듯 팔과 다리와 목덜미와 어깨뼈와 갈비뼈와 손을 꾹꾹 누르고 쓰다듬었다. 너도 주인 잘못 만나 참 고생이구나. 나는 아픈 몸에게 심심한 위로의 말을 건넸다.

누가 리모컨으로 조작한 것처럼 나는 습관적으로 배달 앱을 눌렀다. 혹시 밤사이나 아니면 아침 일찍 담당 직원들이 게시중단을 했기만을 간절히 비는 마음이었다. 합격발표를 확인하는 수험생처럼 만석 국밥 리뷰부터 확인했다. 어제 쓴 사장님 댓글에 놈의 추가 답글이 올라와 있었다.

ㅋㅋㅋ 다른 분들께 전화 한 통 못 받았다고요? 그럼 저만 그런 상한 국밥을 받았네. ㅋㅋㅋㅋㅋ 기분 진짜 엿같네. 사장님! 손님도 지금 차별하는 겁니까? 국밥충인데 맛이 간 국밥을 구분 못 하진 않겠죠. 장사하는 사람들도 마음이 있다고 하셨나요? 고객은 마

음이 더더 아프네요. 돈을 내고 물건을 산 고객은 왕입니다. 돈 가치도 못 하네. 왕을 왕 대접도 안 하는 이런 식당은 존재할 가치가 없네요. 왕인 내가 왜 내 돈 주고 상한 음식을 먹게 만드시냐 이겁니다. 장사 양심적으로 하세요. 상한 국밥 많이 파시고 부디 대박 나시고 번창하시길 빕니다!!!! ㅋㅋㅋ

피가 거꾸로 솟는 기분이었다. 고객이 왕이라고? 리뷰 갑질도 이런 리뷰 갑질이 없었다. ㅋㅋㅋ 하는 악마의 웃음소리가 들리는 것만 같았다. 제깟 놈이 TV에서 식당 사장들에게 훈수 두는 유명 셰프라도 되는 것처럼 장사 양심적으로 하라고 훈계까지 늘어놓고 있었다. 나는 이를 악물고 화면을 노려보았다.

나는 곧바로 고객센터에 전화를 걸었다. 지금 연결되는 상담원은 누군가의 소중한 가족이니 욕설과 폭언을 할 시에는 광고해지나 계약해지가 될 수 있다는 경고 멘트까지 듣고 나서야 상담원의 목소리를 들을 수 있었다.

"이보세요! 리뷰 게시중단 왜 안 됩니까? 신청서도 어제 접수했단 말입니다. 잘 접수되었다는 이메일도 확인했어요. 하루가 지났는데 왜 악플 빨리 안 내려줍니까?"

"잠시만요. 고객님 정보 확인부터 하고 도와드리겠습니다."

"와! 진짜! 돌겠네!"

상담원은 만석 국밥 사장의 사소한 분노 따위에는 아랑곳하지 않고 기계적으로 또 그놈의 정보 확인 타령이었다. 단 1분도 못 참을 노릇이었지만 나는 상담원이 묻는 말에 말 잘 듣는 아이처럼 꼬박꼬박 답변했다.

"네 고객님, 확인해 보니 게시중단 요청서를 보내시고 나서 이메일 보냈다고 고객센터에 전화를 주셔야 하는데요. 전화를 안 주셨네요."

"이메일 보내면 됐지. 왜 또 고객센터에 전화를 합니까?"

"처음 게시중단 신청하셔서 절차를 잘 모르셨나 보군요. 게시중단 절차 주의사항에 대해 처음 상담 시 안내해 드렸습니다."

주의사항을 들었는지 안 들었는지 기억이 나지 않았다.

"와! 진짜 미치겠네. 지금 접수했다는 말 하면 되는 거죠? 이메일로 게시중단 신청서 접수했습니다. 이제 된 겁니까?"

"네, 고객님 담당 부서에 연락해서 조치하도록 하겠습니다. 혹시 미비한 사항이 있으면 다시 업주님께 전화 드리겠습니다. 순차적으로 처리하다 보니 시일이 걸릴 수 있다는 점 양해 부탁드립니다."

나는 전화를 끊고 나서 뒷목을 잡았다. 간단하게 전화 한 통으로 게시중단 요청을 받으면 될 일인데 왜 이렇게 일을 복잡하게 처리한단 말인가. 리뷰 게시중단 제도가 아니라 리뷰 게시중단을 거부하는 제도 같다는 생각이 들었다. 리뷰가 올라온 지 벌써 이틀째였다. 손님들이 국밥 주문하려고 들어왔다가 리뷰에 실망해서 주문을 포기하고 나갈 것 같아 속이 탔다.

리뷰는 과연 힘이 셌다. 평소에는 열 개 정도 들어오던 국밥 주문이 한 개밖에 없었다. 심장이 타들어 갔다. 나는 계속 신경이 쓰여 불을 피우고 고기를 썰고 포장하고 석쇠를 닦는 중간

중간 리뷰 게시판을 들락거렸다. 그때마다 배달리뷰왕이 쓴 악플은 불사신처럼 맨 윗자리를 그대로 차지하고 있었다.

오전에 국밥 주문이 안 들어오는 대신에 경찰서에서 삼겹직화구이 정식 주문이 한꺼번에 40인분이나 들어왔다. 30만 원이 넘는 단체 주문이 들어온 건 배달을 시작하고 처음이었다. 주방은 40인분 음식을 한꺼번에 만들기 위해 전투태세로 들어갔다. 일사분란하게 된장찌개를 끓이고 고추장 불고기를 볶았다.

나는 소총을 양손에 든 자세로 웍 두 개를 양손에 쥐고 센 불에 고기를 재빨리 볶았다. 긴 나무 주걱으로 고기를 뒤적이며 볶다가 불 맛을 내기 위해 손목 스냅을 이용해 쉼 없이 웍을 흔들었다. 웍을 흔들 때마다 불꽃이 치솟았다. 주방 안에 매캐한 양념 냄새와 연기가 가득 찼다. 매운 연기에 직원들이 연신 기침을 했다. 포장할 봉지가 마땅치 않아서 막국수를 담았던 종이 상자 세 군데에 음식을 나누어 담았다. 음식을 픽업하러 온 기사는 음식 박스를 보고 놀라서 입을 쩍 벌렸다. 오토바이 배달은 어렵다며 왔다가 되돌아가 버렸다. 나는 음식 박스 세 개를 차에 싣고 기동대로 직접 배달을 나갔다.

점심시간이 지나 세 시가 되어서야 한숨 돌릴 여유가 생겼다. 나는 곧바로 리뷰 창을 열었다. 사장님만 보는 비밀 리뷰가 올라와 있었다. 별점이 5점이었지만 사장님만 보는 리뷰가 올라오면 별점이 5점이라도 무슨 문제가 있나 싶어 걱정부터 되었다. 사장님 사이트로 들어가 로그인을 하고 비밀 리뷰를 확인했다. 닉네임이 브래드 피트였다. 음식 사진을 보니 기다란 회의 테이블 위에 포장을 뜯지 않은 음식들이 놓여 있었다. 제복을 입은 경찰관들도 의자에 몇 명 앉아 있었다. 삼겹직화구이 정식 단체 주문 손님의 리뷰였다.

사장님, 진짜 맛있게 잘 먹었습니다. 맛은 있는데요. 뜯개 칼이 없어서 포장을 뜯기가 너무 불편했습니다. 나무젓가락으로 뜯으려다 젓가락을 부러뜨렸습니다. 다음에는 뜯개 칼 잘 챙겨주세요. 코로나로 많이 힘드실 텐데 힘내시고 번창하세요.

등에 식은땀이 다 났다. 경찰서 지구대에서 주문한 손님의 리뷰였다. 한두 명도 아닌 40인분이나 음식을 시킨 단체 손님에게 뜯개 칼을 안 주다니, 초대형 사고였다. 입이 열 개라도 할 말이 없었다. 경찰서 지구대에 포장 뜯을 만한 도구가 없는 건 당연했다. 너무 미안해서 모골이 송연했다. 뜯개 칼 빠뜨렸다고 환불을 요구하거나 별점 테러를 하는 손님도 종종 있었다. 이렇게 배려심이 넘치는 천사 고객이 있다니 나는 넙죽 큰절이라도 하고 싶은 심정이었다. 나는 진심을 담아 브래드 피트에게 사과하고 감사의 답글을 적었다.

이렇게 큰 실수도 눈감아 주고 배려해 주는 천사 손님도 있지 않은가. 나는 또다시 리뷰 테러를 한 그 인간에게 분노가 치밀었다.

만석 국밥 게시판에 그 망할 리뷰는 버젓이 살아 있었다. 게시중단을 기다리다 숨이 넘어갈 것 같아 고객센터에 또 전화를 했다. 만석 국밥 사장의 거센 항의를 참을성 있게 들어 준 상담원은 담당 부서와 연결해 주겠다고 했다. 기다리는 동안 분노의 온도계 눈금이 끝까지 올라가는 것 같았다. 한참을 기다려 겨우 연결된 담당 직원에게 왜 게시중단이 안 되느냐고 항의하자 신분증 마스킹 처리를 제대로 안 해서 반려되었다고 했다. 사진과 신분증 주민번호 앞자리와 성별을 나타내는 뒷 번호 맨 앞자리, 사진, 성함 제외하고 다 마스킹 처리하고 발급처까지 마스킹 처리해야 한다고 했다.

게시중단이고 뭐고 다 때려치우라고 소리 지르고 싶었지만 차마 그럴 수가 없었다. 그 더러운 악플부터 게시판에서 안 보이게 치우는 일이 더 급했다. 어제부터 게시중단 때문에 신경 쓰고 시간 낭비한 게 아까워서라도 게시중단을 꼭 해내야 했다.

나는 주민등록증을 지갑에서 꺼내 책상에 올려놓고 한숨을 푹 내쉬었다. 얼굴 사진과 주민번호 앞자리와 뒷자리 첫 번째 자리만 빼고 주민증을 포스트잇으로 가린 다음 사진을 다시 찍었다. 찍은 사진 파일을 이메일로 부치고 혹시나 해서 게시중단 요청서도 같이 부쳤다.

그런데 두 시간이 지나도 게시중단 처리가 안 되었다. 고객센터에 또 전화했다. 신분증 보내면서 이메일 다시 보냈다고 상담센터에 전화를 안 했기 때문에 처리가 안 된 거라고 했다. 리뷰 게시중단 신청하다가 제풀에 지쳐서 나가떨어지게 만들려는 수작 같았다. 나는 애꿎은 상담원에게 화를 냈다. 상담원은 항의에 이골이 났는지 게시중단 신청서 이메일 발송했다고 담당 부서에 전하겠습니다, 이 말밖에 하지 않았다.

두 시간 뒤 리뷰 게시판에 들어가 보니 마침내 리뷰가 블라인드 처리되어 있었다. 게시중단 요청으로 30일간 일시 차단되었어요, 라는 문장으로 리뷰가 가려져 있고 사장님 댓글만 보였다. 게시자가 리뷰 삭제에 동의하지 않아 완전히 리뷰가 없어진 건 아니었다. 당분간 정지되었다가 다시 한 달 뒤에 좀비처럼 악플이 살아난다는 뜻이었다. 그래도 이게 어디냐며 마음을 다독이고는 사장님 댓글이 안 보이도록 리뷰 게시판에서 댓글을 삭제했다. 악플이 블라인드 처리되자 평점도 거짓말처럼 4.9에서 5.0이 되었다.

게시중단에 성공했다는 성취감과 안도감도 잠시뿐이었다. 악플러 한 놈 때문에 이틀 꼬박 마음 졸이고 시간 낭비를 한 내가 너무도 한심해 화가 치밀었다. 사나운 포식자에게 잡아먹힐까 봐 혼비백산해서 도망치는 겁먹은 토끼나 노루와 다를 바 없다는 생각이 들었다. 기분이 씁쓸해 마른 세수를 하며 의자에 털썩 앉았다.

내 기분에는 아랑곳하지 않고 배달 주문 알림음은 경쾌하고 명랑하게 울렸다. 나는 누가 리모컨을 누른 것처럼 벌떡 일어섰다. 마치 줄에 매달린 꼭두각시 인형 신세였다. 나는 한숨을 내쉬며 주문 접수를 눌렀다. 좋든 싫든 배달 앱에 매여 있지 않은 순간이 단 한 순간도 없었다. 상갓집에서도 리뷰에 전전긍긍했던 내 꼬락서니가 한심하기 짝이 없었다. 기껏 배달의 노예가 되려고 20년 넘게 식당 사장으로 살아왔나 자괴감마저

들었다. 내가 이러려고 대통령이 되었나, 그 말이 생각나 쓴웃음이 나왔다.

"사장님 오랜만이네요. 안녕하십니까?"

푸른색 헬멧을 쓴 기사가 인사를 하며 식당 안으로 들어섰다. 몸이 나무젓가락 같았다. 작년 폭우가 쏟아진 그날 이후 한동안 보이지 않던 정용덕 기사였다. 배달하다 오토바이로 벤츠를 박아 그동안 번 돈을 다 털어 넣고 술만 퍼마시고 있다는 소문을 들은 기억이 났다. 안 그래도 비쩍 마른 몸인데 살이 더 빠져 있었다. 눈이 퀭해 좀비가 연상될 정도였다.

"아이구! 정 기사님! 이게 얼마 만입니까?"

나는 다시 살아온 정 기사에게 반갑게 인사를 했다.

"사장님! 와! 그동안 안 본 사이에 더 잘 생겨지셨네. 뭐 좋은 일 있습니까?"

좋은 일은 하나도 없었지만 정 기사의 너스레에 기분이 좋아졌다. 불사신처럼 살아 돌아온 그가 고맙다는 생각이 들었다. 냉장고 문을 열고 박카스를 꺼내 정 기사에게 내밀었다.

블랙컨슈머

"와! 씨! 이 인간이 쳐돌았나?"

민성은 스마트폰을 들여다보다 침대에 내던졌다. 화를 주체할 수가 없었다. 리뷰를 700개 넘게 쓰고 악플을 수도 없이 썼지만 게시중단을 당한 건 처음이었다. 민성은 빈 생수병을 우그러뜨리며 이를 갈았다.

지금까지 리뷰로 어떤 트집을 잡고 억지를 부려도 사장들은 대부분 사과를 했다. 심한 허위과장 리뷰를 써도, 맛없다고 악플을 달아도 사장들은 죄송하다고 사과를 하는 경우가 많았다. 고객과 기 싸움해서 좋을 게 없다는 건 누구보다 사장들이 잘 알고 있었다. 천지 분간이 안 되는 만석 국밥 사장에게는 확실한 본때를 보여 주어야 마땅했다.

생각도 못 한 리뷰 게시중단 사건 때문인지도 몰랐다. 요즘 협박 문자가 뜸하다는 데 생각이 미쳤다. 잊을 만하면 날아오던 협박 문자가 한 달째 오지 않았다. 아무도 관심을 안 가져주는 히키코모리에게 안부를 묻듯 보름에 한 번씩 주기적으로 오던 문자가 뜸해지니 이상하게 서운한 느낌까지 들었다. 신경을 안 쓴다고 생각했는데 그게 아닌 모양이었다.

민성은 배달 앱에서 맛나 김치찌개를 검색해 보았다. 가게를 찾을 수 없다는 알림이 떴다. 아마도 망해서 문을 닫은 모양이었다. 그렇게 맛대가리 하나 없이 장사하니 문을 닫는 건 당연한 일이 아니겠는가. 맛나 김치찌개는 민성이 악플을 쓰든지 안 쓰든지 망할 식당이었다. 공중에 떠돌던 먼지나 티끌 한 점이 사라지듯 식당 하나가 있었던 흔적은 찾을 수 없었다. 협박 문자가 뜸한 걸 보니 식당 망하고 협박 문자 보낼 생각도 아예 접은 것 같았다.

민성은 누런 이에 낀 고기 찌꺼기를 손가락으로 빼냈다. 악취가 심해 얼굴이 절로 구겨졌다. 잊을 만하면 살려 달라고 애원하던 그 목소리가 불쑥불쑥 떠올랐다. 협박범이 맛나 김치찌개 사장 아들인지 누군지는 몰라도 결국 제풀에 나가떨어진 셈이었다. 결론은 하늘같이 높으신 고객느님 민성의 완승이었다. 이젠 협박 문자 따위는 전혀 신경 쓸 필요가 없었다.

협박범의 끈질긴 협박 문자에도 눈 하나 깜짝하지 않았던 악플러 민성을 먼저 자극한 것은 만석 국밥 사장이었다. 리뷰 게시중단 사건은 민성의 전투력을 급상승시켰다. 배달음식 시켜 먹는 것과 게임이 유일한 낙인 어느 히키코모리의 내부에서 잠자고 있던 괴물을 깊은 잠에서 깨웠다. 무기력하게 아무 의욕도 없이 살아가고 있던 좀비에게 싱싱한 복수심의 칼날을 갈도록 만들었다. 저돌성과 공격성에 관여한다는 테스토스테론 수치가 급상승했다. 바람 빠진 풍선 인형처럼 무기력하기만 했던 민성의 눈빛이 반짝 살아났다.

일절 밖으로 나가지 않는 히키코모리로서의 본분에 충실해야 했으나 민성은 외출을 결심했다. 외출은 민성에게 100킬로그램이나 나가는 역기를 들어 올리는 것만큼 힘든 일이었다. 코로나가 터지고 집 밖으로 한 발도 안 나가던 민성을 끌어낸 건 바로 만석 국밥 사장의 선전포고였다. 만석 국밥 리뷰 게시중단은 민성의 배달 리뷰 역사상 '리뷰 대첩'이라고 할 만한 중대한 사건이었다. 동우를 만나 만석 국밥 사장 욕이라도 실컷 하면 분이 풀릴 것 같았다. 오랜만에 연락하니 동우는 막창이 먹고 싶다고 했다.

막창집 주변 식당들도 임대가 나붙은 집이 많았다. 몇 달 만에 만난 동우는 라이더 일이 힘든지 살이 빠져 볼이 홀쭉했다. 배달하다 보면 밥때를 놓치는 일이 많아 편의점에서 삼각김밥이나 컵라면, 핫바나 샌드위치로 대충 때운다고 했다. 동우는 막창집 앞에서 코로나가 터지기 전에는 손님들이 줄을 섰다고 자기네 식당처럼 자랑했다. 막상 식당 문을 열고 들어가 보니 거리두기 때문인지 넓은 홀에 손님이 있는 테이블은 단 세 개뿐이었다. 사람들이 살찐 민성을 안 보는 척하며 흘낏 쳐다보았다. 민성은 어딜 가나 시선을 끌었다. 대수롭지 않게 생각하려 했지만 얼굴이 확 달아올랐다.

소 막창은 지글지글 소리를 내며 불판 위에서 고소한 냄새를 피워 올렸다. 고기가 익을 때 나는 냄새만큼 화려하고 스펙터클한 냄새가 있을까. 민성은 단백질이 타는 고소하고 환상적인 냄새를 음미했다. 노릇하게 익은 막창 한 점을 집어 소스에 찍었다. 입에 넣고 씹으니 입안에 구수한 막창의 풍미가 가득 퍼졌다. 쫄깃하고 고소했다.

"와! 이 집 막창 좀 하는데."

민성이 막창을 입에 넣고 우물거리며 말했다.

"이래서 남의 살이 젤 맛있다는 거지."

동우는 뜨거운 막창을 소스에 찍어 입에 한 점 넣고는 몸을 부르르 떨었다. 며칠 굶은 사람처럼 정신없이 막창을 폭풍 흡입하면서 음, 음, 하는 소리까지 냈다.

"미친! 더럽게 소리는 내고 지랄이야?"

"야! 너도 내 입장 되어 보면 알 거다. 이 냄새 땜에 완전 숨넘어가는 줄 알았어. 밥도 못 먹고 몇 시간 배달해 봐. 내가 들고 다니는 배달음식 냄새 때문에 완전 죽을 것 같다니까. 손님 치킨 몰래 빼먹고 싶어서 완전 미쳐. 완전 고문이야."

동우는 막창을 입에 잔뜩 넣고 말했다. 예전엔 안 그랬는데 말끝마다 완전이라는 말을 자주 쓰는 습관이 새로 생긴 것 같았다. 라이더가 되더니 말버릇까지 바뀐 듯했다.

"이 근처로 오토바이 타고 지나다닐 때마다 진짜 막창 굽는 냄새 때문에 완전 환장하겠더라고. 막창 한번 배 터지게 먹어보면 죽어도 한이 없겠다 싶었다니까. 와! 오늘 드디어 완전 소원 풀었다."

동우는 막창을 맛나게 씹으면서 말했다. 민성은 동우의 소원이 참 소박해졌구나 싶어 혀를 찼다.

"미친! 근데 말이야. 며칠 전에 내가 국밥을 배달시켰거든. 내가 젤 싫어하는 한약 맛도 나고 내 입맛에 너무 안 맞더라고. 기분 나빠서 국밥 상했다고 리뷰를 썼어. 근데, 이 사장 새끼가 감히 내 신성한 리뷰를 차단한 거야. 식당 사장 주제에 어떻게 감히 하늘 같은 고객님의 리뷰를 차단할 수가 있어? 이게 말이 되냐?"

"상하지도 않은 국밥을 상했다고 썼다고? 악플 써서 차단당했네. 새끼야! 그건 허위 리뷰잖아? 허위 리뷰를 쓰면 안 되지. 근데 식당 사장이 리뷰 차단을 할 수가 있나?"

동우는 막창을 열심히 씹으며 건성으로 물었다.

"야! 넌 배달 라이더라면서 그런 것도 몰라?"

"배달만 해 주는데 리뷰에 대해 뭘 알겠냐? 근데 리뷰 차단당할 만했네. 음식 상했다고 리뷰 쓰면 그 식당 완전 주문 폭망이야. 식당 망해. 내가 배달 다니면서 보니까 요즘 식당 완전 힘들더라구. 코로나 땜에 완전 자살각이야. 오죽하면 식당 사장들이 식당 문 닫아 놓고 배달 다니겠냐? 그냥 리뷰 좀 대충 잘 써 줘. 맛없어도 완전 맛있어요, 이렇게 써 주면 어디 덧나냐?"

"새끼야! 지금 누구 편드는 거야? 너 친구 맞아? 오늘 내가 한턱 쏘려 했더니 안 해! 인간이 왜 그래? 왜 사장 새끼 편들고 지랄이야?"

민성이 버럭 화를 내자 동우는 손을 내저었다.

"편드는 게 아니고. 식당 사장들 진짜 완전 힘들어. 내가 어제 그리운 나라 사장님 배달하다가 만났다는 거 아니겠어?"

"그리운 나라 사장?"

"너도 알걸? 5년 전인가? 내가 알바하는 실내포장마차 와서 술 마신 적 있잖아? 사장님도 완전 좋으시고, 안주 맛집인데 생각 안 나? 너 오면 서비스 막 퍼주고 그랬잖아?"

"아하! 그 빨간 앞치마 사장? 아! 생각난다. 헐! 그 사장이 배달을 다닌다고? 왜? 장사 존나 잘 되는 집이잖아? 손님들이 밖에까지 줄을 서던 그 포차 맞지?"

민성은 동우가 알바할 때 몇 번 그리운 나라에 간 적이 있었다. 갈 때마다 사장은 빨간 앞치마를 입고 있었다. 동우 친구 왔냐고 민성을 반갑게 맞아주고 서비스도 많이 주곤 하던 인심 좋은 사장이었다.

"맞아. 너도 기억나지? 사장님이 완전 알바생들 생각해 주고 완전 좋은 분이셨거든. 다른 곳보다 시급도 완전 높았고 주휴수당도 다 챙겨 주고, 명절 휴가비까지도 챙겨 주셨어. 알바하면서 그런 사장님은 진짜 처음 만났어. 내 고민거리도 완전 잘 들어주고 하셨는데, 완전 대박 좋은 분이야. 근데, 어제 그 사장님을 배달대행 사무실에서 만난 거야. 완전 깜놀! 코로나 땜에 직원들 밀린 월급 주고 임대료 줄려고 오토바이 탄다더라. 완전 마음 아팠어."

"미친 새끼! 그래서? 니 말의 요지는 뭐야? 요새 사장들 코로나로 힘들다고 음식을 엉망으로 만들어도 봐줘야 한다 이 말이야? 음식을 제대로 못 만들었다면 고객에게 사과부터 하고 개선할 생각을 해야지. 내 말이 맞잖아? 사과하고 반성의 자세를 보여야 될 거 아냐. 별점 관리한다고 리뷰 차단할 생각이나 하고, 이게 말이 돼? 괘씸해서 난 절대 안 봐줘."

"헐! 안 봐준다고? 그럼 어쩔 건데?"

동우는 입을 쩍 벌리고 민성을 쳐다보았다.

"밟아 줄 거야. 어차피 이 정글 같은 자본주의 세상에선 약한 건 밟혀 죽게 되어 있어. 누가 자영업 하래? 누가 장사하라고 억지로 등 떠밀었어? 자기들이 좋아서 한 거 아니야? 월급 줄 능력도 없고 장사하기 싫으면 남 밑에서 월급쟁이 하면 되잖아. 배달을 뛰든지, 공장엘 가든지, 노가다 하든지. 자영업자들이 젤 힘들다고 징징대는데 지들이 능력 없으면서 남들 밑에서 일하긴 싫고, 꼴에 사장님 소리 듣고 싶어서 장사하는 거지. 좆 까는 소리 하지 말라 그래. 원래 강한 자는 살아남고 약한 자는 죽게 되어 있다고. 내가 왜 봐줘야 해? 지들이 먹고살려고 피 터지는 정글에 뛰어든 거잖아? 배달식당 차렸으면 음식을 똑바로 만들어야 할 것 아냐? 제대로 못 하겠으면 문을 닫아야지. 난 절대 안 봐줘."

말하고 보니 어디서 많이 듣던 소리 같았다. 빌어먹을 새끼야! 게임이나 하고, 식충이처럼 처먹기나 하니 넌 그 모양인 거야. 넌 그래서 안 되는 거야. 이 망할 놈아! 하는 엄마의 잔소리가 들리는 것만 같았다.

"헐! 새끼야! 대체 왜 그래? 왜 그렇게 폭주하고 지랄이야? 약 처먹었냐? 니 입맛에 안 맞다고 악플 쓰면 그건 갑질이야! 완전 리뷰 갑질이라고!"

동우의 말에 민성은 뜨끔했다.

"새끼야! 그래서? 어떡할 건데? 갑질을 계속 해 보시겠다?"

동우는 젓가락을 든 채 민성을 이상하다는 듯 뚫어지게 응시했다.

"두고 봐. 철저히 응징할 거야."

"응징? 무슨 나라를 빼앗겼냐? 독립운동하냐? 개소리하고 자빠졌네. 응징하면 너한테 돌아오는 건 뭔데?"

"이 도민성 님한테 무서운 힘이 있다는 걸 확인하는 거지."

"무서운 힘? 그게 무슨 힘이냐? 지랄 쌈 싸 먹는 소리 그만해! 새끼야! 헛소리 집어치우고 니 방 청소나 좀 해. 내가 요즘 니 원룸에 한번 가 보고 싶어도 더러워서 못 가잖아. 지난번에 화장실 갔다가 트라우마 생겼다. 기절하는 줄 알았어. 파리, 바퀴벌레, 구더기, 곰팡이 소굴에다 쓰레기 다 치우려면 트럭 몇 대 불러야 된다니까. 뉴스에 제보할까? 세상에 이런 일이에 제보하면 완전 딱이겠다. 너 그거, 저장강박증이야. 병이야 병! 정신과 상담부터 받아야 돼. 어휴, 그 더러운 방 생각하니 완전 토나와."

동우는 우엑, 하며 토하는 시늉을 했다. 민성은 마늘과 깻잎을 동우에게 집어 던졌다.

"씨발! 뭐래는 거야? 엄마 잔소리도 지겨운데 지랄 좀 하지마. 그것도 도민성 님의 나름 컨셉이야. 난 원룸 천장까지 쓰레기를 한번 쌓아 볼 계획이거든, 쓰레기 방 컨셉으로 기네스북 오르고 말 거야. 세계에서 젤 더러운 방 선발대회 그런 거 없나? 쓰레기 방에서 살아남기, 이런 걸로 유튜브 찍으면 대박 날 거 같지 않냐? 세상에서 젤 더러운 방에서 먹방 찍으면 완전 멋지겠지?"

"미친 새끼!"

동우는 막창 3인분에 맥주 한 병을 더 시켰다. 전에는 알바를 해도 민성에게 늘 얻어먹던 동우가 비싼 막창을 서슴지 않고 시키는 게 의아하고 신기했다.

"새끼야! 길 가다 돈 주웠냐?"

"왜? 새끼야? 백수 놈한테는 얻어먹을 생각 없거든."

"새끼야! 복권 당첨됐냐?"

"나, 어제 백 콜 찍은 몸이시라고."

동우가 가슴을 앞으로 내밀며 뻐기듯 말했다.

"백 콜? 그게 뭔데?"

"내 라이더 역사상 전무후무한 대기록이지. 와! 어젠 완전 대박이었다니까. 같은 방향으로 연거푸 서너 개씩 쳐냈어. 한 시간에 콜을 열세 개 넘게 처리했지. 골 아픈 똥 콜도 없고, 진짜 재수 좋았어. 한 시간에 콜이 열 개면 삼사만 원은 쉽게 벌거든. 편의점에서 일하면 한 시간에 최저시급이 8720원이잖아? 어제 39만 원 벌었어. 와! 하루에 39만 원, 믿겨지냐?"

"믿어 주지."

동우의 표정이 간절해서 민성은 선심 쓰듯 대꾸했다.

"우리 대행회사에 박용호 아저씨라고 레전드 기사님이 있어. 낼 모레 70인데 하루에 백 콜 찍어."

"뻥치지 마!"

"진짜라니까. 내가 요즘 젤 존경하는 분이 그 아저씨야. 완전 대박! 박 씨 아저씨는 신문사 지국장을 20년 넘게 해서 이 동네 지리를 잘 알거든. 지름길을 잘 아니까, 남들이 20분 걸릴 곳을 10분 만에 배달해. 어젠 내가 그 아저씨 기록을 깼어. 여기가 내 나와바리잖아. 이 동네에서 대학 다닌 게 도움이 될 때도 있더라고. 이력서 낼 땐 도움이 하나도 안 되더니, 웃기지?"

"그래. 퍽도 웃긴다."

민성은 콜라를 들이켜며 건성으로 대답했다.

"내가 태어나서 하루에 그만큼 큰돈을 벌어본 적이 없었거든. 오늘은 내가 산다. 맘껏 먹어. 나 부자야."

동우는 가슴을 내밀고 거드름을 한껏 피웠다. 대학 신입생 때 만났던 동우는 꿈이 제법 야무졌다. 대학 졸업하자마자 대기업 정규직으로 취직해 아파트를 장만하고 수지나 아이유 닮은 예쁜 여자랑 결혼할 거라고 했다. 지방대학을 다니는 주제에 세상 물정 모르고 야무진 꿈을 꾸던 대학 신입생이 동우였다. 이제는 배달 라이더로 뛰면서 하루에 백 콜을 찍었다고 춤이라도 출 것처럼 신이 나 있었다.

"사람들이 라이더를 뭐라 부르는지 알아?"

맥주를 한잔 들이켠 동우가 갑자기 진지한 목소리로 물었다.

"새끼야! 요즘 그거 모르는 인간도 있냐? 딸배!"

"새끼, 알고 있었네. 그래 딸배라 부른다. 첨엔 그 소리 완전 거슬렸지. 옛날 우리 아버지가 공장 다닐 때, 공돌이 소리가 젤 듣기 싫었다는데 난 처음 배달 시작할 때 딸배 소리 존나 듣기 싫었어. 마후라 개조해서 시끄럽게 다니지, 신호 위반, 속도위

반, 심지어 번호판도 가리고 다니니까 딸배 소리를 듣는 거라고, 그 소리 들어도 싸다고 생각했어."

"딸배 소리 들어도 싼 놈들 많잖아. 근데 뭐 하나 물어보자. 왜 그렇게 마후라 개조하고 지랄이야? 시끄러워서 살 수가 없어."

"왜 그러겠냐? 똥폼 잡겠다고 그러는 놈도 있긴 한데, 오토바이가 시끄러워야 사람들이 피하지. 골목에서 사람 툭 튀어나오면 어떡하냐? 사고 나면 누가 물어줘? 전부 라이더 책임이야. 앞에 가는 차나 사람들이 안 비켜 주니까, 듣고 피하라고 소음기 개조하는 거야. 너, 라이더가 젤 많이 듣는 소리가 뭔 줄 알어?"

"뭔데?"

"빨리! 빨리! 빨리 때문에 귀에 완전 피 날 거 같다니까. 조금이라도 빨리, 조금이라도 더 많이 배달하려고 신호 위반도 존나 하는 거라니까. 그래야 한 건이라도 더 할 수 있거든. 손님들도 빨리 배달하라고 하고 식당 주인들도 재촉하고 그러니까. 야! 근데 왜 사람 말을 끝까지 안 듣고 지랄이냐?"

"내가 뭐?"

"마후라 땜에 이야기 끊겼잖아. 아까 딸배 이야기하다 말았지? 요즘은 나, 딸배 소리가 아무렇지도 않아. 딸배면 어때서? 딸배든 배딸이든, 돈만 벌면 됐지 뭐. 나, 요즘 한 달에 600만 원 넘게 벌어. 잘하면 백 콜 찍는 아저씨 따라잡을 것 같아. 식당 사장들보다 완전 많이 번다니까. 사장들은 수억 투자해서 돈 까먹는 사람들 수두룩하거든. 근데 난 내 몸뚱이 하나로 한 달에 600만 원이나 번다 이 말씀이야. 대기업 다니는 새끼들처럼 번다구!"

"씨발! 그래, 존나 잘났다, 짜샤. 딸배로 건물주 돼라. 자 건배!"

민성은 동우의 맥주잔에 잔을 부딪쳤다.

"딸배를 위하여!"

"딸배를 위하여!"

둘의 목소리가 너무 컸는지 건너편 테이블에 앉은 젊은 여자 둘이 쳐다보고 입을 가리고 웃었다.

민성은 동우와 헤어지고 원룸으로 돌아가다 불이 꺼진 피시방을 올려다보았다. 친구들에게 왕따 당하는 민성을 엄마 대신 위로해 준 건 음식과 게임이었다. 게임 속의 가상 세계에서는 레벨이 올라가면 무시당하지 않았고 인정받을 수 있었다. 슬프거나 외롭고 두려울 때는 음식이 민성을 진짜 엄마처럼 위로해 주었다. 민성에게 음식은 엄마였다. 매콤하고 달콤하고 짭짤한 치킨을 먹을 때, 달콤하고 고소한 피자를 먹을 때 민성은 수치심과 두려움 그리고 슬픔을 잊었다. 어른이 된 지금도 민성을 위로해 주는 건 음식과 게임밖에 없다.

동우와 막창을 배 터질 정도로 먹었는데도 또 배가 고팠다. 뱃속에 아귀가 사는 것 같았다. 목은 바늘구멍만 한데 배는 엄청나게 커서 먹어도 먹어도 배고픈 아귀, 지옥에 산다는 아귀가 뱃속에 사는 것만 같았다. 배가 터질 것 같은데도 심한 갈증 같은 허기를 느꼈다. 뭔가를 먹어야 살 것 같았다. 민성은 길거리에 쭈그리고 앉아 배달 앱을 눌렀다. 만석 족발에 들어가서 족발 대자를 주문했다. 배달 예상시간이 30분이라고 알림 톡이 왔는데 반갑지가 않고 이상하게 부끄럽고 슬펐다. 목놓아 울고 싶은 기분이 들었다.

붉은 헬멧을 쓴 배달 라이더

손님이 다 빠져나간 식당 안에는 갈비 냄새와 음식 냄새가 떠돌았다. 손님이 없는 시간이라 밀린 사장님 댓글을 쓰기 위해 노트북을 켰다. 나는 별점 1점 리뷰를 발견하고 멈칫했다.

족발에 붙은 머리카락 대체 뭔가여. 꼬불꼬불한 긴 파마머리인데 우리 식구들 거 아닙니다. 우리 식구들은 다 머리가 짧아여. 이렇게 위생관리도 안 되는 식당 아무리 맛있어도 다시는 주문 안 합니다.

나는 손님이 첨부한 사진을 눌러 확대해서 살펴보았다. 족발 위에 긴 머리카락이 붙어 있었다. 고객 말대로 라면처럼 꼬불꼬불한 파마머리였다. 아내는 어깨까지 내려오는 생머리를 늘 묶고 다녔다. 꼬불한 긴 파마머리라면 바로 경자 이모 머리카락이었다. 나는 주방 직원들에게 주방 모자를 쓰도록 교육했다. 멋 부리는 걸 좋아하는 경자 이모는 헤어스타일이 안 산다고 월급을 주는 사장의 지시에도 눈도 끔쩍 안 했다. 경자 이모는 약간 퇴폐미를 풍기는 밤무대 여자가수 스타일이었다. 출근할 때는 긴 파마머리를 풀어헤치고 아래위로 반짝이가 붙은 옷차림을 하고 다녔다.

나이가 많은 주방 이모들은 노안이라 깨알 같은 주방 주문서를 읽는 것도 힘들어했다. 리뷰 서비스 계란찜이나 김치전을 빠뜨려 평점 테러를 받게 만드는 장본인이었다. 된장찌개 대신 김치찌개를 만들어 내놓거나 음식 개수를 못 맞춰 기사들을 대기하게 만드는 일이 다반사였다. 바쁠 때 내가 자리를 비우기라도 하면 주방은 마비 상태가 되었다. 도둑질도 손발이 맞아야만 하는데, 주방 이모들은 4차 혁명 시대의 배달 시스템과는 전혀 안 맞았다. 배달 때문에 나이 많은 주방 이모들을 내보내고 젊은 직원들을 뽑을까, 나는 1년째 고민 중이었다. 나는 제 발로 나가지 않는 한 직원을 한 번도 해고한 적이 없었다. IMF 때 실직을 당한 경험 때문인지, 아니면 1년 넘게 폐업반대 투쟁을 한 선호 형 때문인지도 몰랐다. 아내는 내 성격상 주방 이모들을 절대 못 내보낼 거라고 장담했다.

"여기 꼬불꼬불한 머리카락 보이시죠? 머리 묶고 주방 모자 쓰라고 몇 번이나 말했습니까? 왜 모자를 안 써요?"

나는 경자 이모에게 리뷰 사진을 보여 주며 한소리 했다.

"사장님! 이거 내 머리카락이란 증거 있능교?"

증거라는 말에 나는 입이 떡 벌어졌다. 사장인 내게 증거를 내놓으란 말 같았다.

"사장님! 이 머리카락이 내 머리카락인지 손님 머리카락인지 어떻게 압니꺼? 무슨 증거 있능교?"

경자 이모 말에 헛웃음이 나왔다. 무슨 금도끼 은도끼 타령도 아니고 어이가 없었다.

"경자 이모님!"

내가 정색하며 부르자 경자 이모는 움찔하며 목을 움츠리는 시늉을 했다.

"이렇게 긴 파마머리 경자 이모님 거 맞잖아요? 손님도 자기네 머리카락 아니라고, 짧은 머리라고 써 놓았네요. 약간 노르스름하니 색깔도 똑같네요. 배달음식점은 이물질, 머리카락 나왔다 하면 끝장입니다. 주방에서 무슨 헤어 패션쇼 하실 일 있습니까? 이물질 나오면 주문이 끊겨요."

"아이고! 진짜 큰일 났네. 우리 사장님이 큰 손해를 입게 됐네예. 오늘부터 머리카락 한 오라기도 안 빠지게 단속하겠심더. 사장님, 이참에 머리 확 밀어 버릴까예?"

경자 이모는 짙은 눈화장을 한 눈을 깜박거리며 나를 빤히 쳐다보았다. 나는 어이가 없어서 피식 웃고 말았다. 내 눈치를 살피던 경자 이모가 배시시 웃었다.

별 한 개도 아까움.
ㅋㅋㅋ 이것도 음식이라고 파는 건가요.
이런 식당은 당장 망해야 함
한 입도 못 먹고 변기로 직행 ㅋㅋㅋ

나는 리뷰 창을 열었다가 잘못 본 건가 싶어 눈을 비볐다. 심장이 입 밖으로 튀어나올 것만 같았다. 강한 전류에 온몸이 감전된 것처럼 전신이 찌릿했다. 변기에 국밥을 버린 사진이 첨부

되어 있었다. 인터넷 뉴스에서만 봤던 변기에 음식을 버린 사진이 만석 국밥 리뷰 게시판에 떡하니 올라와 있었다. 온몸이 부들부들 떨리고 피가 거꾸로 솟았다.

닉네임을 클릭해 보니 지난번에 악플을 써서 게시중단이 된 그 악플러 배달리뷰왕이었다. 이 인간은 약을 올리며 인내력을 시험하는 것만 같았다. 니가 만든 음식을 변기에 처넣어도 참을 수 있어? 이래도? 이래도? 하면서 턱 앞까지 얼굴을 들이대고 혀를 날름거리며 가운뎃손가락을 까닥거리는 것만 같았다. 나는 그 인간이 눈앞에 있는 것처럼 노트북 화면을 노려보았다. 국밥을 들이부은 변기 사진을 보고 있으니 구역질이 치밀었다.

나는 양손으로 머리카락을 쥐어뜯었다. 저 국밥 한 그릇은 사먹는 고객에겐 흔해 빠진 수만 가지 음식 중의 하나일 뿐이겠지만, 정성을 다해 음식을 만든 식당 사장에겐 자신의 분신과도 같았다. 음식을 변기에 버린 것은 음식 만든 사람을 변기에 처박아 버린 것과 진배없었다. 평생 이런 모욕은 듣도 보도 못했고 상상도 못 했다. 저 인간은 맛이 없다면서도 왜 자꾸 주문을 할까. 이게 바로 일종의 스토킹이 아닐까. 배달리뷰왕은 리뷰 게시중단 이후에도 만석 족발에서도 주문한 적이 있고 만석 김치찌개에서도 주문했다. 만석 족발에서는 별 1점짜리 리뷰를 세 개나 달았고, 만석 김치찌개에선 아무 내용도 적지 않은 별 1점 리뷰 테러를 한 적이 있었다. 나는 그때마다 리뷰 게시중단으로 응수했다.

과연 리뷰는 최고의 권력이었다. 인터넷이라는 무한 우주에서 별점과 리뷰는 신이었다. 놈의 별점 테러로 인해 만석 국밥의 평점은 4.9에서 4.8이 되었다. 다음 날 맛집 랭킹 순위도 9위에서 20위까지 추락했다. 맛집 랭킹이 내려가자 곧바로 주문 수가 반 넘게 줄었다. 배달리뷰왕은 완전히 우리 식당을 박살 낼 작정인 것 같았다. 그깟 리뷰 게시중단이 뭐라고 이렇게 지속적으로 악플을 단단 말인가. 사이코패스인지 소시오패스인지, 하여간 악질적인 인간에게 잘못 걸린 것만은 확실했다.

나는 비로소 이해가 되었다. 개미 한 마리도 못 죽이던 보통 사람들이 왜 욱해서 살인을 하게 되는지. 처음부터 살인을 작정하고 살인자가 되는 사람이 있을까. 분노의 핵이 임계점에 이르면 풍선 터지듯 터지게 되는 것이다.

나는 피가 나는 줄도 모르고 아랫입술을 윗니로 꽉 깨물었다. 정성을 다해 만든 음식을 변기에 버리는 놈을 참아낼 수 있을 것인가. 이래도 고객이 왕인가. 이래도 참아야 하는가. 과연 참는 게 결국은 이기는 것인가. 리뷰 게시중단을 하면 끝인 줄로만 알았는데 오히려 더 끔찍한 악플로 싸움을 걸어온 것이다. 이것은 전쟁이었다.

손끝이 쓰리고 아팠다. 나는 고무장갑을 벗었다. 손가락 끝에 붙인 밴드가 너덜너덜했다. 밴드를 떼어 내자 손가락 끝 상처가 벌어져 따가웠다. 낮에 고기 작업을 하다 손이 삐끗해 칼에 베이고 말았다. 변기 사진 리뷰가 머릿속에서 떠나지 않았다. 조금이라도 딴생각을 하면 칼은 가차 없었다. 칼을 쥔 손이 다른 데 정신을 파는 것을 허락하지 않았다. 단 한 치의 틈도 주지 않왔고 배려가 일절 없었다. 칼은 엄격한 스승이었다. 단 한 순간도 한눈파는 것을 봐주지 않았다. 칼은 딴 일에 정신이 팔려 있을 때는 가차 없이 상처를 남기며 정신을 차리게 했다. 칼은 나에게 마음을 비우라고 했지만 놈이 쓴 리뷰는 내 영혼을 칭칭 동여매 옴짝달싹 못 하게 만들었다.

나는 불판을 다 닦고 물청소를 했다. 고무장갑을 벗고 아픈 허리를 주먹으로 두드렸다. 담배를 피우러 주차장으로 나가 장치실 의자에 앉았다. 한바탕 소나기가 퍼부은 건지 날이 너무 습하고 후덥지근했다. 담배를 피우며 한참 생각에 빠져 있다가 고개를 들었다. 한 남자가 주차장까지 들어와서 오토바이를 세우고 있었다. 붉은 헬멧을 쓴 배달 기사였다. 우리 식당에 오는 배달기사들은 식당 현관 앞에 오토바이를 세우는데 왜 주차장에 오토바이를 세우는지 의아했다. 헬멧을 벗는 기사가 낯이 익다 했더니 선호 형이었다. 나는 놀라서 의자에서 몸을 벌떡 일으켰다.

"어! 선호 형!"

"와! 어떻게 알았어? 이렇게 주차장에 직접 마중을 다 나오셨네. 황송하게스리."

선호 형이 활짝 웃으며 내 어깨를 툭 쳤다. 나는 선호 형 손을 덥석 잡았다. 땀이 밴 손이 축축하고 뜨거웠다.

"와! 형! 진짜 오랜만이네. 근데 이게 어떻게 된 거야?"

"나? 이렇게 보다시피 배달의 기수가 되었지. 어때? 좀 멋지지?"

선호 형이 팔을 벌리고 모델처럼 한 바퀴 빙 돌았다. 전 국민 배달의 시대에 선호 형까지 동참하게 된 모양이었다.

"배달한다고? 형이 직접? 라이더 한다고?"

내가 연거푸 묻자 선호 형이 쑥스러운 듯 웃었다.

"자랑스럽고 세계적인 K방역 덕분에 장사를 할 수 있어야 말이지. 포차는 밤 장사인데 영업시간 제한 때문에 문을 닫으니까 방법이 없더라고. 장사를 못 하게 하는 건 죽으라는 건데, 그렇다고 죽어 줄 수는 없고 말이야. 난 이대로 절대 안 죽어. 라이더라도 하면서 끝까지 버텨내야지. 우리 가게 배달도 직배로 하고, 대행도 하고 그래. 나, 라이더로 너무 어울리지 않냐?"

한동안 못 본 새 선호 형은 살이 너무 빠져 볼이 움푹 패어 있었다.

"근데 왜 이렇게 살이 빠졌어? 여기 너무 덥잖아. 좀 들어가서 이야기해. 형! 밥 못 먹었지? 갈비 맛있게 구워 줄게. 뭐든 말만 해. 먹고 싶은 거 다 만들어 줄게."

"됐어. 말만 들어도 배부르다. 여기 의자 있네. 좀 있다 배달 가야지."

선호 형이 웃으며 장치실 옆의 플라스틱 의자에 앉았다.

"그냥 이렇게라도 얼굴 잠깐 보고 싶어 왔어. 무슨 떼돈을 버는 것도 아닌데 왜 이렇게 짬이 안 나는지 모르겠다. 엎어지면 코 닿을 곳에 있는데 왜 이렇게 보기 힘드냐? 배달 때문에 너도 항상 바쁘지?"

"내 말이! 와! 오늘 계 탔네. 보고 싶은 그리운 님 얼굴도 보고."

내 농담에 선호 형이 눈가에 주름을 지으며 웃었다.

"근데 형이 배달을 다 하다니 진짜 의왼데? 무슨 일 있었지? 솔직히 말해 봐."

"실은, 두 달 전에 미성년자에게 술 팔았다고 신고당했어."

선호 형은 별일 아니라는 듯 심상하게 말했다.

"뭐?"

"장사하면서 그런 일이 한두 번이라야 말이지. 근데 이번엔 경찰차가 두 대나 출동했다니까. 나 참 어이가 없어서. 그리운 나라에 큰 사건이 생겼나 하고 골목에 사람들 몰려나와서 구경하고 난리였지. 미성년자가 아니라 나이가 스물다섯이나 된 성인이었는데 어떻게 신고가 들어갔는지 참나. 그다음부터 소문이 잘못 퍼졌는지 손님이 완전히 끊기더라고. 한 팀도 안 온 날도 있었어. 알바 한 명이 코로나 확진되어서 일주일간 문 닫은 적도 있고. 할 수 없이 이렇게 배달 전선에 나서게 되었지. 배달이라도 하면서 버티다 보면 어떻게든 되겠지. 그건 그렇고, 넌 그래도 배달 자리 잡았잖아. 이 동네에서 맛집 랭킹 1위하고 그러던데?"

"휴! 그런 일이 있었구나. 형, 진짜 힘들었겠네. 형에 비하면 난 별일 아니긴 한데 말이야. 오늘 국밥 맛집 랭킹 대추락이야. 어떤 악플러 한 놈이 우리 가게에 계속 리뷰 테러를 해. 요즘 그 악플러 팸에 멘탈이 나갔는지 정신병 걸릴 것 같아. 리뷰 전쟁 중이야."

"리뷰 전쟁? 아직도 우리 호랑이 백 사장님을 벌벌 떨게 만드는 곳감이 있구만. 나한테 그 못된 곳감 데려와 봐. 내가 혼구멍 내줄게."

선호 형이 빙긋 웃으며 말했다.

"세상에는 별 미친놈이 다 있다니까! 몇 달 전에 만석 국밥에 심한 악플을 단 놈이 있었거든. 그래서 리뷰 게시중단을 시켰어. 근데, 그놈이 게시중단 시켰다고 앙심을 품었는지, 계속 우리 식당에 악플을 달고 있어. 이번엔 이놈이 글쎄, 국밥을 변기에 버린 사진을 올렸더라고. 와, 나 진짜 그놈이 바로 눈앞에 있음 칼로 확 찔렀을 것 같아."

나는 눈앞에 배달리뷰왕이 있는 것처럼 주먹을 움켜쥐었다.

"야! 무섭게 왜 이래? 꿈에라도 그런 소리 하지 마. 성질난다고 함부로 사람 죽인다는 말 하면 안 돼. 말은 자석이야."

선호 형이 놀라서 손을 내저으며 말했다.

"그냥 말이 그렇다는 거야. 근데 그 미친놈보다 말리는 시누이가 더 짜증 나."

"말리는 시누이? 말리는 시누이가 누군데?"

"배달 앱 말이야. 실명으로 리뷰를 쓰게 해야 하는데, 닉네임으로 리뷰를 쓰게 하니 악플러들이 날뛰는 거잖아? 악플러가 쓴 리뷰 한 줄 때문에 식당 망할 수도 있어. 리뷰 한 줄에 밥줄이 달렸는데…… 오죽하면 연예인들이 악플 때문에 자살하겠어? 이건 사람 목숨이 달린 문제야. 리뷰 실명제 하면 바로 악플러가 사라질 텐데…… 왜 리뷰 실명제를 안 할까?"

"실명제보다 익명이 배달 앱 회사엔 더 이익이겠지."

"이익? 무슨 이익?"

나는 선호 형을 빤히 쳐다보며 물었다.

"결국은 돈이 아닐까? 고객 수, 이용자가 돈이니까. 고객들이 떠날까 봐 실명제 안 하겠지."

"실명제를 하면 왜 고객이 떠나는데?"

"배달 앱이나 고객이 실명제를 원하겠어? 실명제를 원하는 사람들은 업주들뿐이야. 니 말대로 악플을 쓰는 건 익명성 때문이야. 실명제를 하면 악플러 정체가 탄로 나는데 겁나서 악플 못 쓰지. 리뷰 쓰는 재미도 없으니 떠나는 고객도 많을 거고 배달 앱 인기도 없어질걸. 배달 앱은 말리는 시누이가 아니라 제왕이야."

선호 형은 이마에 흐른 땀을 손등으로 닦으며 말했다.

"제왕?"

"제왕은 백성들이 서로 자기들끼리 편 갈라 피 터지게 싸우는 게 득이야. 왕이 나라를 말아먹든, 팔아먹든, 부정 축재를 하든, 독재를 하든, 신경을 안 쓰게 돼. 왕에게 반란을 못 일으키게 다른 적을 만들어 주는 거야."

선호 형은 답답한지 마스크를 턱까지 내리고 숨을 들이마셨다.

"별점과 리뷰 때문에 고객과 업주가 싸우면 배달 앱이 득을 본다 이 말이네."

나는 고개를 끄덕이며 말했다. 주차장 바닥에 떨어진 갈비뼈에 개미와 파리가 붙어 있는 모습이 눈에 들어왔다. 나는 갈비뼈를 집게로 집어 쓰레기 봉지에 담았다.

"그렇지. 업주들은 리뷰 때문에 매출 떨어지면 광고비 더 지출하겠지. 배달 앱이 광고료와 수수료로 업주들한테 대체 얼마나 뜯어가냐? 온라인 건물주 배달 앱은 길 막고 통행세 뜯는 현대판 산적이야."

선호 형의 비유가 너무나도 절묘했다. 나도 모르게 손뼉을 칠 수밖에 없었다.

"와! 현대판 산적? 그 말이 진짜 맞네. 차라리 배달 앱이 없었을 때가 더 나았어. 이상하게 배달 매출은 오르는데 남는 게 너무 없다니까. 지난달 우리 배달 매출액이 얼만 줄 알아? 홀 매출액은 이천만 원인데 배달 매출액이 칠천 넘었어."

"진짜? 대박인데! 중요한 건 마진이잖아? 마진은 얼만데?"

"마진? 이상하게 돈이 안 남아. 장마철이라 각종 재료값이 이번엔 삼천만 원이 넘어. 배달 수수료, 광고비, 월세 오백, 배달대행비에 재료비까지 더하면 육천만 원이네. 공과금에다 이번 달에 세금 내고 직원들 인건비 천오백만 원. 기타 등등 다 제하고 나니 내 손에 겨우 구십만 원 떨어졌어. 이게 말이 되냐고! 장사하면 할수록 더 손해야. 한 달에 매출을 거의 일억 가까이 올렸는데, 밤에 잠도 못 자고 목숨 걸고 일했는데, 이렇게 많이 팔았는데 왜 알바보다도 못 가져올까? 왜 더 노력하고 더 열심히 할수록 돈은 더 안 벌릴까? 내가 운영을 바보같이 해서 그런 건가? 너무 억울해. 억울해서 잠이 안 와. 인건비도 물가도 다 올랐고. 그냥 좌판에서 김밥 파는 할머니, 국수 파는 할머니가 우리보다 더 낫다는 생각이 들 때도 있어. 할머니들은 여기저기 뜯기는 게 없잖아. 배달 장사로 매출 올랐다고 재난지원금도 못 받았다니까."

선호 형은 고개를 끄덕이며 내 눈을 가만히 응시했다. 억울한 마음을 다 이해한다는 눈빛이었다. 속에 답답하게 꽉 차 있던 말을 물 쏟듯 쏟아내 버리고 나니 좀 살 것 같았다. 이 억울함을 단 한 사람에게라도 털어놓을 수 있다는 것이 큰 위안이 되었다.

"휴! 형한테 털어놓고 나니 좀 시원하네."

나는 머리를 긁적이며 피식 웃었다.

"니 잘못이 아니야. 죽어라 번 돈을 몽땅 다 갈취당하는데, 어떻게 마진이 남겠냐? 매출이 올라도 건물주나 배달 앱 좋은 일만 시키니 장사해도 안 남는 건 당연한 거야. 이 자본주의의 구조적인 모순과 과열 경쟁 때문이지. 뭐든 좀 힘이 있고 귀해야 정당한 대접을 받아. 피 튀기는 경쟁이 벌어지면 그걸 악용해서 득을 보는 놈들이 생기기 마련이야."

"경쟁 때문이라고? 자영업자가 너무 많아서 그렇다는 거네?"

"맞아. 겨우 둘이 나눠 먹을 빵을 열 명이 같이 먹어야 하니, 입에 들어가는 게 있겠어? 먹고살 만한 일자리가 늘면 해결될 문젠데 말이야. 자영업 문제는 일자리 문제, 결국 노동 문제야. 대기업이 일자리도 안 늘리고 비정규직 일자리만 늘어나니 문제야. 한 집 건너 치킨집, 카페, 편의점, 식당이잖아? 요즘은 한 건물에 커피집이 서너 곳인 데도 있어. 자영업자가 너무 많으니 경쟁도 심하고, 가격도 못 올리지. 온라인으로 고객들이 다 몰려가고 대기업도 골목상권에 침투하는데 개미들이 공룡을 어떻게 이기겠어? 개미들이 뭉친다면 공룡을 이기는 것도 가능할 수도 있겠지. 민주노총 같은 힘센 조직이 필요해."

"개미들이 뭉친다? 그게 가능할까?"

"자영업자 문제만큼 어려운 게 없지. 우리 자영업자는 노동자도 자본가도 아닌 애매한 계급이야. 문제가 너무 복잡해. 국가도 정당도 사회운동단체들도 자영업 문제는 다 손 놓고 있잖아. 여건만 되면 장사 때려치우고 다시 직장 다니고 싶다는 사람들이 대부분이야. 일자리만 늘어도 해결될 텐데……. 아프다고 외치지 않으면 아무도 그 사람이 아픈 줄을 몰라. 사장? 가장 약하고 외롭고 아픈 사람들이 자영업 사장이야. 아픈 당사자 스스로 일어나야 해. 아프다고 스스로 일어나 외쳐야만 해."

선호 형은 목덜미에 흐른 땀을 손수건으로 닦으며 말했다. 주차장 시멘트 지열이 불길처럼 끓어오르고 있었다. 가만히 서 있어도 땀이 줄줄 흐르는 날씨였다. 일리 있는 말이었지만 당사자가 일어나야 한다는 그 말이 너무 멀게 느껴졌다. 하루 장사해서 하루 먹고사는 자영업자들의 생존법이 각자도생이 아닌가. 장사 때문에 집회는 꿈도 꿀 수 없었다.

"하루 가게 문 닫고 모이는 것도 힘든데, 어떻게 가능하겠어? 자영업자들은 모래알이잖아? 뭉쳐져야 말이지. 난 말이야. 그냥, 악플러만 없어도 좀 살겠어. 돈도 돈이지만 악플러 놈들한테도 밤낮으로 시달리고. 진짜 이게 뭔 미친 짓인가 싶어."

"악플러나 블랙컨슈머가 제일 겁내는 게 뭔지 알아?"

나는 선호 형의 말에 귀가 솔깃했다.

"뭔데?"

"바로 침묵, 무시야."

"침묵이라고?"

"침묵은 가장 중요한 처벌 중 하나지. 그냥 무시해. 악플러는 상대가 가만있으면 당황스러워서 어쩔 줄을 몰라. 악플을 쓰는 이유가 바로 관심을 받고 싶다는 거야. 관심을 원하는데 관심을 안 주니 재미가 있겠어? 시간 지나면 조용해져. 그냥 무시해. 난 리뷰 이벤트 안 하기로 했어. 요즘은 리뷰에 사장님 댓글도 안 달아."

"리뷰 이벤트도 안 하고 댓글도 안 단다고?"

평소 고객관리에 철저하던 선호 형 같지가 않았다. 뭔가를 꼭 쥐고 있다가 툭 놓아 버린 것처럼 보였다.

"리뷰로 고객관리를 안 하니 당연히 주문은 별로 없어. 난 그냥 무시하고 있어. 그냥 내가 라이더로 좀 더 뛰면 된다 생각해. 배달하는 게 차라리 맘이 더 편해. 나 지금 배달하러 가야 해. 다음에 봐."

"형! 이야기 좀 더 하면 안 돼?"

나는 엄마 치마꼬리를 잡는 아이처럼 선호 형의 팔을 꼭 붙잡고 놔주지 않았다. 선호 형이 웃으며 내 손을 떼어냈다.

"그냥 개무시하라구. 나 간다."

선호 형은 무시하라는 말을 남기고 오토바이에 올라타 바람처럼 휙 가 버렸다. 오토바이 소리가 멀어져 갔다. 나는 엄마를 놓친 아이처럼 뭔가 가슴이 허전했다. 밥이라도 한 끼 든든하게 차려 주었어야 했는데, 마음이 아렸다.

나는 20년 넘게 장사를 하면서 참을 인자 셋이면 살인도 면한다는 말을 생활신조로 삼고 살아왔다. 악플러를 무시하라는 선호 형 말이 옳다는 것도 알고 있었다. 그런데 머리로는 수긍했지만 마음으로는 절대 받아들일 수 없었다. 정성을 다해 만든 음식을 변기에 버린 인간을 용서할 수가 없었다. 사람을 사람으로 대하지 않는 놈을 참는다는 것은 인간임을 포기하는 일이었다.

세상은 넓고 별별 진상이 수두룩했다. 10년 전, 홀 서빙하는 아내에게 술을 따르라고 치근덕대는 취객을 때려서 코뼈를 부러뜨린 일이 있었다. 그때 정신을 놓았다면 돌이킬 수 없는 일이 일어났을 것이다. 그때 합의금 500만 원을 물어준 일 말고는 여태 별다른 사고를 친 적은 없었다. 장사꾼으로 산다는 것은 목에 칼이 들어와도 모욕을 견디고 참는 일이었다. 산다는 것은 오로지 참는 일이었다.

음식을 만드는 것 자체가 참고 인내하는 일이듯 식당일이란 것은 하나부터 열까지 참는 일이었다. 좋은 재료를 찾는 것도, 재료를 손질하고 다듬고 끓이고 볶고 삶는 모든 과정도 참는 일이었다. 물과 불을 잘 다루고 참고 기다려야 제대로 된 음식을 만들 수 있었다. 재료가 떨어졌다고 해서 아무 재료나 사용해서 대충 급하게 음식을 만들 수는 없는 일이었다. 고기가 숙성되는 시간, 양념이 음식에 골고루 배어드는 시간까지 참고 기다려야 했다. 열두 시간이나 사골을 끓여 육수를 만들 듯 인내하고 기다리고 참아야 하는 일이 식당일이었다.

고객의 정보는 플랫폼만 알고 있었다. 악플러를 뒤로 숨겨 주는 게 바로 배달 앱이었다. 어쨌든 먹고살아야 하는 배달식당 사장은 블랙컨슈머에게 어떤 모욕을 당해도 배달 앱을 박차고 나가지 못했다. 리뷰 갑질에 시달리는 업주들은 별점과 리뷰를 아예 폐지하라고 아우성쳤다. 업주에게 악플을 삭제할 권한을 주고, 심한 악플러는 주문도 못 하게 하고, 리뷰도 못 달게 해야 하는데 배달 앱은 구경만 했다. 불공정한 룰을 만들고 고객과 업주가 피 터지게 싸워도 팔짱만 끼고 있었다. 배달의 정글을 설계한 배달 제국의 신은 식당 사장과 고객의 싸움을 관람하며 최상위 포식자로서의 즐거움을 느긋하게 만끽하고 있었다.

이 싸움은 애초부터 불공정하고 불공평한 전쟁이었다. 식당은 업주 이름도 정보란에 공개되어 있고, 주소와 전화번호도 공개되어 있었다. 불만 고객이 마음만 먹으면 언제든 식당에 찾아와 행패를 부리거나 항의할 수도 있지만, 식당 주인은 손님의 정보를 알 수가 없었다. 주문 접수를 받고 배달 완료를 하고 난 이후 안심번호가 해제되면 고객의 정보는 아무것도 알 수가 없었다. 이것은 칼을 들고 갑옷으로 중무장한 로마 검투사와 맨몸인 노예의 싸움이었다.

하루가 지나도 변기 사진은 게시판 상단에 그대로였다. 그 때문인지 주문까지 끊겨 버렸다. 리뷰 사진을 볼 때마다 온몸이 칼로 저며지는 듯 고통스러웠다. 나는 리뷰를 들여다보다가 머리를 싸쥐었다. 대체 이놈을 어떻게 처리해야 할까. 나이는 몇 살인지, 뭘 하는 놈인지, 여자인지 남자인지 간절히 알고 싶었다. 배달리뷰왕이 어떤 놈인지 알아내는 것이 급선무였다.

배달리뷰왕의 리뷰 테러를 막으려면 먼저 리뷰를 못 쓰도록 막아야 했다. 주소를 알아야 주문 거절을 할 수가 있었다. 주문이 없다면 리뷰도 쓸 수 없다. 악플러의 주소를 알아 두었다가 주문 접수를 거절하는 게 제일 좋은 방법이었다. 주문 거절을 하려면 먼저 악플러의 주소를 알아내야 했다. 나는 포스기에서 국밥을 시킨 손님이 몇 명 있는지 내역을 조사했다. 마치 형사가 된 기분이었다. 어제는 국밥 주문이 열다섯 개였다. 놈이 누군지 전혀 알 수가 없었다. 놈이 쓴 리뷰 아래에 메뉴가 공개되어 있지 않았다.

나는 노트북을 켜고 사장님 사이트로 들어갔다. 만석 국밥 주문 내역을 하나씩 살펴보았다. 사장님 사이트에서는 고객의 주소를 확인할 방법이 없었다. 주문 내역에 들어가서 만석 국밥의 주문 내역만 찾았다. 주문 정보에는 고객의 주소 앞부분만 나와 있어서 놈의 주소를 알아낼 수가 없었다. 포스기에서 국밥을 주문한 손님의 주문서를 인쇄했다. 3일 전까지 인쇄하니 총 40장이었다. 고객이 리뷰를 쓸 수 있는 기간은 3일이다. 3일이 지나면 리뷰를 작성할 수가 없다. 놈이 메뉴를 공개하지 않았으니, 돼지국밥을 주문한 건지 순대국밥을 주문한 건지도 알

수 없고, 몇 인분을 주문한 건지도 알 수가 없었다. 그래도 하나 하나 대조를 해 보면 뭔가 꼬리를 잡을 수도 있겠다는 생각이 들었다.

지금은 무엇보다 변기에 버려진 음식 사진을 리뷰 게시판에서 치우는 게 가장 급했다. 스토커에다 사이코패스 변태 같은 놈이니 게시중단을 하면 또 악플을 달 게 분명했다. 열 번, 스무 번 악플을 단다고 해도 열 번, 스무 번 게시중단을 해서라도 놈의 악플을 막아야 했다. 지금은 게시중단밖에는 뾰족한 방법이 없었다. 하지만 게시중단은 일시적인 방편일 뿐이었다. 이 모든 사달이 게시중단 때문에 벌어졌으니 이제는 게시중단도 소용이 없을 것 같았다.

호랑이를 잡으려면 호랑이굴에 들어가야 했다. 게시중단을 하기 전에 일단 놈과 통화를 해 볼까 고민했다. 안심번호라 놈의 전화번호도 모르고 있는 게 다행이었다. 고객 동의를 받지 않고 전화를 하면 광고까지 중단당하고 계약해지까지 당할 위험이 있었다.

어느 미친 인간의 변기 악플 때문에 10년은 늙어 버린 느낌이었다. 머릿속에 헝클어진 털실 뭉치가 잔뜩 들어 있는 것처럼 답답했다. 되든 안 되든 놈과 통화를 해 봐야겠다고 마음먹었다. ㅋㅋㅋ 하는 악플러의 비웃음소리가 귀에 들러붙는 것 같았다. 나는 징그러운 웃음소리를 털어내려고 고개를 힘껏 저었다.

달콤한 악플의 맛

민성은 만석 국밥 리뷰를 들여다보며 회심의 미소를 지었다. 변기 사진 리뷰 테러를 저질러 놓고도 민성은 눈 하나 깜짝하지 않았다. 만석 국밥 사장은 애초에 민성의 적수가 될 수가 없었다.

민성에게는 협박범까지 물리친 전적이 있다. 협박범의 문자가 오건 말건 민성은 변함없이 악플을 달았다. 협박범은 이제 두 손 두 발 다 들고 완전히 나가떨어진 것 같았다. 아무리 협박 문자를 보내도 전혀 반응을 보이지 않으니 감당할 수 없는 강적이란 걸 알아본 모양이었다. 민성은 뒤늦게라도 제 주제를 파악한 협박범의 현명한 결정에 박수를 보내 주었다.

지금쯤이면 만석 국밥 사장은 알았을 것이다. 변기 사진 리뷰 테러의 주인공이 바로 배달리뷰왕이었다는 사실을. 아마도 하늘 같으신 고객느님의 리뷰를 무엄하게 게시중단했던 일을 땅을 치며 후회하고 있을지도 몰랐다. 한 번 더 리뷰 게시중단을 한다면 끝없는 리뷰 테러와 별점 테러로 열 배, 스무 배 갚아 줄 것이다.

리뷰 테러는 게임 중에서도 가장 신나고 변화무쌍한 예측불허의 게임이었다. 가상 세계의 게임이 아니라 살아 있는 인간과의 게임이었다. 로마 귀족들의 유흥거리, 아레나만큼이나 흥미진진한 게임이었다. 사자와 노예를 경기장에 같이 집어넣어 노예가 잡아먹히도록 만드는 아레나와 악플 게임은 흡사했다. 눈치가 없는 만석 국밥 사장은 단지 악플러 민성의 사냥감일 뿐이었다. 삶이 무료해 죽을 것 같은 히키코모리의 재미난 놀잇감이었다. 독거미에게 우연히 잘못 걸려든 잠자리나 나비 한 마리에 불과했다.

만약 만석 국밥 사장이 처음부터 민성의 악플을 무시하고 아무 반응도 보이지 않았다면 어땠을까. 죄송합니다, 한마디라도 하고 넘어갔다면 일이 이렇게까지는 커지지는 않았을지도 몰랐다. 이건 전부 만석 국밥 사장이 자초한 일이었다. 잠자는 사자의 코털을 건드렸으니 제 손으로 자기 무덤을 판 셈이었다. 게임을 시작했으니 상대가 무릎을 꿇을 때까지 끝을 봐야 했다.

소변을 보고 화장실에서 나오는데 전화벨이 울렸다. 전화를 받아 보니 배달 앱 고객센터였다.

"고객님, 만석 국밥 업주님께서 고객님과 꼭 한번 통화하고 싶다고 하십니다."

일이 점점 재미있어지고 있었다. 만석 국밥 사장이 미끼를 덥석 문 것이다. 어지간히 몸이 단 모양이었다. 리뷰 게시중단 사건 이후 별점 테러를 아홉 번이나 해도 꿈쩍 안 하던 인간이 이제는 숨이 넘어갈 정도로 고통스러운 모양이었다. 만석 국밥 사장이 무슨 소리를 하는지, 어떤 사람인지 궁금하긴 했다. 하지만 전화 통화를 잘못했다간 지난번 협박범에게 시달린 전철을

밟을 수 있었다.

"싫은데요. 내가 왜 만석 국밥 주인과 통화를 해야 합니까?"

"지금 고객님께서 쓴 리뷰로 인해서 업체에 피해가 많다고 하시네요. 꼭 통화를 하고 싶다고 전화번호를 알려 달라고 하십니다. 고객님께서 동의하시면 알려드리겠습니다."

"싫습니다. 리뷰를 어떻게 쓰든 그건 고객인 내 맘이죠. 고객의 권리고 자유란 말입니다. 표현의 자유란 말입니다. 통화 절대 안 한다고 전해요."

"그래도 업주님 쪽에서 한 번만이라도 통화할 수 있게 해 달라고 간곡히……."

민성은 상담원의 말을 잘랐다.

"싫다니까요. 내가 왜 통화를 해 줘야 합니까? 통화할 의무가 없잖아요? 그 사장한테 전하세요. 통화 거부한다고, 한 번만 더 귀찮게 하면 다시는 가만 안 있겠다고 말입니다."

민성은 일방적으로 통화를 중단했다.

민성은 카톡을 확인하며 피식 웃었다. 만석 국밥 사장이 또 게시중단 요청을 해서 리뷰가 30일 동안 게시중단 된다는 알림톡이 왔다. 만석 국밥 사장은 머리가 안 돌아가는 것 같았다. 할 줄 아는 게 리뷰 게시중단밖에 없었다. 그동안 게시중단되었던 리뷰 네 개는 좀비처럼 살아나 있었고 네 개는 게시가 중단되어 숨겨져 있었다. 보름이나 한 달만 지나면 게시중단 된 리뷰도 좀비처럼 다시 살아날 것이다. 맨 처음 썼던 만석 국밥 리뷰는 평점 낮은 리뷰에서 사라지고 없었다. 6개월이 지나면 리뷰는 그 식당의 리뷰 게시판에서 사라진다고 했다. 만석 국밥 리뷰 게시판에는 보이지 않지만 민성의 리뷰에는 그대로 남아 있었다. 상한 국밥 먹고 싶으면 이 집 국밥 주문하세요, 하고 썼던 최초의 그 리뷰였다.

리뷰라는 전지전능한 신의 권력이 민성의 손안에 있었다. 만석 국밥뿐만 아니라 만석 족발, 만석 김치찌개, 이렇게 돌아가면서 주문하고 악플을 올린다면 식당 하나 망하게 하는 건 식은 죽 먹기였다. 그뿐인가. 만석 갈비 리뷰도 있었다. 요즘은 네이버에서 가게를 이용하고 평점 리뷰를 작성할 수 있었다. 이 게임에 이름을 붙이자면 '식당 죽이기' 게임이라고나 할까. 가상의 컴퓨터 게임으로는 느낄 수 없는 짜릿한 실제의 맛이었다.

쓰레기짓이라 해도 끝까지 한번 가 보고 싶었다. 동우 말처럼 약자를 괴롭히는 갑질이란 걸 잘 알고 있었다. 그래도 만석 식당이 처절하게 무너지고 망하는 꼴을 한번 보고 싶었다. 단 한 가지도 끝까지 해낸 것이 없는 지질하고 못난 인생이었다. 인생에서 한 가지라도 끝을 보고 싶었다. 엄마 말대로 망할 놈에다 쓸모없는 식충이 인생이 아닌가. 혼자만 망가지는 것은 억울했다. 어차피 망가지고 부서진 쓰레기 인생. 누구를 어떻게 망가뜨리든 상관없었다. 물귀신처럼 누군가를 하나 끌고 들어가 같이 망하게 만들어야 덜 억울할 것 같았다.

만석 국밥 사장이 운영하는 만석 갈비 주소를 찾는 건 별로 어렵지 않았다. 배달 앱 만석 국밥 정보란에 상호가 만석 갈비로 되어 있고, 주소도 나와 있었다. 민성은 네이버에서 만석 갈비 블로그 포스팅을 검색해 몇 개 읽어 보았다. 블로거 체험단이 만석 갈비에 가서 공짜 음식을 먹고 써 준 리뷰인지 갈비 사진들도 먹음직스럽고 너무 맛있다는 극찬의 리뷰로 도배가 되어 있었다.

민성은 방을 쓰레기 하치장으로 만들어 놓고 사는 귀차니스트였다. 히키코모리 민성이 만석 갈비에 직접 왕림하신다는 건 천지가 개벽할 일이었다. 코로나 사태가 터지고 나서 명절에도 서울 본가에 간 적이 없고 누굴 만난 건 몇 년 만에 동우와 막창을 먹으러 갔던 게 다였다. 혼자서 갈비를 먹으러 가는 일만큼 이상한 건 없었다. 게다가 살찐 민성이 식당에 들어가면 시선이 집중될 게 분명했다. 사람들이 쳐다보는 것만큼 끔찍한 일은 없었다.

아는 사람이나 친구라곤 동우 딱 한 명밖에 없으니 만만한 게 동우였다. 민성은 동우를 불러내기로 했다. 지금 동우는 한창 배달로 바쁠 시간이었다. 전화하려다 카톡을 했다. 배달로 바쁜 줄 알았는데 읽음 표시가 바로 떴다. 사고 나서 병원에 있다는 카톡에 놀라서 동우에게 바로 전화를 했다.

"야! 많이 다쳤어?"

"새끼야! 어째 위문 전화 한 통이 없냐? 절친님이 배달 전쟁터에서 전투를 치르다가 부상당하셨는데 이제 전화해? 야! 이 인정머리 1도 없는 새끼야!"

목소리로 봐서는 크게 다친 것 같지는 않았다.

"새끼! 살 만한 모양이네. 어쩌다 다친 거냐?"

"와! 진짜 염라대왕 만나는 줄 알았다니까! 급하게 유턴하다 트럭과 정면으로 박을 뻔했어. 내가 운동신경이 완전 좋지 않냐. 완전 번개같이 핸들 확 꺾어서 살았는데 와! 완전 죽는 줄 알았어. 심장이 콩알만 해진다더니 진짜 그랬다니까. 팔 부러져서 수술하고 깁스했다. 배달해서 번 돈 치료비로 다 까먹었지. 오토바이도 완전 박살났어. 수리비로 150만 원이나 날아갔어."

"우리 동우 저승사자 만날 뻔했네."

"진짜 배달은 목숨 내놓고 하는 일 맞아. 진짜 죽음을 업고 다니는 일이 바로 배달이야. 한번 넘어져 보니 존나 무섭더라. 오토바이 뒤에 매달고 다니는 게 피자나 통닭이나 김치찌개가 아니라 죽음이란 생각이 들었어."

늘 실없는 농담이나 하던 동우가 어울리지 않게 무슨 철학자처럼 제법 심오한 말까지 다 했다.

"박동우가 아니라 테스 형 납셨구나. 우리 테스 형 면회 가 봐야 하는데."

"말만으로도 핵감동! 이 코로나에 무슨 병문안이야? 가족도 병실에 못 들어와. 보호자들은 코로나 검사받고. 병원도 완전 살벌하다. 근데 웬일이냐? 사람이 안 하던 짓을 하면 철들거나 죽을 때라던데 와! 도민성 철들었네. 생전 전화 안 하던 놈이 전화를 다 하고. 너, 내가 톡 안 하면 절대 톡 안 하잖아?"

"죽을 때가 됐나 보다. 같이 갈비 먹을까 했지."

"뭐? 갈비? 미친! 말만 해도 침이 고인다. 와, 재수 없는 놈은 뒤로 자빠져도 코가 깨진다더니, 완전 존나 재수 없네. 와 개빡쳐. 아이고! 내 팔자야!"

테스 형이 따로 없다 했는데 역시 고기에 환장하는 동우로 금세 돌아왔다.

"먹고 싶음 빨리 나와. 고기 배 터지게 사 줄게."

"근데. 웬일이냐? 배달중독자 배달의별님께서 이제 배달 질린 거냐? 외식할 생각을 다 하고?"

"그래, 배달 질렸다. 치료나 잘 받아."

민성은 동우가 더 꼬치꼬치 캐물을까 봐 전화를 서둘러 끊었다. 동우는 내막을 들으면 아마도 욕을 퍼부을 것이다. 누군 먹고살기 위해 목숨 걸고 배달하다 사고 나서 입원해 있는데 그깟 리뷰게시 중단당했다고 사이코짓을 하냐고 미친놈 취급을 할 게 뻔했다. 동우가 욕을 하건 말건 상관할 바 아니었다. 목표물인 사냥감은 일단 포획에 성공해야 했다.

민성이 외출을 끔찍하게 싫어하는 이유는 한 마디로 귀찮아서였다. 외출하려면 눈곱이라도 떼야 했다. 민성은 쓰레기로 가득한 화장실 세면대 앞에 서서 거울을 쳐다보았다. 비누는 말라 비틀어져 거품도 나지 않았다. 거의 열흘 넘게 이도 닦지 않아 이도 누랬다. 얼굴은 마스크로 가리면 되지만 세수만 하려니 덥수룩하게 떡진 머리가 마음에 걸렸다. 머리에서 심한 냄새도 났다. 노숙자보다 더한 행색이었다. 1년 넘게 미용실도 가지 않아 머리 길이가 어깨까지 닿았다. 미용실 원장님에다 깔끔하고 화려하신 손금자 여사가 이 꼬락서니를 보았다면 아마 뒷목 잡고 쓰러졌을 게 뻔했다.

민성은 온갖 쓰레기로 뒤덮인 화장실에서 대충 샤워를 하고 머리를 감았다. 그동안 빨래를 제대로 한 적이 없어 물기를 닦을 만한 깨끗한 수건 하나 보이지 않았다. 옷걸이에 걸린 더러운 수건으로 몸을 대충 닦았다. 입던 옷은 거의 다 세탁기에 들어가 있고 빨래를 한 옷은 쓰레기와 섞여 있어서 새로 빨래를 해야 입을 수 있을 것 같았다. 민성은 쓰레기 속에서 청바지와 티셔츠 하나를 찾아냈다. 곰팡내가 풀풀 나는 회색 티셔츠에는 치킨 양념 소스 자국이 말라붙어 있었다. 주방세제를 묻혀 물티슈로 양념을 쓱쓱 닦아냈지만 양념 자국은 더 번졌다.

머리가 문제였는데 미용실까지 간다는 건 배보다 배꼽이 더 큰 노릇이었다. 그렇다고 여기에서 포기하자니 근 한 달 만에 머리도 감고 샤워를 한 게 억울했다. 민성은 쓰레기 더미로 변한 옷 무더기 속에서 야구 모자를 발견했다. 머리를 노란 고무줄로 묶고 모자를 썼다. 거울을 보니 겨울잠을 자고 일어난 거대한 곰 한 마리가 들어 있었다.

만석 갈비는 대학 때 동우와 자주 갔던 대학로 골목에 있었다. 만석 갈비 앞에는 배달 오토바이가 세 대나 세워져 있었다. 식당 앞에서 7층 건물을 올려다보았다. 1층은 만석 갈비였고 2층은 대형 카페를 하던 자리였는데 임대 현수막이 나붙어 있었다. 3층은 노래방, 4층은 피시방이었다. 5층은 당구장, 6층과 7층에도 임대 현수막이 걸려 있었다. 지하는 예전 그대로 만화방이었다. 5년 전에 왔을 때는 만석 갈비 자리에 국밥집이 있었는데 국밥집이 만석 갈비로 바뀌어 있었다.

예전에 있던 식당들은 거짓말처럼 한 군데도 보이지 않았다. 누가 마술을 부린 것처럼 전부 다른 식당 간판을 달고 있었다. 이 골목은 대학 시절 동우와 자주 오가던 골목이었다. 카페에서 커피를 마시고, 피시방에서 게임을 하고 노래방에서 목이 터져라 노래를 부른 적도 있었다. 동우와 만화방에서 만화를 보다가 먹었던 라면의 기막힌 맛이 떠올랐다. 돼지국밥을 먹고, 짜장면 집에서 짜장면을 먹기도 하고, 돈가스와 칼국수와 닭갈비를 사 먹기도 했다. 동우라는 친구가 옆에 있었던 덕분에 민성에게도 추억이라고 할 만한 것이 남아 있었다. 추억의 대부분은 맛난 음식과 함께했던 순간이었다. 민성이 음식을 사랑할 수밖에 없는 이유였다.

민성은 흰 바탕에 검은 글씨로 쓴 만석 갈비 전면 간판을 올려다보았다. 배달 앱 정보란에서 확인한 만석 국밥 사장 이름은 백만석이었다. 민성은 피식 웃었다. 백 사장도 백 사장 나름이다. 만석 갈비 맞은편 한신포차 앞에서 포스 있게 팔짱을 끼고 있는 백 선생 백종원이라면 몰라도 백만석이라니! 이름도 촌스러우면서 식당 이름도 만석 갈비였다. 융통성도 눈치도 없는 백만석 사장은 자신의 이름에 대단한 자부심이 있는 것 같았다.

민성은 배달 오토바이 두 대가 서 있는 만석 갈비 앞에서 잠시 망설이다 자동문을 열고 들어갔다.

"어서 오세요."

흰 마스크를 쓰고 초록색 앞치마를 입은 중년 여자가 입구에 들어서는 민성에게 인사를 했다. 민성은 입구 쪽에 놓인 큐알 체크기에 핸드폰을 갖다 댔다. 큐알 체크라곤 처음 해 봐서 어색했다. 넓은 식당 안에는 손님이 두 테이블 앉아 고기를 구워 먹고 있었다. 사장으로 보이는 남자는 보이지 않고 배달 기사 두 명이 주방 입구 테이블 의자에 앉아 있었다. 힐끔거리는 시선이 싫어 민성은 다른 손님들과 멀찍이 떨어진 현관문 입구 쪽 자리에 앉았다.

"몇 분이세요?"

당연히 일행이 있을 거라고 의례적으로 묻는 여자의 말에 민성은 기분이 상했다.

"혼자 왔는데요. 혼자 오면 안 됩니까?"

"아이고! 손님, 무슨 소리 합니꺼! 억수로 고맙지예."

민성이 시비 걸듯 말했지만 여자는 붙임성 있게 웃는 얼굴로 대꾸했다.

"왕갈비 5인분에 테라 한 병요."

민성이 퉁명스러운 말투로 주문하자 여자는 포스기로 가서 주문 내역을 찍었다. 여자는 민성의 테이블에 물병과 컵, 계산서를 놓고 갔다. 이렇게 넓은 가게에 손님이 겨우 두 테이블이라니, 민성은 속으로 혀를 찼다.

주방 입구 쪽에서 중년 남자가 숯불을 들고 나오는 모습이 보였다. 보고 싶었던 애인도 아닌데 민성의 심장이 튀어나올 것처럼 심하게 뛰었다. 백만석 사장이 민성의 자리로 다가오고 있었다.

배달의 정글 속에서

미간이 절로 찌푸려졌다. 혀가 잔뜩 꼬부라진 여자는 쉽게 전화를 끊지 않았다. 족발 소자 세트에 소주 한 병과 맥주 한 병을 주문한 손님이었다. 배달 앱으로 주문을 해 놓고 식당으로 전화를 걸어 소주 두 병을 추가하겠다고 했다. 주문하기 전부터 꽤나 퍼마셨는지 잔뜩 취한 목소리였다.

"내가 올해 예순일곱인데 배달 칼국숫집 합니더. 사장님, 사장님도 배달하시니까 제 마음 좀 아실기라예."

"네, 압니다. 배달 정말 힘들죠."

나는 여자의 말에 맞장구를 쳤다. 술주정하는 사람에게는 무조건 맞다고 해 주는 게 수였다. 어제도 오십이 넘은 노총각 배달기사가 아홉 시 영업 제한 시간이 될 때까지 술주정하는 걸 상대하느라 진땀을 뺐다. 제발 그만 마시고 집에 가라고 해도 왕년 타령만 하며, 예전에 자기가 얼마나 잘나갔는지 들어 달라고 붙잡고 놓아 주지 않았다. 지금은 고작 딸배 신세지만 왕년에는 판검사가 되려고 고시 공부하던 사람이었다고 주사를 늘어놓았다. 마침 홀에 손님도 없고 배달도 없는 시간이라 겨우 달래서 집에 보냈다.

"사장님, 이렇게 통화가 된 것도 인연인데 얘기 좀 들어 주이

소."

나는 어이가 없어 실소했다. 오전부터 손님의 술주정을 전화로 듣게 될 줄은 상상도 못 했다. 술주정하는 사람 이야기는 들어 주면 끝이 없었다. 무조건 피하는 게 상책이었다. 그래도 나이 먹은 사람이 배달 장사한다니 괜히 마음이 쓰였다. 오죽 힘들면 얼굴도 모르는 사람을 붙들고 이럴까 싶어 들어 주자고 마음을 먹었다.

"내는요, 배달이 뭔지도 하나도 모릅니다. 코로나 터지고 이혼한 아들이 안쓰러워 주방일을 거들게 됐다 아입니꺼? 어제는 아들이 배달 나가고 나서 10분 있다가 주문이 들어왔어예. 십인분이라카니 정신이 하나도 없데예. 내가 컴퓨터를 하나도 못 만지는데 어떻게 뭘 누르니까 배달 접수가 됐는 기라예. 혼자 정신없이 칼국수 십 인분을 만들고 포장을 해 놔도 당최 기사가 안 오데예. 음식이 안 오니까 한 시간이 지나서 손님한테서 전화가 왔는데예, 왜 칼국수가 안 오냐고 막 화를 내는데 진짜 진땀 나서 죽는 줄 알았다 아입니꺼? 그때 아들이 왔는데, 글쎄 이놈이 대뜸 엄마 때문에 식당 말아먹게 생겼다면서 다 퍼진 칼국수를 어떻게 파느냐고 길길이 날뛰는 기라예. 진짜 얼척 없데예. 아들놈은 성질내고 식당 뛰쳐나가더니 외박하고 아직도 안 들어옵니다. 떡이 된 칼국수 열 개를 음식물 쓰레기통에 버리는데 억장이 무너져서 통곡했심더. 내 처지가 이 음식물 쓰레기 같다는 생각이 들었다 아입니꺼. 사장님요! 내가 전생에 무슨 큰 잘못을 해서 이런 벌을 받고 있을까예?"

오죽하면 자신의 처지가 음식물 쓰레기 같다는 생각을 했을까. 나는 대답을 할 수가 없었다. 아내에게 걸핏하면 화를 내고 짜증을 냈던 순간들이 떠올라 괜히 가슴이 뜨끔하고 시렸다.

주방에서는 음식이 나와 있고 기사도 음식을 기다리고 서 있었다. 왜 포장을 안 하고 전화통만 붙들고 있냐고 기사는 나에게 눈으로 레이저를 쏘아 댔다. 이러다간 종일 이야기를 들어주어야 할 것 같아 중간에 말을 끊었다.

"저어 손님, 죄송하지만 기사님이 기다리시는데, 제가 지금 음식을 포장해야 하거든요. 손님 잘못도 아드님 잘못도 아닙니다. 하필 이 코로나 시국에 제일 힘든 장사를 하고 있는 죄죠. 가족과 같이 일하면 원래 심하게 싸우게 되어 있어요. 저도 식당일 하면서 마누라랑 많이 싸웁니다."

"맞지예? 식구끼리 장사하면 엄청시리 싸우지예? 하루를 살아도 사람처럼 살아야 되는데 이래 살아서 뭐 하겠습니꺼? 굶어 죽어도 이 빌어먹을 장사 때려치우고 만다. 이 새끼 들어오기만 해 봐라."

장사꾼 속은 장사꾼만이 알 수 있는 법이었다. 세상 다 산 것 같았던 여자는 금방 생기를 되찾았다. 시든 채소가 물을 주자마자 파릇하게 살아나는 것 같았다. 세상에서 나 혼자만 이렇게 힘든 일을 겪고 있다는 생각만큼 억울하고 고통스러운 것은 없다. 누군가의 고통을 위로하는 말은 당신만 아픈 게 아니라 나도 당신과 같은 고통을 겪고 있다는, 그 한마디 말이었다. 당신을 이해한다는 말, 당신 잘못이 아니란 말, 그 한마디 말을 듣고 싶어서 여자는 생판 얼굴도 모르는 식당 사장에게 넋두리를 늘어놓은 것인지도 몰랐다. 동병상련이란 말이 왜 있겠는가.

"손님 이만 들어가세요."

통화를 마치고 나니 긴 터널을 빠져나온 것처럼 한숨이 나왔다.

"기사님! 빨리 포장해 드릴게요."

입이 댓 발 나온 기사는 너무 오래 기다리다 짜증이 났는지 대답도 하지 않았다. 1분 1초가 급하니 음식이 빨리 안 나오면 배차를 취소하고 다른 식당의 콜을 잡으러 가는 기사도 있었다. 포장한 족발 봉지를 내밀자 기사는 음식을 빼앗듯 휙 낚아채고는 급하게 나가 버렸다. 나는 맥이 빠지고 허리도 아파서 의자에 털썩 앉았다.

한 끼 음식이 손님의 집에 배달되기까지 상상 못 할 일들이 일어나곤 했다. 새벽에 치킨을 배달하던 사장이 교통사고로 사망한 일이 뉴스에 나온 적도 있었다. 배달을 시킨 손님은 치킨이 오지 않자 장난하는 거냐며 불만 리뷰를 올렸다. 손님이 올린 불만 리뷰에 사장의 딸이 죽은 아버지를 대신해 사장님 댓글을 달았다. 저녁도 못 먹고 마지막 배달을 하러 나간 아버지가 역주행하는 음주운전 차량에 치여 참변을 당했다고, 그 때문에 배달을 못 했다고 고객에게 사과했다. 아버지가 배달하다 참변을 당했는데도 사과의 댓글을 올려야 했던 딸의 마음이 어땠을지 짐작조차 할 수 없었다.

배달 앱에서 음식을 주문하는 고객들은 금 나와라, 뚝딱! 은 나와라, 뚝딱! 도깨비방망이처럼 클릭 몇 번만으로 음식이 배달되는 줄로만 알았다. 집 안에서 편안하게 먹는 한 끼의 음식에 어떤 노역이 숨어 있는지 몰랐다. 황홀하고 달콤한 천국의 맛 뒤에서 지옥의 맛을 봐야 하는 이들에 대해 생각할 필요가 없었다. 가장 먹기 좋은 상태로 음식이 도착하기만 하면 끝이었다. 이왕에 SNS에 올릴 만한 비주얼까지 갖춘 음식이라면 금상첨화였다.

리뷰 참여 계란찜 주시고 염치 없지만 음료수도 주심 안 될까요? 리뷰 잘 써 드릴게요. 공깃밥 안에 계란 후라이 올려주세요. 와사비 간장 좀 주세요. 불백 너무 매우면 덜 맵게 해주세요. 배달 빨리 해주세요. 묶어서 오지 마세요. 식어 있으면 돌려보냅니다.

주문서의 요청사항을 보니 입이 떡 벌어졌다. 무심코 주문접수를 누른 내 손이 원망스러웠다. 요즘 계란값이 금값이었다. 리뷰가 무슨 큰 벼슬인지. 만 원짜리 불백 하나 시키면서 음료수와 계란찜에다 메뉴에도 없는 계란 후라이까지 내놓으라니 기가 막혔다. '염치없지만' 이 다섯 글자가 약 올리는 것 같았다. 염치도 모르는 놈이 염치를 들먹거리다니 한 마디로 엿 먹으라는 격이었다.

"미친 새끼!"

나는 무심코 욕을 내뱉었다. 수저를 정리하던 진숙 이모가 놀라서 돌아보았다. 나는 민망해서 머리를 긁적이며 웃었다.

"아이구! 사장님! 와 그라능교?"

나는 대답 대신 주문서를 진숙 이모에게 보여 주었다.

"옴마야! 이걸 다 해 달라니 말이 되나? 요즘 계란 한 판에 만 원인데. 남의 식당 기둥뿌리를 빼 먹어도 분수가 있지. 이런 인간은 안 되는 건 안 된다고 확실히 말해야 다음에 안 이럽니더. 사장님이 곤란하면 내가 한번 전화해 보겠심더."

진숙 이모는 주문서에 있는 번호로 바로 전화를 했다.

"여보세요. 손님, 만석 김치찌개 주문 하셨지예? 저는 직원입니더. 다름이 아이고예. 리뷰 서비스는 한 개만 됩니더. ……계란찜은 2000원이고 음료수는 1500원인데 한 개만 선택하이소. ……두 개 다 달라꼬요? 아이고! 고객님 요즘 식당 진짜 힘듭니더. 두 개 다 주면 저 쫓겨납니더. ……예, 계란찜 한 개 드리면 되지예? 계란 후라이는 바빠서 못 하는데 이해 좀 해 주이소. ……와! 우리 손님 이해심 댓글이네예. 불백은 덜 맵게 해 드릴게. 빨리 보내 드릴게예. 아참, 와사비 간장도 챙겨 드릴게예. 손님 고맙심더."

나는 진숙 이모가 통화하는 걸 보고 혀를 내둘렀다. 전화를 끊은 진숙 이모는 브이자를 만들며 웃었다.

"내가 사장님 인정머리 없는 사장으로 만들었는데 괜찮십니꺼?"

"와! 역시 진숙 이모 대박 멋집니다!"

나는 엄지손가락을 추켜세웠다.

"내가 좀 한다 아입니꺼? 식당 밥을 자그마치 15년 넘게 묵었는데 이 정도 밥값은 해야지예. 진상 손님들 있으마 무조건 내한테 맡기소. 배달 시작하고 나서 사장님 얼굴이 반쪽이 된 거보이 내사 마음이 아파 못 보겠심더. 참말로 코로나가 원수다."

"저 생각해 주시는 분은 진숙 이모님밖에 없네요."

내 말에 기분이 좋은지 진숙 이모는 콧노래까지 흥얼거렸다. 진숙 이모처럼 진상에게도 유들유들하게 대하면 되는데 나는 요즘 걸핏하면 손님들과 싸우기 일쑤였다. 예전에는 손님 대하기가 그리 어렵지 않았는데 요즘은 갈수록 힘들었다. 걸핏하면 가슴속에서 뭔가가 욱하고 튀어나오려 해 내가 낯설고 두려웠다. 내 안에 나 대신 다른 존재가 들어 있는 느낌이었다.

배달 주문 알림이 그렇게 반가울 수가 없었다. 거의 한 시간만의 주문이었다. 주문 접수를 눌렀을 때 전화벨이 울렸다. 전화가 오면 나도 모르게 긴장이 되었다. 배달을 시작하고 나서부터 생긴 습관이었다.

"이봐요! 이따구 음식도 음식입니까? 장난해요? 지금!"

전화 속의 젊은 남자는 대뜸 소리부터 질렀다. 귀청이 떨어질 것 같았다.

"족발 오늘 거 맞아요? 최소 3일은 되었겠던데, 한 점도 못 먹을 쓰레기 음식을 팔다니 진짜 양심도 없네. 당장 환불해 줘요."

삶은 지 다섯 시간밖에 안 된 족발이었다. 그런데도 최소 3일 전에 삶은 족발이라고 남자는 생트집을 잡았다. 지금 당장 손님 집으로 뛰어가서 족발 상태가 어떤지 확인해 보고 싶었다.

"손님 죄송합니다. 일단 주소부터 말씀해 주세요."

남자가 불러 준 주소를 포스기에서 확인해보니 용호동에서 족발 대자를 주문한 고객이었다. 큰 금액이었으나 배달을 중지하고 가기엔 먼 거리였다. 한 시간 전에 족발 대자 주문이 들어왔을 때는 큰 건이 들어왔다고 입이 벌어졌는데 이런 일이 벌어질 줄은 상상도 못 했다.

"계좌 불러 줄 테니까 환불이나 빨리해요. 지금 당장 리뷰 올립니다."

리뷰 협박을 하는 걸 보니 실컷 먹고 돈 안 내려는 수작이었다.

"음식 상태가 어떤지 보고 환불을 해 드리든지 해야죠. 그럼 지금 바로 기사님 보내서 음식 일단 수거해서 확인하겠습니다."

"뭐? 수, 수거한다구요?"

남자는 당황했는지 더듬거리기까지 했다.

"족발 한 점도 못 먹을 정도라고 하셨으니까 그대로 두셨을 거 아닙니까? 확인도 안 하고 무턱대고 어떻게 환불합니까? 고객님이라면 전화 한 통화에 바로 환불해 주시겠어요? 기사님 콜 잡아서 지금 음식 가지러 보내겠습니다."

"아! 진짜 좆같네. 씨발! 됐어요."

"이보세요! 손님! 왜 욕을 하세요?"

그렇게 환불해 달라고 길길이 날뛰던 남자는 전화를 급하게 끊었다.

며칠 전에도 족발에 비계밖에 없어서 못 먹겠다면서 환불해 달라고 전화해 온 진상이 있었다. 음식을 수거해 와서 보니 거의 다 먹고 찌꺼기만 조금 남은 상태였다. 다 먹고 무슨 환불이냐고, 환불 못 해 준다고 했더니 다짜고짜 리뷰로 올리겠다고 했다. 나는 올릴 테면 올리라고 되받아쳤다. 양심이 있는 인간이면 절대 리뷰를 못 올릴 거라고 생각했다. 그랬는데 그 진상은 이 집 절대 시켜 먹지 말고, 최악의 고기로 족발을 만드는 곳이라고 장문의 악플을 정성스럽게 올렸다. 나는 다 먹고 환불을 요구하는 블랙컨슈머라고 반박 댓글을 올렸다. 반박 댓글을 올리자마자 진상은 계속 리뷰 수정을 하면서 밤새 악플을 올렸다. 나는 지치지 않는 악플러에게 질려 리뷰 게시중단을 신청했다. 그 악플러는 리뷰 게시중단을 시켰다고 식당으로 항의 전화까지 해서 난리를 쳤다.

뭐 뜯어먹을 게 있다고 이러는지 한숨이 나왔다. 강자 앞에선 납작 엎드리거나 도망치기 바쁜데, 약자만 보면 잡아먹으려 달려들었다. 코로나 때문에 배달시장에 뛰어든 배달식당은 뼈밖에 남은 게 없고 먹을 것도 없는 볼품없는 사냥감에 불과했다. 배달의 정글 속에서 맹수들에게 여기저기 물리고 뜯겨 피 흘리며 죽어 가는데도 맹수들은 사납게 달려들었다. 건물주라는 사자의 이빨에 뜯기고, 코로나 상황에서도 세금을 악랄하게 걷어가는 정부라는 호랑이의 발톱에 찢기고, 하이에나 같은 진상들에게 뜯겼다. 배달업은 약육강식의 무서운 정글이었다.

세상 물정 모르던 젊은 시절, 나는 사장을 부러워했다. 일하지 않는 자여 먹지도 마라, 자본가여 먹지도 마라. 노조에서 가르쳐 준 노래처럼 자본가인 사장은 놀고먹는 팔자 좋은 사람인 줄 알았다. 사장은 자가용만 타고 다니고, 골프만 치러 다니고, 해외여행만 다니는 줄 알았다. 쉬고 싶을 때 쉬고, 일하고 싶을 때 일하고, 돈을 물 쓰듯 쓰는 팔자 좋은 사람인 줄 알았다. 공장을 나와 처음 식당을 차려 사장님 소리를 들었을 때는 목에 힘이 들어가기도 했다. 기분 좋게 간질간질하고, 이상야릇하고, 어색하고, 뿌듯하고, 붕 뜨는 기분이었다. 나도 노력해서 성공하면 팔자 좋은 사장이 되는 줄 알았다.

식당 사장 노릇을 20년 넘게 해 오는 동안 식당 사장만큼 외롭고 무겁고 아프고 힘든 사람이 없다는 걸 알게 되었다. 수만 가지의 책임을 떠맡고, 아무것도 누리지 못하는, 가장 고독한 이들이 식당 사장들이었다. 새벽부터 나와 밤늦게까지 일해도 알바만큼 벌지 못했다. 자기 돈 들여서 창살 없는 감옥을 만들어 놓은 바보들이었다.

나는 홀을 돌아다니며 환풍기를 살펴보았다. 조금만 손님이 있다 싶으면 홀에 연기가 꽉 찼다. 환풍기에 물티슈나 휴지가 빨려 들어가 연기가 잘 안 빠지는 테이블이 많았다. 연기가 안 빠지는 테이블에 손님을 잘못 앉히면 고기를 한참 굽다가 연기 때문에 다른 테이블로 옮겨 주어야 했다. 어제는 연기가 심하게 난다고 고기를 먹다가 돈도 안 내고 화를 내며 가 버린 모녀 손님도 있었다.

집게를 넣어 환풍구를 막고 있는 물티슈를 꺼내는데 바지 뒷

주머니에서 핸드폰 진동음이 울렸다. 기름때가 시커멓게 묻은 목장갑을 벗고 핸드폰을 꺼내 보니 아내의 전화였다. 아내에게서 전화가 오면 또 무슨 악플이 달린 게 아닐까 긴장부터 되었다. 아내의 '리뷰 중독' 증세는 날로 심해졌다. 배달 손님에게 심한 욕까지 듣고 공황장애가 심해진 아내는 요즘 식당에 나오지 않고 있었다.

"왜 또? 무슨 일이야?"

들으나 마나 리뷰 이야기일 같아서 퉁명스럽게 물었다.

"네이버 영수증 리뷰 한번 봐. 진짜 심한 리뷰가 올라왔어."

아니나 다를까 또 리뷰 이야기였다. 잠시도 리뷰 걱정에서 놓여나지 못했다. 나는 쓴웃음을 지었다. 리뷰 공포증이나 리뷰 중독증이란 병명이 있는지 모르겠는데 리뷰에 대한 집착이 병적으로 심해지고 있었다. 배달 리뷰도 모자라 이제는 네이버 리뷰까지 신경 쓸 줄은 몰랐다.

"제발 리뷰 좀 그만 봐. 네이버 리뷰까지 신경 쓰면 대체 어쩌자는 거야? 식당은 죽이 되든 밥이 되든 내가 알아서 할 테니 신경 쓰지 마. 몸이나 잘 챙겨. 나보고 리뷰의 노예라더니 대체 왜 그래?"

화를 안 내려 했는데 나도 모르게 짜증을 냈다.

"진짜 너무 심한 악플이라 그래."

"알았다니까!"

나는 미간을 있는 대로 찌푸리며 전화를 끊었다. 카운터에서 계산을 할 때 대부분 손님들이 영수증 버려 주세요, 하는데 가끔 영수증을 달라고 하면 신경이 쓰였다. 네이버 영수증 리뷰에도 별점 1점 악플을 쓰는 손님이 있었다. 배달 앱 리뷰 신경 쓰는 것만 해도 힘들어 네이버 영수증 리뷰 관리는 그냥 포기하고 있었다. 네이버 검색창에 만석 갈비를 치니 평균 별점이 4.01이었다. 아내가 말했던 문제의 악플이 맨 윗자리를 차지하고 있었다. 별점은 당연히 1점이었다.

혼자 먹는 손님은 손님도 아닌가요? 친절하고 맛있는 곳이라고 블로그 포스팅이 많아서 믿고 일부러 찾아갔는데 진짜 불친절함. 이러니 손님도 없는 거 당연하지. ㅋㅋㅋ 완전 파리 날림. 저녁 피크 시간에 들어가니 달랑 두 테이블. 왕갈비가 맛있다 해서 시켰는데 고기에 비계만 가득하고 바꿔 달라고 하려다가 가뜩이나 코로나로 자영업자들 힘들다길래 참고 먹음. 금이 간 맥주잔에다 반찬 접시도 이가 빠지고 진짜 기본이 안 된 식당임. ㅋㅋㅋ 혼자 와서 왕갈비 5인분 맥주 하나, 밥 하나에 된장찌개 먹었으면 많이 먹은 거 맞지 않나? 고기 100그램 추가했더니 100그램은 안 된다는 홀 이모의 말에 기분 잡쳐서 먹은 것도 다 토하고 싶었음. 최악 중의 최악! 블로그 허위과장 리뷰에 속지 마시길! 이런 식당은 망해야 됨! ㅋㅋㅋ

온몸의 피가 역류했다. 크크크 하는 악마의 웃음소리가 들리는 것 같았다. 배달리뷰왕의 악플 때문에 ㅋㅋㅋ란 글자만 보면 피가 거꾸로 솟았다. 아내가 흥분해서 전화한 게 이해가 되었다.

"이 개새끼!"

20번 테이블 위에 배달 용기를 펼쳐 놓고 쌈장을 담고 있던 진숙 이모가 놀라서 쳐다보았다. 나는 멋쩍어서 뒤통수를 긁적였다.

"와! 점잖은 우리 사장님이 요즘 욕을 참 잘하시네예."

"하하! 참, 제가 많이 점잖긴 하죠."

내 농담에 진숙 이모가 웃었다. 요즘은 느는 게 욕이었다. 어제 혼자 온 손님이 누구였는지 차근차근 기억을 되짚어 보았다. 저녁 피크 시간에 두 팀밖에 없었고 혼자 온 손님은 1번 테이블에 앉은 남자 손님이 다였다. 야구 모자를 쓰고 있던 심하게 뚱뚱한 남자 손님이 생각났다. 마스크를 벗고 고기를 구워 먹는 것을 얼핏 보았는데 얼굴이 온통 여드름 흉터였다.

"이모님!"

나는 나보다 나이가 두 살 많은 진숙 이모에게 이모님이라고 부르는 게 늘 어색했다. 진숙 씨라고도 하기도 뭣하고, 사장이 직원에게 누님이라고도 부를 수도 없는 노릇이었다. 손님들도 식당에서 일하는 여자들에겐 나이가 많든 적든 무조건 이모님이라고 불렀다. 아내는 손님이 자기를 이모님이라고 부르면 항상 어색하고 이상하다고 했다. 심지어 연세가 지긋하신 손님들까지 아내에게 이모라고 부른다고 했다.

"어제 저녁때 혼자 온 손님 중에 뚱뚱한 남자 손님 한 사람 있었죠? 왕갈비 5인분 시켰어요?"

"예, 왕갈비 5인분 시킨 거 우째 알아요? 말도 마이소. 그 멧돼지 같은 새끼! 그 새끼 때문에 진짜 머리에 연기가 다 났다 아입니꺼? 맥주 컵이 금이 갔다고, 어찌나 신경질 부리고 까탈스러운지. 참나! 실수로 금 간 거 못 보고 나갈 수도 있지예? 세상에 실수 안 하는 사람이 어디 있겠능교? 음료수에다 계란찜 서비스도 주고 미안하다고 했는데 까탈을 그렇게나 부리데요. 내가 이 나이에 식당에서 일한다고 아들뻘 되는 놈한테 무시당하나 싶어 좀 서러워서……."

진숙 이모는 울컥했는지 눈가가 붉어졌다. 어떤 진상 손님도 떡 주무르듯 주무르는 진숙 이모였다. 남편이 암으로 일찍 죽고 혼자서 아들 둘을 무사히 대학 공부까지 시킨 여장부였다. 늘 씩씩하던 진숙 이모답지 않아 나는 조금 당황스러웠다.

"근데 어제 왜 말씀 안 하셨어요?"

"요즘 사장님도 배달 때문에 골치 아프다 아입니꺼? 그 정도야 한 번씩 있는 일이긴 한데, 어젠 이상하게 느낌이 쎄하니 안 좋데예. 뭔가 처음부터 시비 걸려고 온 것 같은 기분이 들기도 하고……. 왜 100그램은 추가 안 해 주냐면서 트집을 잡는 기라예. 돼지 같은 새끼가 좀 퉁명스럽고 이상했어예. 근데, 무슨 일 있능교?"

"그냥 별거 아닙니다."

"별거 아니긴예? 무슨 일입니꺼?"

진숙 이모가 내 얼굴을 살피며 물었다.

"그놈이 좀 심한 악플을 썼네요."

"배달도 아니고 홀에서 먹고 갔는데 무슨 악플을 썼단 말인 교?"

"식당 영수증만 있으면 리뷰를 쓸 수가 있거든요."

"한번 보입시더."

진숙 이모가 핸드폰을 보자고 했지만 나는 핸드폰을 주머니에 넣었다.

"뭘 보시려구요. 마음만 상하게."

"돼지같이 뚱뚱한 놈이 어찌나 신경 쓰이게 하는지, 가다가 꽉 엎어져 코나 깨 먹어라 했는데…… 사장님! 혹시 내가 실수한 건 없능교?"

"예, 실수하신 거 없어요. 진상 놈들은 어디에서나 꼬투리 잡을 것만 찾으니까, 아무리 서비스를 잘해 줘도 소용없어요. 신경 쓰지 마세요."

진숙 이모에게 이렇게 말하긴 했지만 화가 가라앉지 않았다. 주차장으로 나와 숯불 장치실 옆에 놓아 둔 플라스틱 의자에 털썩 앉았다.

리뷰에 달린 ㅋㅋㅋ만 보면 조건반사처럼 피가 거꾸로 솟았다. 배달리뷰왕 때문에 생긴 트라우마인지도 몰랐다. 혹시 그 인간이 아닐까? 배달리뷰왕은 리뷰에 꼭 ㅋㅋㅋ를 적는 습관이 있었다. 크크크 하는 웃음소리가 들리는 것 같아 귀를 막았다. 배달리뷰왕은 꼭 별 한 개도 아까움, 이렇게 악플을 쓰는데 이번에는 별 한 개도 아까움이란 문구가 보이지 않았다. 배달리뷰왕인지 아닌지 확신할 수 없었다. 나는 한참 마른세수를 했다.

어제 숯불을 넣어 주면서 잠시 보았던 그놈 얼굴이 떠올랐다. 모자를 쓰고 머리는 꽁지머리처럼 뒤로 묶고 안경을 쓴 놈이었다. 무엇보다 살이 너무 쪄서 기억에 남아 있었다. 저 몸에도 들어가는 청바지가 있나 걱정스러워서 한 번 더 쳐다보았던 게 생각났다.

나는 속이 상할 땐 장치실 옆 의자에 멍하니 앉아 있곤 했다. 다친 짐승들이 동굴로 가서 기력을 회복하듯이 한참 앉아 있다 보면 마음이 약간은 진정되었다. 장치실 앞 의자에 앉아 있으니 길고양이 만냥이가 발치 쪽으로 다가왔다. 고기 굽는 냄새에 이끌려 온 만냥이는 건너편 제이 고시텔 화단에 사는 암컷 고양이였다. 만냥이란 이름은 지금은 군대 간 알바생 준현이가 지어 주고 간 이름이었다. 만석 갈비에 고기 얻어먹으러 오는 고양이란 뜻이라고 했다. 길고양이치고는 갈색 털이 깨끗한 편이었다. 식당 식구들은 손님이 먹다 남긴 갈비와 삼겹살이 불판에 있으면 따로 모아 두었다가 만냥이에게 챙겨 먹이곤 했다.

처음 봤을 때 만냥이의 꼴은 봐 주기가 힘들 정도였다. 다른 고양이와 싸우다 물어뜯겼는지 몸에 군데군데 상처가 나 있고 털도 빠져 있어서 얼마 못 살 것처럼 보였다. 하지만 생명이란 건 질기고도 용했다. 만냥이는 도시라는 비정하고 무서운 정글 속에서도 잘 버텨내고 있었다. 연약한 생명을 보듬는 만석 갈비 식구들의 손길 덕분이었다. 만냥이가 다리에 머리를 비볐다. 살아 있는 생명체가 다른 생명체에게 몸을 부비는 느낌이 찌릿하고 뭉클했다. 부드럽게 마음을 어루만져 주는 것 같았다.

눈앞에서 얼쩡거리는 만냥이 때문인지 그리운 나라의 고양이 복순이가 생각났다. 그리운 나라의 빨간 앞치마 입은 사장이 보고 싶었다. 아마 선호 형은 지금 배달을 뛰고 있을 것이다. 나도 어떨 때는 선호 형처럼 배달을 직접 뛸까 고민을 하기도 했다. 직배를 하는 게 답이었지만 아픈 허리 때문에 엄두가 나지 않았다. 10년 전에 오토바이를 타고 장을 보러 가다 차에 받혀 허리를 다친 이후 오토바이는 쳐다보기도 싫었다.

배달비 부담 때문에 업주들도 주문하는 고객들도 아우성이었다. 배달 앱 간의 단건 배달 경쟁으로 배달비는 하늘 높은 줄 모르고 치솟았다. 손님들은 배달비가 너무 비싸 배달을 못 시키겠다고 했고, 업주들은 배달대행비가 너무 많이 올라 배달해도 남는 게 없었다. 선호 형은 이 모든 일이 싸움을 붙이고 신처럼 내려다보며 구경하는 제왕 때문이라고 했다. 배달 앱이라는 제왕은 천국보다 더 높이 있어서 털끝 하나 건드릴 수 없었다. 수십만 개나 되나 되는 배달식당을 거느린 배달 앱은 점점 몸집이 불어나는 거대한 공룡이었다. 공룡의 몸은 구름을 뚫고 하늘까지 치솟고 있었다.

배달식당 사장들은 어쩌면 양계장의 닭인지도 몰랐다. 양계장 주인은 24시간 불을 켜놓고 닭에게 성장 촉진제와 항생제를 주입하면서 끊임없이 알을 낳도록 만들었다. 닭들은 오로지 알을 낳기 바빠 자신들이 어떤 처지인지도 몰랐다. 죽을 때까지 알을 낳기 위해 늘어선 줄은 끝도 없었다. 알을 못 낳는 병든 닭들은 어김없이 폐기되었다. 주인에게 황금알을 제공하기 위해 양계장에는 닭들이 끝도 없이 밀려들고 있었다.

양계장 닭이 된 나는 한숨을 길게 내쉬며 의자에서 일어났다. 죽기 살기로 장사해도 이리 뜯기고 저리 뜯겨 남는 것 한 푼 없는데, 진상 놈까지 사람 피를 말리려 들었다. 울고 싶은 놈 뺨 때리는 이 진상 놈을 대체 어떻게 해야 한단 말인가. 할 수만 있다면 열 배, 스무 배로 갚아 주고 싶었다. 이래도 참아야 하는 거냐고 선호 형에게 한번 물어보고 싶었다. 선호 형은 진상에게는 침묵이 가장 무섭다고, 무시하는 게 최선이라고 했다.

배달 오토바이가 쌩 달려가는 소리가 들렸다. 답답하고 힘이 들 때면 습관처럼 선호 형 얼굴이 떠올랐다. 선호 형은 요즘 내가 전화해도 받지도 않고 통 연락이 없었다. 통화한 지도 한 달이 넘었다. 오죽 힘들었으면 그 위험한 배달일을 하고 있을까. 생각해 보니 선호 형은 나보다 더 힘들 텐데 힘들다는 내색을 한 적이 없었다.

그동안 선호 형에게 너무 무심했다는 생각이 들었다. 전화를 걸어 보니 신호는 가는데 전화를 받지 않았다. 나는 선호 형에게 카톡을 보냈다.

형! 요즘 어떻게 지내? 왜 전화를 안 받아? 우리 가게
한번 와. 갈비 구워서 오랜만에 형이랑 술 한잔 하고
싶다. 배달하다 이 근처 오면 언제든 들러. 동생 좀 보러
와 주라!

몇 시간이 지나도 선호 형은 내가 보낸 카톡을 확인하지 않았다. 아마도 배달하느라 카톡 볼 틈도 없는 것 같았다. 나는 선호 형을 만나서 그동안 밀린 이야기라도 좀 나누고 싶었다. 시답잖은 이야기를 나누고 서로의 등을 두드리며 위로를 주고받고 싶었다. 오래도록 못 가 본 그리운 나라에 가 보고 싶었다. 붉은 앞치마를 입은 사장, 사람 좋은 선한 웃음을 짓는 사장이 있는 그곳, 내 그리운 나라로 가고 싶었다.

불장난

민성은 네이버 영수증 리뷰를 다시 읽어 보았다. 무거운 몸을 이끌고 만석 갈비까지 직접 왕림을 했는데 소득이 없어 실망스러웠다. 전술을 바꾸기로 한 것인가. 백만석 사장은 이젠 완전 무시 작전이었다. 며칠이 지나도 만석 갈비 사장은 아무 움직임이 없었다. 민성이 공들여 쓴 네이버 영수증 리뷰에는 사장의 답글이 달리지 않았다. 만석 갈비 사장은 배달 리뷰만 관리하고 네이버 영수증 리뷰는 신경을 안 쓰는 것 같았다.

언젠가는 가족이나 지인 중에서 누군가 네이버 영수증 리뷰에 심한 악플이 달렸다고 알려 줄 것이다. 네이버 영수증 리뷰를 본 백만석 사장이 어떤 표정을 지을지 상상만으로도 짜릿했다. 재미있는 불장난을 하는 기분이었다.

어릴 때 민성은 집에 혼자 있을 때면 베란다에서 돋보기로 햇빛을 모아 종이를 태우는 불장난을 자주 했다. 미장원을 하는 엄마는 밤늦게 오고 누나도 학원에서 늦게 왔다. 불장난만큼 아찔하고 재미있는 놀이는 없었다. 불이 날까 봐 겁이 났지만 돋보기로 햇빛을 모아서 불에 태울 때의 쾌감은 오줌을 지릴 만큼 짜릿했다. 돋보기로 뭔가를 하나 태우려면 끈기가 있어야 했다. 베란다에 쭈그리고 앉아서 돋보기를 들고 초점을 모으고 다리가 저려도 참았다. 집요하게 기다려야만 사냥감을 잡을 수 있었다.

악플러 놀이는 어릴 때의 불장난처럼 짜릿했다. 민성은 마치 마약에 빠진 것처럼 악플의 맛에 중독되었다. 리뷰라는 최고의 권력을, 만능 광선 검을 손에서 놓고 싶지 않았다. 서른 살이 넘도록 아무것도 해낸 것 없는 인간이, 엄마에게도 쓰레기 취급을 받는 인간이 처음 느껴 본 짜릿한 권력의 맛이었다. 어떻게 그 쾌감을 놓칠 수 있겠는가.

어쩌면 어릴 때의 불장난을 반복하고 있는 건지도 몰랐다. 잘못하면 불이 번져 집을 몽땅 태울 수도 있고 몸에 불이 붙어 죽을 수도 있었다. 그런데도 멈출 수가 없었다. 불이 피어오르던 순간의 짜릿하고 아찔한 쾌감만은 포기할 수 없었다. 작은 불씨가 자신을 태우고 세상을 다 태워 버릴 수도 있었지만 불장난을 멈출 수가 없었다.

만석 갈비 사장은 네이버 악플을 쓴 악플러가 변기 리뷰 테러를 저지른 배달리뷰왕이란 걸 꿈에라도 생각하지 못했을 것이다. 배달리뷰왕이자 배달의별이 만석 갈비에도 장문의 네이버 악플을 썼다는 사실을 전혀 모를 것이다. 만석 갈비 홀과 배달, 두 군데를 동시에 공격하는 양동 작전을 펼치면 아무리 강적이라도 조만간 백기를 들고 말 것이다.

지난번에는 만석 국밥에 변기 사진 테러를 했으니 이번엔 아직도 맛집 랭킹 순위에 있는 만석 족발을 공격할 차례였다. 마침 배도 출출했다. 민성은 배달 앱을 누르고 만석 족발로 들어

갔다. 족발과 막국수 세트를 시킬까 하다 족발 소자 세트를 주
문하기로 했다. 소자 세트는 2인용이었다. 중자를 시켜야 양이
찰 것 같았지만 일단 음식보다는 악플이 주목적이었다. 소자
세트를 선택하고 민성은 주문을 눌렀다. 그런데 1분이 지나고,
2분이 지나도 주문 접수를 받지 않았다. 3분이 지나자 아예 주
문 거절을 했다. 감히 내 주문을 거절하다니! 주문 거절을 처음
당한 민성은 분통이 터졌다. 배달 앱에 나오는 만석 족발 전화
번호로 바로 전화를 걸었다.

"네 감사합니다. 만석 갈비입니다."

알바생인 듯한 젊은 남자가 민성의 전화를 받았다.

"이봐요! 방금 주문한 사람인데, 왜 주문 거절합니까?"

"아, 고객님 죄송합니다. 사장님 지금 자리에 안 계시는데요.
제가 상황을 잘 몰라서요."

알바생의 긴장한 목소리에 민성은 코웃음을 쳤다. 사장이 자
리에 없다는 핑계를 대는 걸 보니 뭔가 감추는 것 같았다. 민성
은 약이 바짝 올랐다.

"묻는 말에 똑바로 대답해요. 사장이 주문 거절하라고 했죠?
지금 고객 주문을 골라 받는 겁니까?"

"아, 아니, 그건 아니구요. 고객님, 지금 너무 바빠서요."

알바생의 난처해하는 기색이 더듬거리는 목소리에서 그대로
느껴졌다.

"다시 한번 묻습니다. 사장이 주문 거절하라고 한 거 맞죠?"

"아, 그, 그건 제가 잘 모르는데요. 손님, 바빠서 그러는데 전

화 이만 끊겠습니다."

알바생은 속이 훤히 보이는 핑계를 대며 전화를 끊으려 했다.

"뭐 이따위 식당이 다 있어? 지금 손님 차별해? 야! 당장 사장 바꿔!"

"죄, 죄송합니다. 사, 사장님 지금 안 계시는데요. 고, 고객님 죄, 죄송해요."

알바생은 심하게 더듬거리며 앵무새처럼 죄송하다고 했다. 아마도 사장이 옆에서 듣고 있을 거라고 생각하니 더 약이 올랐다. 민성은 마시던 콜라 캔을 벽에 휙 집어던졌다. 벽에 부딪힌 콜라 캔에서 콜라가 쏟아져 사방으로 튀었다.

"사장 옆에서 듣고 있는 거 다 알아! 사장에게 꼭 전해. 절대 가만 안 있겠다고!"

민성은 전화를 끊고는 씩씩거렸다. 아마도 만석 갈비 사장은 주문이 올 때마다 누가 악플을 쓰는지 눈에 불을 켜고 찾았던 모양이었다. 하나하나 주문서와 대조를 하면서 중복되는 주소를 찾아 귀족원룸에서 오는 주문을 블랙리스트 처리해 놓았음이 분명했다. 형사 뺨칠 정도의 정성이 갸륵해 눈물이 앞을 가릴 지경이었다. 전화번호도 안심번호라서 노출이 안 되는데 어떻게 주소를 찾았는지 신기했다. 아마도 닉네임과 리뷰, 주문 이력과 주소를 하나하나 대조했음이 분명했다. 게시중단도 모자라 이젠 주문취소까지 하다니. 백만석 사장이 먼저 선을 넘은 것이다. 응분의 대가를 치러야 마땅했다. 이젠 전면전이었다.

게임에 무아지경으로 몰입할 때의 그 순간만큼 민성의 전투력이 급상승했다. 신들린 듯 키보드를 두드리고 마우스를 눌러 대던 때만큼 테스토스테론과 아드레날린이 분출했다.

민성은 머리를 굴렸다. 일단 귀족원룸 605호실에서 주문을 하면 차단당할 게 뻔했다. 공기계로 누나와 엄마 명의를 사용해 계정을 새로 만드는 방법도 있었다. 책상 서랍에는 민성이 안 쓰는 스마트폰도 두 개나 있었다. 귀찮아서 그대로 던져둔 공기계였다. 전화 개통도 새로 해야 하고 전화비도 더 나오니 아무리 생각해도 효율성이 떨어지는 방법이었다. 민성은 귀찮은 건 무조건 질색했다. 안심번호를 사용하고 다른 주소로 주문한다면 주문을 받을 것 같았다. 민성이 머리를 싸매고 이런저런 궁리를 하고 있는데 마침 동우에게서 퇴원했다는 카톡이 왔다.

병원에서 심심한지 동우는 가끔 카톡을 보내 왔다. 민성은 건성으로 대답하거나 카톡을 씹을 때가 많았다. 가족보다 백 배는 더 친하고 하나밖에 없는, 천하 없는 친구라 해도 귀찮은 건 딱 질색이었다. 카톡이 열 번 오면 열 번 다 읽고 씹어도 동우는 개의치 않고 끊임없이 연락을 했다. 동우가 사는 원룸도 만석 갈비에서 네 정거장 정도 떨어진 거리에 있었다. 만석 족발 배달 가능 거리 안에 있는 동네였다. 민성은 동우에게 카톡을 했다.

주소 대 봐.

주소? 이 츤데레 새끼! 퇴원 기념 파티 해 주겠다고?
맛난 거 사 와.

꿈 깨라. 나가기 귀찮다. 일단 집 주소 대. 족발 시켜
줄게.

대박! 배달의별님께서 족발을 시켜 준다고? 완전 대박!
알써.

　동우는 예전 민성의 배달 앱 닉네임까지 기억하고 있었다. 민
성은 배달의별이나 배달리뷰왕으로 닉네임을 번갈아 썼다. 민
성은 동우가 말해 준 주소로 배달 주소 변경을 했다. 리뷰 이벤
트 김치전까지 요청하고 만석 족발 중자 세트를 주문했다. 1분
만에 주문 접수가 되었다. 배달 예정 시간이 30분 걸린다는 카
톡까지 왔다. 촘촘한 수비를 뚫고 슛 골인한 기분이었다. 민성
은 주먹을 불끈 쥐고 어퍼컷을 하며 아싸! 하고 소리를 질렀다.
동우에게는 음식 사진을 찍어서 카톡으로 보내라고 했다. 동우
는 민성이 족발을 시켜 준 것에 감격했는지, 하트 이모티콘을
연이어서 보냈다. 진실은 모르는 게 최선이었다. 만약 동우가
족발을 시켜 준 이유를 안다면 민성의 얼굴에 주먹을 날릴지도
몰랐다.
　민성은 갑자기 맹렬한 허기를 느꼈다. 지금까지 한 가지 목
표를 위해 이렇게 집중해 본 일이 있었던가. 뭔가 대단한 걸 해

내고 있다는 뿌듯한 성취감까지 느꼈다. 그 대단한 뭔가가 무엇인지는 정확하게 알 수는 없었지만 하여간 뿌듯했다. 수고한 자신에게 상을 주고 싶었다. 피자나 치킨은 너무 식상했다. 오랜만에 스테이크 생각이 났다. 민성은 아웃백으로 들어가서 한참 고민했다. 스테이크 앤 쉬림프 콤보는 사만오천 원이었고 더블 머쉬룸 스테이크는 삼만오천구백 원이었다.

이번 달이 일주일이나 남았는데 지금 통장에는 잔고가 십만 원밖에 남지 않았다. 민성의 사전에 저축이란 말은 없었다. 엄마는 매달 1일이면 월급 주듯 자동이체로 돈을 부쳤다. 엄마가 돈을 부치기 전에 용돈을 부쳐 달라고 전화하면 잔소리 폭탄 세례를 각오해야 했다. 이를테면 생활비 백오십만 원은 엄마의 지겨운 잔소리를 견디는 대가인지도 몰랐다. 맛난 배달음식을 위해서는 기꺼이 그 대가를 치러야 했다. 민성은 눈을 꾹 감고 스테이크 앤 쉬림프 콤보를 주문했다. 배달 예상시간이 40분이라는 카톡 알림이 왔다.

민성은 오랜만에 고급스러운 만찬을 즐길 생각에 한껏 마음이 부풀었다. 최신 영화라도 보면서 맛난 식사를 즐기는 호사를 누리고 싶었다. 집은 비록 벌레 소굴이고 쓰레기장 같았지만 식사만큼은 황제처럼 우아하게 즐기고 싶었다. 넷플릭스에 들어가 스릴러 영화를 찾고 있는데 동우에게서 카톡이 왔다. 만석 족발 사진이었다. 눈치도 없이 너무 먹음직스럽게 사진을 찍은 게 흠이라면 흠이었다.

이 집 족발 완전 개맛있음. 완전 부드럽고 야들야들하고 쫄깃하고, 입안에서 살살 녹는 게, 완전 인생 족발임. 막국수 양념이 완전 끝내줌. 이 집 사장님 진짜 음식 솜씨 있네. 리뷰 최고로 잘 써 줘. 안 그래도 어제 내 생일이었는데 좀 서럽더라. 배달하다 사고 내고 깁스하고 누워 있는데 식구들에게 알리지도 못하고. 엄마는 미역국 먹었냐고 전화 오고, 난 어제 존나 서러워서 암것도 못 먹었거등. 깜짝 생일 이벤트 고마워. 도민성 내 친구 존나 사랑한다.

감동적인 족발 리뷰에다 손발이 오그라드는 러브레터였다. 그깟 족발이 뭐라고, 괜히 콧날이 시큰거렸다. 몸을 배배 꼬며 하트를 날리는 요상한 이모티콘까지 첨부되어 있었다. 동우의 생일인 줄 전혀 모르고 있었는데 소 뒷걸음치다 쥐 잡은 격이었다. 그 덕분에 내 친구 존나 사랑한다는 인사까지 듣고 삼류 신파 영화가 따로 없었다. 사랑이라는 말이 낯선 외계어 같았다.

가족을 피해 서울에서 지방의 대학으로 내려온 민성에게 유일하게 다가온 친구가 동우였다. 동우도 먹는 걸 좋아하는 편이라 학교 주변 맛집을 찾아다니면서 친해졌다. 인생 최초의 친구다운 친구였다. 같이 웃고 떠들며 학교 주변의 식당에서 밥을 먹던 일들이 생각났다. 처음 만났던 때부터 지금까지 변치 않는 유일한 친구가 동우였다. 민성이 쓰레기 집에서 사는 히키코모리이건 말건, 백수건 말건, 북한 김정은보다 더 뚱뚱하건 말건 상관하지 않는 단 하나의 친구, 진짜 가족보다 더 가족 같은 친구였다.

갑자기 아빠 생각이 났다. 존나 사랑한다는 동우의 징그러운 사랑 고백 때문인지도 몰랐다. 틈만 나면 우리 아들 민성이 사랑해, 하며 꼭 안아 주던 아빠의 목소리가 떠올랐다. 아빠와 목욕탕에서 목욕을 마치고 나오면 짜장면이나 만두나 떡볶이나 햄버거를 먹으러 가곤 했다. 아빠는 뭐든 잘 먹는 민성을 흐뭇한 표정으로 쳐다보았다. 우리 아들 잘 먹네. 우리 아들 민성이 사랑해, 하며 웃던 아버지는 뭐가 그리 급해서 빨리 가 버린 것일까. 아빠가 몰던 차가 중앙선을 넘어온 음주운전 차와 정면으로 충돌하지만 않았다면 어땠을까. 삶의 방향이 완전히 달라졌을지도 몰랐다.

민성은 동우의 카톡에 마음이 좀 흔들렸지만, 고개를 힘껏 저으며 다시 마음을 다잡았다. 일단 칼을 뺐으면 썩은 호박이라도 잘라야 했다. 민성은 동우가 보낸 족발 사진은 빼고 만석 족발 리뷰를 작성했다. 몇 번이나 고치면서 정성껏 악플을 썼다. 리뷰 쓰기를 마치고 나자마자 때마침 초인종이 울렸다. 민성은 의자를 뒤로 밀고 벌떡 일어섰다. 비닐봉지를 밟고 미끄러져 엉덩방아를 찧었다.

배달기사가 문을 쾅쾅 두들겼다. 엉덩이와 발목이 아파 죽겠는데 기사 놈까지 시끄럽게 야단이었다. 겨우 침대를 짚고 일어나 현관 쪽으로 갔다. 기사는 음식을 받으러 빨리 안 나온다고 짜증이 났는지 또다시 초인종을 누르고 신경질적으로 문을 두드렸다. 요청사항에 문 앞에 음식을 두고 초인종 누르고 가라 했는데 어쩌면 한글을 잘 못 읽는 외국인 라이더일지도 몰랐다.

민성은 배달기사가 불친절하다고 별점 1점을 주고 리뷰에 써야 겠다고 생각했다.

민성은 현관문을 신경질적으로 확 열었다. 검은 헬멧을 쓰고 검은 마스크로 입을 가린 배달기사가 문 앞에 서 있었다. 검은 잠바에 검은 바지, 검은 운동화를 신고 있었다. 딸배 주제에 무슨 연예인 흉내라도 내는 모양새였다. 머리끝에서 발끝까지 검은색이라 느낌이 이상하게 음산했다. 헬멧과 마스크를 쓰고 있어서 날카로운 눈만 보였다. 얼굴이 가려져 있었지만 20대 초반 같았다. 민성은 열이 뻗쳐 소리를 내질렀다.

"진짜 개빡치네. 왜 시끄럽게 초인종 눌러 대요?"

"아 씨! 왜 빨리 안 나와요?"

기사가 기분 나쁘게 쏘아보며 민성에게 따졌다. 찌르는 듯한 눈빛이었다. 적반하장도 유분수지 이런 배달기사는 난생처음이었다.

"하! 어이가 없네. 초인종 누르고 음식은 문 앞에 두고 가라 했잖아? 요청사항도 못 읽어?"

"아! 실수!"

기사는 헬멧을 탁 치며 민성을 놀리듯 말했다. 전혀 미안해하는 말투가 아니었다.

"근데, 왜 반말? 당신! 나 언제 봤다고 반말인데? 어? 손님이면 다야?"

딸배 놈 주제에 하늘 같은 고객느님께 따지는 말투로 시비를 걸었다. 민성은 머리에 뜨거운 김이 나는 것 같았다.

"뭐? 반말? 배달 요청사항을 어긴 건 너잖아? 한글도 못 읽어?"

"그래. 나 한글도 못 읽는다. 어쩔래?"

"이 딸배 새끼가 그냥 확! 야! 손님은 하늘이야! 너 손님한테 이래도 돼?"

민성이 주먹을 쳐들었지만 기사는 눈도 꿈쩍하지 않고 피식 웃었다.

"하늘 같은 소리 하고 자빠졌네. 손님이 무슨 하늘이야? 손님이 무슨 벼슬이냐? 손님이 손님다워야 손님인 거야. 집도 완전 개쓰레기 집인 거 보니 딱 답이 나오네. 아이구! 손님! 완전 레전드이십니다."

기사는 열린 문틈으로 집 안을 들여다보며 엄지손가락을 치켜세웠다.

"야! 너 이 새끼! 말 다 했어?"

민성은 부아가 치밀어 배달기사를 잡아먹을 듯 노려보았다. 민성이 주먹을 쳐든 순간 기사가 들고 있는 핸드폰이 울렸다.

"네, 사장님, 가고 있습니다. 빨리 가겠습니다."

기사는 몸을 돌려 자리를 뜨려다 민성을 똑바로 쳐다보았다. 오금을 저리게 만드는 눈빛이었다. 민성은 기사의 눈빛이 섬뜩해 저도 모르게 뒤로 한걸음 물러났다.

"씨발! 너 그러다 딸배한테 죽는 수가 있다. 조심해라! 너 한번 두고 봐! 조만간 니 인생에서 가장 멋진 일이 생길 거니까 기대해라. 꼭 명심해! 알았어?"

"너 이 새끼 죽을래? 이 새끼가! 야! 어디가! 딸배 새끼, 너 사과 안 해?"

민성의 말을 무시하고 기사는 재빨리 엘리베이터에 탔다.

"아월비백! 고객님! 꼭 기다려 주세요! 꼭 다시 돌아옵니다."

엘리베이터 안에서 기사는 손가락 욕까지 날렸다.

"이 개새끼! 너 거기 서!"

민성이 소리를 지르며 맨발로 쫓아 나가자마자 엘리베이터 문이 닫혔다. 엘리베이터는 밑으로 내려가 버렸다.

즐겁게 만찬을 즐기려고 했는데 기분을 잡친 민성은 이를 갈았다. 이제는 하다하다 개또라이 같은 딸배 놈에게까지 무시당하는구나 싶어 기분이 더러웠다. 민성은 고객센터에도 신고하고 디테일한 장문의 악플로 저놈을 밟아 주리라 마음먹었다.

기분이 더러워도 먹을 건 일단 먹고 봐야 했다. 금강산도 식후경이라고 했으니까. 침대 위에 곰돌이 푼 밥상을 펼쳐 놓고 한 입 먹으려는데 전화벨이 울렸다. 꼭 뭔가를 먹으려는 금쪽같은 순간에 전화가 울리곤 했다. 엄마 전화인 줄 알았는데 3년간 서로 통화 한 번 안 하던 누나 도민지였다. 가족인지 아닌지 헷갈리는 사이였다. 이 인간이 죽을 때가 다 됐나? 생전 안 하던 전화를 하고 지랄이야. 민성은 혼잣말을 했다. 받을까 말까 잠시 망설이다가 전화를 꺼 버렸다. 민성이 가장 재수 없어 하는 인간이 도민지였다. 일진이 더럽게 사나운 날이었다.

어느 자영업자의 영정사진

ㅋㅋㅋ 별 한 개도 아까움. 사장님 리뷰 전부 알바 쓰시나바여. ㅋㅋㅋ 재고로 팔다 남은 족발을 주다니, 개실망입니다. 다 식어 왔고, 렌지에 돌린 것처럼 족발이 너무 질기네요. 고기가 너무 말라서 딱딱하고 찔기고 냄새도 너무 많이 나서 한 입도 못 먹고 다 버렸어요. 이걸 어떻게 먹으라고 준 건지. 개도 안 먹을 음식을 보내다니! 사장님 장사 좀 양심적으로 하시죠. 진짜 돈 아까움. 다른 식당은 어떻게 하는지 좀 배우셔야 할 듯 ㅋㅋㅋㅋㅋ

이런 말을 들은 건 난생처음이었다. 개도 안 먹을 음식이라니! 크크크 하는 끔찍하고 징그러운 괴물의 웃음소리가 들리는 것 같았다. 배달의별이 쓴 리뷰 때문에 이가 갈렸다. 갈비 포를 뜨면서도 마음이 진정되지 않아 자꾸 헛손질을 했다. 칼이 몇 번이나 미끄러졌다.

나도 모르게 식칼로 나무 도마를 쾅 찍었다. 정신을 차리고 보니 나무 도마 위에 식칼이 꽂혀 있었다. 시체 위에 꽂힌 칼처럼 보여 섬뜩했다. 양파를 까고 있던 경자 이모와 고기를 볶던 꾸언이 놀라서 나를 쳐다보았다. 눈이 큰 꾸언은 잔뜩 겁에 질린 얼굴로 내 눈치를 보았다. 꾸언은 꽝이 배달을 하겠다고 그만두면서 새로 들어온 베트남 직원이었다. 스물세 살인데도 몸집이 작아 십 대 소년처럼 보였다. 나는 도마에서 식칼을 뺐다. 수도를 틀어 손을 씻고는 꾸언에게 뒷정리를 하라고 일렀다.

주방 옆문을 열고 주차장으로 나갔다. 비가 추적추적 내리고 있었다. 장치실 옆의 의자에 털썩 앉았다. 리뷰를 다시 확인했다. 배달의별? 뭔가 낯익은 느낌이 들어 닉네임을 눌러보았다. 리뷰도 많고 악플도 많이 단 걸 보니 배달을 많이 시키는 배달 중독자 같았다. 리뷰를 죽 내려 보았다. 지난번 만석 국밥에 악플을 쓰고 만석 김치찌개에도 악플을 썼던 배달리뷰왕, 바로 그놈이었다. 닉네임을 바꾸면서까지 악플을 단 것이었다. 게시중단을 해도 줄기차게 악플을 다는 그 악랄한 놈이었다.

주문 거절을 하니 다른 주소로 주문을 해서 악플을 다는 이놈을 대체 어떻게 해야 한단 말인가. 지독한 악질 스토커였다. 귀족원룸에 사는 바로 그놈이었다. 최근 몇 달간의 만석 국밥 주문 내역을 다 뒤진 끝에 알아낸 주소였다. 만석 갈비에서 오토바이로 10분 내로 갈 수 있는 거리였다. 주소를 알고 있으니 집에 찾아가 묵사발을 내 버릴까 하는 생각까지 들었다.

답답할 때면 습관처럼 선호 형 얼굴이 떠올랐다. 선호 형은 어떤 이야기든 잘 들어주는 사람이었다. 형을 만나 하소연이라도 하면 답답한 속이 좀 풀릴 것 같았다. 교회 다니는 사람들이 힘들 때 하나님을 찾는 심리와 비슷한 건지도 몰랐다. 그리운 나라에 한번 찾아가 볼까 했으나 이상하게 짬이 나지 않았다. 전화를 해도 받지 않고 카톡을 해도 답이 없었다. 최근에는 아예 읽음 표시도 없었다. 가게에 전화해도 받지 않았다.

선호 형에게 다시 전화를 걸었다. 한참 신호가 가도 받지 않았다. 또 안 받는구나 싶어 끊으려는 순간이었다. 뜻밖에 젊은 남자가 코를 훌쩍이며 전화를 받았다.

"여보세요. 정선호 씨 핸드폰입니다."

전화를 받은 젊은 남자는 울다가 전화를 받았는지 목소리에 울음기가 묻어 있었다. 나는 당황스러워 조심스럽게 입을 뗐다.

"혹시 정선호 씨 통화 좀 할 수 있을까요?"

"저희 아버지는……."

젊은 남자는 목이 메는지 말을 잇지 못했다.

"저희 아버지께선 돌아가셨습니다."

나는 이게 무슨 소린가 했다. 돌아가셨다는 말이 뭐지? 돌아가셨다는 단어의 말뜻이 갑자기 이해가 되지 않았다.

"네? 대체 그게 무슨 말인가요? 어디로 갔습니까?"

나는 바보같이 되물었다.

"우리 아버지 죽었어요. 돌아가셨다구요."

머릿속이 하얘지고 갑자기 머리가 어질어질했다. 온 세상이 빙글빙글 도는 듯했다.

"지금 그게 무슨 말입니까? 진짜 정선호 씨 아들 맞아요? 대체 지금 무슨 장난을 치는 겁니까. 왜 죽어요? 선호 형이 대체 왜 죽어요?"

"죄송해요. 자세한 내용은 말씀드리기 힘들구요. 장례식장으로 오시겠어요? 제가 부고 안내문 보내 드릴게요. 지금 제가 좀 바빠서요."

나는 벌떡 일어서려다 다시 주저앉았다. 다리에 힘이 풀려서 일어설 수가 없었다. 문자가 오는 진동음이 들렸다. 부고 안내문이었다.

부고

고 정선호 님께서 별세하셨기에 아래와 같이 부고를 전해드립니다.

장례식장: 대성병원 장례식장

호실: 일반실 3호실

발인: 2021년 7월 27일 오전 7시

상주: 아들 정승우, 정승준

나는 한참 부고 문자를 들여다보았다. 부고 문자가 무슨 사형 선고문 같았다. 부고문에 쓰인 정선호라는 사람과 내가 알던 정선호는 그냥 동명이인일 뿐이라는 생각이 들었다.

나는 우산을 쓰고 대로변 건널목 앞에 서서 신호가 바뀌길 기다렸다. 멀쩡히 살아 있던 한 사람이 이 세상에서 사라졌다는데도 거리 풍경은 달라진 게 없었다. 우산을 쓴 사람들은 마스크를 쓰고 무심히 거리를 오갔다. 마스크를 쓴 사람들이 건널목에 서 있고, 차들이 대로를 달리고 있는데 하나같이 비현실적으로 보였다. 마치 꿈속에서 헤매고 있는 것 같았다. 다리에 납덩이가 달린 것처럼 무거웠다.

행인들의 발아래 밟혀 찢어진 전단지가 눈에 들어왔다. 고깃집 개업을 알리는 전단지였다. 코로나가 언제 사라질지도 모르는데 아직도 식당을 개업하는 바보천치들이 있었다. 개미귀신이 기다리는 줄 알면서도 개미지옥으로 제 발로 들어가는 이들이었다. 초록불이 들어왔는데도 나는 건널 생각도 하지 않고 전단지를 내려다보기만 했다.

그리운 나라 앞에는 폴리스 라인이 쳐져 있었다. 영화 촬영장도 아닌데 나는 잘못 본 건가 싶어 눈을 비볐다. 영화나 드라마의 한 장면도 아니고, 폴리스 라인을 그리운 나라 앞에서 볼 줄은 꿈에도 몰랐다. 가게 문은 굳게 닫혀 있고 가게 문 앞에는 알록달록한 일수 명함이 단풍잎처럼 쌓여 있었다. 각종 독촉장과 고지서와 우편물이 가게 문 앞에 수북했다. 7월 1일 자로 가스를 끊겠다는 도시가스 미납 안내문과 등기 우편물 도착 안내문이 현관문에 붙어 있었다. 내가 알고 있던 그리운 나라가 맞는가 해서 간판을 다시 쳐다보고 주변을 휘둘러보았다. 마치 꿈속에서 헤매고 있는 것 같았다. 온 세상이 빙빙 도는 것처럼 어지러웠다.

"이보세요. 여기서 뭐 해요?"

나는 넋을 놓고 있다가 낯선 남자 목소리에 정신을 차렸다. 갈색 우산을 쓴 남자가 나를 쳐다보고 있었다. 남자가 입은 앞치마에 초량밀면이란 노란 글자가 박혀 있었다.

"여기, 정 사장하고 알던 분입니까?"

남자가 나를 아래위로 훑어보며 물었다.

"네. 친한 형님인데…… 이게 도대체 무슨 일입니까? 대체 왜 이곳에 폴리스 라인이……?"

"말도 마세요. 정 사장 자살했어요. 모르십니까?"

나는 우산을 손에서 놓쳤다. 얼굴에 굵은 빗방울이 후두둑 떨어졌지만 아무 느낌도 없었다. 자살이라니! 감전된 것처럼 온몸이 와들와들 떨렸다.

"아이구! 얼굴에 핏기가 하나도 없네."

남자가 바닥에 떨어진 우산을 주워서 빗물을 털고 내게 건넸다.

"이 골목에서 장사하는 사람들 충격은 진짜 말도 못 해요. 안 그래도 코로나 때문에 다들 죽을 지경 아닙니까? 문도 못 닫고 죽지 못해 겨우 버티고 있는데…… 아직도 안 믿어집니다."

남자는 혀를 차며 먼 곳을 응시했다.

"왜요? 왜? 선호 형이 왜 자살했습니까? 선호 형은 절대 자살할 사람이 아닙니다. 절대로 아니란 말입니다!"

"자세한 내막은 잘 모르지만 힘들어서 그랬겠지요. 이게 다 망할 놈의 코로나 때문 아니겠어요? 근데, 정 사장이 배달일 다닌 건 알아요?"

"예."

나는 힘없이 고개를 주억거렸다.

"월세도 밀리고 직원들 월급도 밀리니까, 배달일을 반년 넘게 했지요. 배달하다가 사고로 다리를 다쳐서 한 달 반인가 병원 생활하다 나왔는데……."

사고 이야기는 금시초문이었다.

"사고를 당했다고요?"

"친하다면서 교통사고 난 것도 몰랐어요?"

남자는 딱하다는 눈빛으로 나를 쳐다보았다. 낯을 들 수가 없었다. 아픈 당사자가 스스로 일어나서 외쳐야 한다고 했던 사람이 선호 형이었다. 정작 자신이 아플 때는 가까이 있는 내게도 알리지 않았던 것이다. 어쩌면 다쳐서 병원에 있다는 말을 하기 싫어 그동안 전화를 안 받은 건지도 몰랐다. 선호 형은 아무리 친한 사람에게도 부담을 주기 싫어하는 성격이었다.

"다쳐서 일도 못 나가고 가게 문도 못 열고 그러고 있더니, 결국 가게에서 목을 맸는가 봐요. 죽은 지 일주일이 넘었다는 소리도 들리던데. 진짜 그런 사람 또 없어요, 직원들에게도 너무 잘했지요. 이 동네 가게 사장들 정 사장 안 좋아한 사람이 없어요. 장사하다 맛있는 안주가 남으면 다른 식당에도 죽 돌리고, 인심이 진짜 좋았어요. 가게에 노숙자들 오면 다들 기겁을 하는데 노숙자들 밥도 잘 챙겨 주고 그랬죠. 한 번씩 이 골목 사장들 정 사장 가게 모여서 신나게 노래 부르고 놀기도 했는데…… 시끌벅적하니 옛날에 시골에서 돼지 잡고 동네잔치 하는 것 같았어요. 자영업자도 뭉쳐야 한다면서 상인회도 만들고 그랬지요. 정 사장 덕분에 이 골목은 진짜 사람 사는 골목 같았어요. 폐지 줍는 할아버지들 보면 박카스도 건네고. 빨간 앞치마 입고 큰 빗자루 들고 골목 청소도 자주 했지요. 맨날 앞치마만 입고 다니고. 이웃에겐 그리 잘하면서 자기한테는 돈 한 푼 안 쓰던 사람이었어요. 예전에 돈이 좀 벌릴 때는 독거 노인들한테 반찬 봉사도 하고 그랬어요. 난 교회는 안 다니지만, 정 사장은 진짜 천사였지요. 그런 사람이 잘살아야 하는데……. 정말 하늘도 무심하시지. 그렇게 인심 좋은 사람을 그리 험하게 데리고 갔으니……."

남자는 한숨을 길게 내쉬었다. 나는 남자의 말을 더 듣고 있을 수가 없었다. 울음이 울컥 치밀어 주먹으로 입을 틀어막았다.

"나도 내 살기 바빠서 너무 무심했다 싶어서…… 이렇게 코앞에 있으면서…… 너무 가슴이 아파요. 지금 와서 후회해 본들 무슨 소용이 있겠어요? 그나저나 상심이 너무 커서 어떡합니까? 아무리 상심이 태산만큼 커도 산 사람은 살아야지, 어떡하겠어요? 난 갑니다."

남자는 혀를 차고는 발걸음을 돌렸다. 나는 다리에 힘이 풀려 쭈그리고 앉았다. 어떤 큰 태풍에도 절대 쓰러지지 않는 큰 나무 같은 사람이 선호 형이라고 생각했다. 내가 힘들 때 언제나 기댈 수 있는 든든한 느티나무 같은 사람인 줄로만 알았다. 선호 형은 언제나 그리운 나라에서 나를 기다려 줄 거라고 믿었다.

나는 배달을 시작하고 오로지 리뷰 전쟁에만 정신을 팔고 있었다. 거의 매일같이 벌어지는 배달 전쟁에 치여 선호 형이 얼마나 힘든 생존투쟁을 벌이는지도 몰랐고 관심도 없었다. 오죽 힘들고 막막했으면 자기 손으로 목숨을 끊었단 말인가. 불 꺼진 빈 가게에서 혼자 죽어 가며 누군가가 구하러 와 주길 얼마나 애타게 기다렸을까. 거대한 악어에게 통째로 삼켜진 것처럼 얼마나 무섭고 외로웠을까. 선호 형은 왜 내게 연락 한번 하지 않았을까.

주먹으로 가슴을 쾅쾅 쳤다. 나는 나밖에 모르는 이기적인 인간이었다. 후회는 면도날처럼 심장을 그어 댔다. 가슴 속에 피가 흥건하게 고인 것만 같았다. 숨을 쉬기가 힘들었다. 누군가 단 한 사람이라도 손을 잡아 주었더라면 어땠을까? 선호 형을 위해 나는 왜 한 번도 시간을 내지 못했을까. 곁에 단 한 사람이라도 있었다면 혼자서 그 무섭고 외로운 길을 가지 않았을지도 몰랐다. 한 번도 곁을 내주지 못한 내 옹졸함과 미련함이 원망스러웠다.

목구멍에 걸려 있던 울음이 뜨거운 핏덩이처럼 끅끅 터져 나왔다. 심장이 쪼개지는 듯 아파 우산으로 몸을 가리고 소리를 죽여 울었다. 검은 우산 위에 떨어지는 빗방울 소리가 더욱 거세어졌다.

조문실에는 국화 향기와 짙은 향냄새가 났다. 선호 형은 영정사진 속에서도 붉은 앞치마를 입고 환하게 웃고 있었다. 피처럼 붉은 앞치마가 심장을 송곳처럼 찔렀다. 다른 옷을 입은 최근 사진은 찾을 수 없었던 모양이었다. 국화꽃에 둘러싸인 선호 형은 영정사진 속에서 무슨 좋은 일이 있는지 환하게 웃고 있었다. 삽날에 심장이 푹 파여 나가는 것 같았다. 볼 때마다 특유의 환한 웃음으로 보는 이를 기분 좋게 해 주던 사람이 선호 형이었다. 그 웃음 속에 피눈물을 감추고 있다는 것을 왜 진작 몰랐을까.

나는 분향을 하고 영정사진 앞에서 절을 두 번 했다. 매일 밥을 파는 일을 하면서 선호 형에겐 밥 한 끼 따스하게 대접한 적이 없었다는 생각에 가슴이 미어졌다.

상주석에 서 있는 선호 형의 두 아들은 검은 양복을 입고 어색한 표정으로 우두커니 서 있었다. 목석처럼 뻣뻣하게 서 있는 아이들은 갑자기 불려 와 상주 역할을 떠맡은 초보 배우 같았다. 아이들을 볼 낯이 없었지만 나는 두 아이와 마주 보고 절을 했다. 두 아이의 손을 꼭 잡고 놓지 않았다. 힘껏 잡은 손을 통해 아이들에게 내 미안한 마음이 전해지기를 바랐다. 내게 손을 내맡기고 있는 두 아이의 눈이 퉁퉁 부어 있었다. 꼭 잡고 있던 두 아이의 손을 놓고 등을 두드려 주었다.

나는 붐비는 식당 같은 접객실 한쪽 구석 자리에 앉아 소주잔을 비웠다. 거리두기로 모임을 꺼리는 분위기인데도 접객실에는 빈자리가 보이지 않았다. 선호 형을 기억하는 이들이 이렇게 많다는 것이 약간의 위로가 됐다. 막상 선호 형이 살아 있을 때는 찾지 않던 사람들이 죽어서야 이렇게 한꺼번에 몰려오다니 씁쓸했다. 오랜만에 마시는 소주는 쓰고 독했다. 빈자리가 없는지 한 남자가 자리를 둘러보다 내 옆자리에 무너지듯 앉았다. 남자의 눈두덩이 붉게 부어 있었다. 낯이 익다는 생각이 들어 남자를 물끄러미 쳐다보았다. 그는 그리운 나라의 주방장 황 실장이었다.

"황 실장님!"

그리운 나라 주방에 있을 때는 씨름 선수처럼 몸집이 우람했는데 몸이 반쪽이 되어 딴 사람 같았다.

"어! 만석 갈비 백 사장님이시네요."

황 실장이 놀란 표정으로 내 손을 덥석 잡았다. 황 실장을 선호 형의 장례식장에서 볼 줄은 꿈에도 몰랐다. 소주를 몇 잔 마신 탓인지 격한 감정을 가누기가 어려웠다.

"황 실장님! 대체 저 인간이 왜 저기 있는 겁니까? 왜, 저 영정사진 속에 있는 거냐고요? 그리운 나라에서 만나야 하는데, 왜 여기서 만나는 거죠?"

내 말에 황 실장은 고개를 푹 떨구었다.

"전부 제 잘못입니다. 다 제 탓입니다. ……그리운 나라 문 닫은 지 3개월 넘은 거 아시죠?"

황 실장이 갈라진 목소리로 물었다. 나는 그리운 나라가 3개월 전에 문을 닫은 사실도 모르고 있었다. 선호 형은 내게 가게 문 닫았다는 이야기도 한 적이 없었다.

"다 저 때문입니다."

황 실장은 괴로운 얼굴로 내 빈 잔에 소주를 따르며 한숨을 내쉬었다.

"그게 무슨 말입니까?"

"전 그동안 코로나 후유증이 심해서 일을 못 했어요. ……제가 일을 못 하니까, 사장님이 너무 걱정했어요. 사장님께선 퇴직금과 밀린 월급 못 준 것 때문에 진짜 미안해하셨어요. 밀린 월급하고 퇴직금 마련하려고 월셋집도, 가게도 내놓고 배달 뛰셨는데 사고당하시고……."

황 실장은 가슴을 주먹으로 퍽퍽 쳤다.

"목숨 걸고 배달 뛰시면서 번, 그 피 같은 돈 700만 원을 저한테 부쳐 주셨어요. 그러다 사고 나서 일도 못 하시고…… 전화도 꺼져 있고 해서 너무 걱정스러워 가게에 찾아갔어요. 열흘 전에도 문 닫긴 식당 앞에서 식당 안을 들여다보고 간 적도 있었어요. 문도 두드려 봤어요. 어쩌면 그때 사장님은 제가 밖에서 문을 두드리는 소리를 들었을지도 모르겠어요. 저는 그게 가슴이 무너져요. 백 사장님! 이 대명천지에 이게 말이 됩니까? 제 인생에 우리 사장님 같은 분을 다시 만날 수 있을지……."

황 실장은 목이 메어 말을 잇지 못했다. 손등으로 눈물을 훔치며 울었다. 고개를 숙이고 아이처럼 우는 황 실장의 소주잔에 눈물이 떨어졌다. 나는 티슈를 빼서 황 실장에게 건넸다.

선호 형은 지역의 이름난 노동운동가였지만 정계 진출이나 출세에 전혀 관심이 없었다. 선호 형의 관심은 항상 낮은 곳에 있었다. 공장에 다닐 때, 늘 궂은일에 앞장서고 노조원들의 경조사에는 빠짐없이 참석했다. 누군가 고민이 있다고 하면 열 일 제쳐 두고 고민을 들어주곤 했다. 1년 넘게 이어진 공장 폐업반대 투쟁을 노조위원장으로서 끝까지 이끌었던 사람. 모든 사람이 다 떠나도 마지막까지 남아서 책임을 지려 했던 사람이었다.

선호 형은 함께 일했던 직원이 결혼식을 올리거나 돌잔치가 있는 날에는 일하다가도 앞치마를 입은 채 달려갔다. 마지막 순간까지도 밀린 임대료와 직원의 월급을 책임지겠다고 배달 일을 했다. 책임질 수 없는 일까지 혼자 힘으로 책임지려 했던 바보였다. 죽어 가는 마지막까지 혼자서 모든 책임을 지려 했던 바보였다. 착하고 좋은 사람, 선호라는 이름처럼 살지 않았다면, 오로지 자신만을 위해 살았다면 편하게 살았을 것이다. 남들이 앞장서라고 등을 떠밀든 말든 두 눈 딱 감고 자기 앞가림만 할 줄 알았다면 다른 삶을 살았을 것이다. 편한 길로 가지 않고 늘 궂은 길을 택했던 사람, 정선호. 그는 지금 붉은 앞치마 차림으로 영정사진 속에 있었다.

나는 소주를 두 병이나 마셨다. 그런데도 정신이 더 말똥말똥해졌다. 또 한 병을 더 땄다. 종이컵에 소주를 가득 부어서 한 번에 들이켰다. 오늘은 꽉 붙들고 있던 정신 줄을 그만 놓아 버리고 싶었다. 황 실장이 종이컵에 소주를 따라 주었다.

나는 영정사진 속에서 아무 걱정 없이 웃고 있는 선호 형을 쳐다보았다. 내가 알던 가장 고귀하고 품위 있는 한 인간이 영정사진 속에 들어 있었다. 칼에 베인 듯 가슴이 쓰리고 아파 가슴께를 주먹으로 세게 문질렀다.

"황 실장님, 자영업자는 사람이 아닌 걸까요? 그래서 이 나라가 자영업자를 버린 걸까요? 우리는 이 나라의 국민이 아닌 걸까요?"

황 실장은 착잡한 표정으로 나를 물끄러미 쳐다보기만 했다. 나는 소주가 담긴 종이컵을 꽉 움켜쥐었다. 소주가 테이블 위로 넘쳐흘렀다. 나는 비틀거리며 자리에서 일어섰다. 휘청거리는 나를 황 실장이 부축했다. 장례식장이 떠나가도록 고래고래 소리를 지르고 싶었으나 헛웃음만 실실 새어 나왔다.

거실에 앉아 빨래를 개던 아내가 나를 안쓰럽다는 듯 쳐다보았다. 텔레비전 뉴스에서는 코로나 관련 속보가 흘러나왔지만 내 귀에는 하나도 들리지 않았다. 요즘 나는 리뷰가 밀려도 사장님 댓글을 달지 않았다. 내가 리뷰 댓글을 달지 않자 보다 못한 아내가 사장님 댓글을 대신 달았다. 나는 배달음식 포장을 하다가도 고기를 썰다가도 넋을 놓고 있을 때가 많았다. 포장 실수가 잦아져서 식당에 항의 전화를 하는 손님이 늘어났다. 나는 갈비 포를 뜨다가 칼에 손을 자주 베이곤 했다.

"여보, 괜찮아?"

아내가 걱정 가득한 얼굴로 소파에 멍하니 앉아 있는 내게 물었다.

"왜?"

"정 사장님 장례식장 갔다 오고 나서 이상해졌어."

"뭐가 이상한데?"

나는 아내의 말에 피식 웃었다.

"뭔가, 가장 중요한 알맹이, 핵심 나사가 빠진 것 같달까? 뭔가 고장 난 거 같아. 당신이 아닌 것 같아. 이상하고 좀 무서워."

"핵심 나사? 그럼 찾아서 다시 끼워 줘. 당신이나 리뷰 신경 좀 쓰지 말고 몸이나 잘 챙겨. 공황장애 약 챙겨 먹고 있지?"

"내 걱정은 하지 말고. 여보, 힘들면 힘들다고 말해. 안 괜찮으면 안 괜찮다고 말해도 돼."

모처럼 아내의 다정한 목소리를 들으니 가슴이 뭉클했다. 아내가 상처투성이 내 손을 쓰다듬었다. 내 왼손 검지와 중지에 밴드가 붙어 있었다.

"그래, 나, 좀 안 괜찮아. 나, 많이 힘들어."

그 말을 하자마자 아내는 갑자기 나를 끌어안고 등을 두드렸다. 이 아줌마가 왜 이래, 하며 밀어내려 하는데 아내가 더 힘주어 나를 꽉 안았다. 뭔가 가슴이 먹먹하고 뭉클한 느낌이 들었다. 공황장애 때문에 자신의 마음도 추스르기 힘든 아내가 오늘은 못난 남편을 위로해 주고 있었다. 어디 밖에서 흠씬 두들겨 맞고 만신창이가 되어 왔는데 엄마가 안아 주고 상처 난 곳에 약을 발라 주는 느낌이었다.

친형보다 더 의지했던 사람이 죽었어도 식당 사장의 일상은 그대로였다. 나는 여전히 고기를 썰고 홀에 불을 넣고 불판을 닦고 배달 악플에 시달렸다. 내가 가장 좋아했고 존경했던 한 사람이 죽었는데도 달라진 건 아무것도 없었다. 세상은 눈 하나 깜짝하지 않았다. 나 역시 배고프면 밥을 먹었고 졸리면 잠을 잤다. 하지만 악몽에 자주 시달렸다.

선호 형을 떠올릴 때마다 쇠못에 찔린 것처럼 가슴께에 날카로운 통증을 느꼈다. 그는 존재 자체로 내 가장 든든한 기둥이 되어 준 사람이었다. 마음속 단단한 심지가 뚝 부러져 버린 것 같았으나 그것의 정체를 알 수가 없었다. 아내는 핵심 나사가 빠졌다고 말했다. 그건 아마도 죄책감일 수도 있고, 미안함일 수도 있고 후회일 수도 있고, 부끄러움일 수도 있었다. 어쩌면 한 인간으로서의 마지막 남은 자존감일 수도 있고, 식당사장으로서의 알량한 자존심일 수도 있었다.

나는 여전히 장사해서 먹고살아야 했고 하루도 쉬지 않고 장사를 했다. 선호 형처럼 한없이 참으며 한없이 좋은 사람으로만 살지 않겠다고 마음먹었다. 책임질 수 없는 것까지 떠맡으며 사는 바보로 살기는 싫었다. 책임져야 할 놈들은 시치미를 떼고 있는데 희생양이 되어 바보같이 죽기는 더욱 싫었다.

나는 이제 리뷰 게시중단의 선수가 되었다. 악플이 올라오면 기계적으로 게시중단 신청을 했다. 배달의별이 쓴 만석 족발 리뷰도 게시중단을 시켰다. 네놈이 계속 악플을 쓴다면 나도 계속 악플을 게시중단할 거라고, 절대로 참고만 있지는 않겠다고 이를 갈았다. 배달의별은 리뷰 게시중단을 당했는데도 한동안 주문도 하지 않고 이상하게 잠잠했다. 놈이 잠잠하다는 것이 오히려 더 불안했다. 또 무슨 도발을 할지 몰랐다.

나는 처음엔 배달리뷰왕이 악플을 달았을 때, 경쟁업체가 일부러 악플을 다는 것이라 의심했다. 거의 매달 한 번 이상 악플을 써서 사람을 피 말려 죽이려는 것 같았기 때문이었다. 어느 한 식당을 망하게 만들겠다는 목표를 위해 물불 안 가리고 달려드는 놈을 보면 무슨 의도가 있음이 분명했다. 아무 의도가 없는데도 스토커처럼 계속 악플을 달 리는 만무했다.

나는 배달리뷰왕에게 지금까지 한 번도 사과한 적이 없었다.

어쩌면 놈이 노리는 건 무릎 꿇고 사과하라는 것 같기도 했다. 그런 놈에겐 가짜 사과도 아까웠다. 이젠 정말 좋은 손님에게만 에너지를 쏟고 싶었다. 장사하는 사람들을 무슨 자신의 아랫것이라도 되는 듯 개무시하는 인간들에게 엎드릴 수는 없었다. 목에 칼이 들어와도 그 짓은 할 수 없었다. 더는 모욕당하며 살고 싶지 않았다.

오전에는 이상하게 배달이 없어도 너무 없었다. 삼겹직화구이 정식 하나 나가고 배달 알림음은 한 시간 동안이나 울리지 않았다. 평소에는 적어도 열 건 이상 주문이 들어오는데 오늘은 고작 세 건이 전부였다. 이럴 때는 악플이 올라와 있을 가능성이 높았다.

나는 만석 국밥 리뷰부터 확인했다. 만석 국밥에는 악플이 없고 만석 족발에도 없었다. 만석 김치찌개로 들어가 리뷰를 확인했다. 별점 1점 리뷰를 보자 심장이 쿵 내려앉았다. 리뷰 사진에 붉은색 형광 표시로 동그라미와 화살표가 그려져 있었다. 뭔가 검은 찌꺼기 같은 것이 상추에 묻어 있었다. 상추 위에 검은 찌꺼기가 붙어 있는데 너무 작아 뭐가 뭔지 구별이 되지 않았다. 확대해서 자세히 보니 상추에서 종종 나오는 민달팽이 새끼였다.

삼겹살 먹으려다 기절하는 줄! 으악! 기생충 나왔어요. 세상에 살다 살다 기생충이 야채에 붙어 있는 꼴은 처음 보네요. 코로나 시국에 위생 관념 1도 없는 식당이라니! 기생충 보이죠? 제대로 한

번 보세요. 증거 영상 다 찍어 놨습니다. 제 몸에 이상 생기면 전부 다 손해 배상하세요. 배달비도 엄청 비싼데 기분 다 잡쳤네요. 내 돈 주고 벌레를 사 먹다니 완전 어이상실! 정신적 피해보상도 하세요. 다 토하고 배달음식 트라우마 생길 듯. 진짜 완전 최악!!!!!

갑자기 세상이 정전된 것처럼 눈앞이 캄캄했다. 기생충, 증거 영상, 손해배상, 정신적 피해보상. 리뷰에 쓰인 단어들이 그야 말로 핵폭탄급이었다. 나는 이제 악플에 많이 덤덤해졌다고 생각했다. 그 어떤 악플이 올라와도 견딜 수 있는 내공이 어느 정도는 쌓였다고 자부하고 있었다. 배달의별이 조용하니 더 심한 악플러가 나타난 것이었다. 메뉴를 보니 방금 두 시간 전에 배달 나간 삼겹직화구이 손님이 분명했다. 리뷰에 배달비도 비싸다고 했는데 아마도 배달료가 사천 원인 문현동 삼진맨션에서 시킨 손님인 것 같았다. 최소 주문금액 만천 원을 억지로 맞추기 위해 삼겹직화구이 정식 하나에 천오백 원짜리 환타 하나를 추가로 시키고 리뷰 쓰겠다며 계란찜 리뷰 서비스까지 신청한 손님이었다.

상추에 기생충이라니! 음식에 기생충이라는 단어만큼 혐오감을 주는 단어가 어디 있겠는가. 상추에 가끔 작은 벌레처럼 보이는 민달팽이가 나오는 경우가 있는데 그걸 기생충이라고 한 것이었다. 평소에 상추를 꼼꼼하게 씻던 화순 이모 대신 꾸언이 씻었다고 했다. 상추를 깨끗이 못 씻은 건 입이 열 개라도 할 말이 없었다. 상추에 기생충이 나왔다는 리뷰를 보고도 주문을 할 비위 좋은 손님은 없을 테니 보통 심각한 일이 아니었다.

게시중단이 능사가 아니었다. 배달리뷰왕의 리뷰를 게시중단했다가 벌어진 악플 테러로 인해 어떤 일을 겪었던가. 게시중단을 해도 한 달 뒤에는 리뷰가 좀비처럼 되살아났다. 손님에게 환불을 해 주고 리뷰 삭제를 부탁하는 게 더 나을 수도 있었다. 고객에게 직접 전화하면 개인정보 보호법 위반에 걸려 광고 중단이나 계약해지까지 당한다고 했다. 배달업은 노출이 생명인데 광고 중단은 배달을 접는 것과 마찬가지였다. 그렇다고 그냥 지켜보고 있을 수만은 없는 노릇이었다. 리뷰를 내리게 할수 있다면 내리게 만들어야 했다. 자존심 접고 고객에게 사과부터 하면 방법이 생길지도 몰랐다.

악플을 쓴 사람의 닉네임은 도도한여우였다. 도도한여우는 다행히 안심번호를 걸어 두지 않아서 전화번호는 쉽게 찾을 수 있었다. 나는 면접장에 들어가는 지원자처럼 길게 심호흡을 하고 전화를 걸었다.

"여보세요. 누구시죠?"

전화를 받은 사람은 젊은 여자였다. 목소리가 딱딱해서 느낌이 좋지 않았다.

"안녕하세요. 저 고객님, 만석 김치찌개 사장입니다."

"뭐, 안녕? 안녕이란 말이 지금 나와요? 1도 안녕 못 하거든요. 리뷰 보셨죠. 지금 기생충 때문에 놀라서 정신과 가서 신경안정제 처방받아야 될 지경이라구요."

정신과라니! 나는 입을 다물 수가 없었다.

"손님 정말 죄송합니다. 진심으로 사과드립니다. 저희 불찰입니다."

"죄송? 그까짓 죄송이면 다냐고? 어떻게 해결할 건데요?"

"손님, 제가 너무 죄송해서 환불해 드리려고 하는데요. 계좌 알려 주실 수 있을까요? 환불해 드리겠습니다."

"환불요? 됐거든요. 지금 내가 돈에 환장한 사람 같아요? 사람 진짜 이상하게 만드시네. 환불의 환 자도 꺼내지 마세요. 사진도 엄청 많이 찍었고 동영상 찍어 놨어요. 아직도 속이 다 울렁거리네. 먹다가 다 버렸어요. 난 말이죠. 식중독 걸릴까 봐 회도 안 먹는 사람이거든요. 몸에 조금이라도 이상 생기면 책임져요. 정신적 피해보상도 각오하세요. 위생에서 최소한 기본도 안 지키면서 음식 장사한다니, 나 참 기가 막혀서! 지금 시국이 어떤 시국이죠?"

여자는 거창하게 시국까지 들먹였다. 어떤 시국인지도 모르는 나는 말문이 막혀 대답을 못 하고 머뭇거렸다.

"왜 대답을 못 해요? 코로나 시국이잖아요? 핑계 댈 생각 따위 하지 마시라구요."

"손님. 핑계 대는 게 아니라……."

"리뷰 지워 달라고 전화 한 거 맞잖아요? 절대 리뷰 못 지워! 안 지워! 그리고 이거 고객에게 전화하는 거 개인정보 침해라는 거 정도는 충분히 잘 알고 계실 텐데요?"

나는 개인정보 침해를 들먹이는 여자의 말에 뜨끔했다. 이 여자는 리뷰테러 상습범 같았다. 아마도 악플 때문에 업주들에게 전화를 한두 번 받은 게 아닌 모양이었다. 전화를 더 붙들고 있다간 일이 점점 더 커지겠다 싶었다. 나는 여자에게 알겠다고 대답하고 전화를 끊었다.

리뷰 게시판에서 닉네임을 눌러 보면 지금까지 고객이 쓴 리뷰 이력을 다 조회할 수 있다. 도도한여우의 닉네임을 눌러 보니 배달매니아였다. 배달리뷰왕처럼 배달을 많이 시키고 악플도 많이 쓰는 전문적인 프로 악플러였다. 심지어 어떤 김치찌개집 리뷰에는 너나 먹어, 이런 건 공짜로 줘도 안 먹어. 하는 반말 리뷰까지 올라와 있었다. 만약 나이 지긋한 사장이 이런 리뷰를 보면 모욕감으로 잠 한숨 못 이룰 것 같았다.

지금까지 만난 악플러 중에서 가장 심한 악플러는 바로 배달리뷰왕, 배달의별이었다. 배달의별은 최근에 우리 식당만 타깃으로 악플을 올렸다. 도도한여우는 모든 식당에 악플을 다는 악플러였다. 거의 열 개의 리뷰 중에서 일고여덟 개가 악플이었다. 악플을 쓰면서 스트레스를 해소하는 악플러들이 있다더니 사실인 모양이었다.

나는 곧바로 리뷰 게시중단 신청을 했다. 게시중단 사유란에 민달팽이를 보고 기생충이라고 허위리뷰를 써서 식당에 심각한 피해를 주었다고 썼다. 배달의별 때문에 하도 게시중단 신청서를 많이 쓴 덕분에 리뷰 게시중단 신청은 이제 식은 죽 먹기였다. 도도한여우의 악플 때문인지 만석 김치찌개는 주문이 아예 없었다. 도도한여우의 리뷰는 저녁 무렵에 게시중단이 되었다. 게시중단을 하고 나서 겨우 한시름을 놓고 있을 때였다.

"사장님, 전화 받아 보세요. 어떤 여자 손님이 사장 전화 바꾸라고 소리 지르고 난리에요."

갈비 포를 뜨고 있는데 승준이가 사색이 되어 주방으로 쫓아들어왔다. 나는 칼을 내려놓고 승준이가 내미는 무선 전화기를 받았다.

"네, 전화 바꿨습니다."

"뭐? 리뷰 게시중단? 누구 마음대로 감히 내 리뷰를 게시중단해? 기생충 상추 보내 놓고 리뷰 게시중단을 하면 다냐구? 응?"

도도한여우는 흥분해서 대뜸 반말이었다. 머리에 열이 확 올라왔다. 이럴 땐 같이 흥분하면 페이스에 말려들게 마련이다. 나는 마음을 진정하기 위해 크게 심호흡을 하고 침을 꿀꺽 삼켰다.

"손님, 왜 반말해요? 손님 허락을 왜 받습니까? 리뷰 때문에 피해가 심각할 때 언제든 게시중단 요청할 수 있어요. 리뷰 게시중단은 업체의 정당한 방어권이란 말입니다. 손님께서 하라 마라 할 문제가 아닙니다."

"그럼, 표현의 자유는? 솔직 리뷰 쓸 고객의 권리는 없냐고? 고객은 기생충 때문에 정신적 피해를 당하고도 리뷰도 솔직하게 못 써? 왜 리뷰를 니 마음대로 게시중단해? 내가 너 장사 못하게 해 줄 테니까, 기다려."

"반말하지 마세요. 지금 업무 중입니다. 전화 끊습니다."

"야!"

여자의 악쓰는 소리가 전화기에서 용수철처럼 튀어나왔다.

나는 고개를 절레절레 흔들었다.

한 시간 뒤에 고객센터에서 전화가 걸려왔다. 도도한여우가 개인정보 보호법 위반으로 고객센터에 신고했다고 했다. 고객의 동의도 받지 않고 고객에게 직접 전화를 걸었다는 것이 신고 이유였다. 지난번에도 리뷰에 단 사장님 댓글에 고객의 동네를 노출했다고 경고를 받은 적이 있었다. 벌써 두 번째 위반인데 경고만 받은 걸로 위안을 삼아야 했다. 리뷰 게시중단까지 하긴 했지만 도도한여우가 그냥 물러날 것 같지는 않았다. 이상하게 느낌이 싸했다.

나는 주차장으로 나가 한숨을 쉬며 하늘을 올려다보았다. 먹구름이 하늘을 뒤덮고 있었다. 한바탕 소나기가 퍼부을 것처럼 습도가 높은 날씨였다.

마지막 악플 게임

민성은 배가 허전해서 눈을 떴다. 침대 위에 마시다 만 콜라 페트병이 보였다. 미적지근한 콜라를 마실까 말까 망설이는데 전화벨이 울렸다.

"이놈아! 평생 한 번밖에 없는 환갑인데 얼굴도 안 내비치냐? 계모라도 안 이런다. 내가 계모보다 못하냐?"

동화 속에 나오는 악질 계모보다 더 계모 같은 엄마 목소리가 귀청을 뚫을 듯 전화기에서 튀어나왔다. 역시나 그냥 넘어갈 손금자 여사가 아니었다. 누나가 엄마 환갑 때 같이 식사나 하자고 문자를 계속 보내 왔지만 민성은 무시했다. 식구 같지도 않은 식구와 한자리에 마주 앉아 밥을 먹고 싶지 않았다. 더군다나 명리학 강사인 새아빠라는 인간은 목소리조차 듣기 싫은데 어떻게 같이 식사를 할 수 있겠는가.

"백신 맞고 몸이 좀 안 좋았어."

아직 30대는 백신 예약 기간도 아닌데 민성은 백신 핑계를 댔다. 잠에서 덜 깬 목소리 덕분에 백신 핑계를 대도 의심하지 않을 것 같았다.

"몸은 어떤데? 괜찮아?"

민성은 난생처음 겪는 일이라 놀라서 핸드폰을 떨어뜨렸다.

엄마의 사전에 민성에게 괜찮냐고 묻는 단어는 없었다. 망할 놈, 빌어먹을 놈이라고 욕만 안 하면 다행이었다. 사람이 죽을 때가 되면 변한다고 하던데, 이상했다. 혹시 불치병이라도 걸렸나.

"갑자기 무섭게 왜 그러셔?"

"그래도 샤넬 넘버 5라서 봐준다. 어떻게 알았어? 민지가 한정판 향수라고 하더라. 제법 센스 있네."

이게 무슨 말인가. 샤넬 향수? 민성은 당황해서 대답을 못 했다. 생각해 보니 오지랖 넓은 도민지의 짓이 분명했다. 효녀 노릇이 지겹지도 않은지, 동생까지 강제로 효자로 만들어 준 것이었다. 3년 동안 연락도 한 번 안 하던 남매간이 아니었던가. 이제는 착한 누나 코스프레까지 하다니. 민성은 고개를 절레절레 흔들었다. 손금자 여사가 기분이 좋을 때를 놓치면 손해였다. 인생은 절대적으로 타이밍이 아닌가.

"안 그래도 용돈 다 떨어졌는데, 딱 알고 전화를 하셨네."

"으이구! 이 돈 먹는 하마 새끼야! 그래, 기분이다. 이번 달엔 100만 원 더 부칠 테니, 이상한 배달음식 사 먹지 말고 집 청소 좀 하고 살아. 안 되면 청소업체라도 불러. 청소업체 보내 줘?"

"아! 됐어!"

민성은 서둘러 전화를 끊었다. 역시 손금자 여사는 화끈한 여장부였다. 기분파인 엄마를 구워삶는 법을 잘 알고 있는 저 음흉한 새아빠란 남자에게 돈이나 안 뜯기면 좋을 텐데. 그건 민성이 알 바 아니었다. 나중에 판검사나 변호사가 되실 똑똑한 도민지가 알아서 처리할 일이었다.

누나에게 고마운 마음이 들었다가 짜증이 났다가, 기분이 이상했다. 다 가진 자의 너그러운 시혜 차원에서 불쌍한 중생 도민성에게 적선을 베푼 것일지도 몰랐다. 재수 없는 도민지 때문에 갑자기 기분이 더러웠다. 넘사벽인 인간을 누나로 둔 덕분에 민성은 어릴 때부터 구제 불능의 인간이었다. 얼마나 비교당하고 핍박을 받으며 살아왔는지 모른다.

인생은 단지 제비뽑기, 복불복이었다. 어떤 패를 뽑았는지에 따라 인생은 정해져 있었다. 강하고 좋은 패를 뽑은 누나는 모든 게 쉬웠다. 아버지가 돌아가셨어도 누나 인생은 달라진 게 없었다. 마음만 먹으면 세상 쓸모없는 식충이까지 금세 효자로 만들 줄 알았다. 누나에게 고맙다고 카톡을 하려다 말았다.

엄마가 돈을 부쳤는지, 입금되었다는 문자가 떴다. 월 백오십만 원을 받다가 백만 원이나 더 받았으니 입이 벌어질 법도 한데 이상하게 떨떠름하기만 했다. 기분이 엿 같고 떨떠름할 땐 배 터지게 먹는 게 최고였다. 배달중독인 민성의 몸은 배달음식을 간절히 원했다. 마약중독자가 마약을 찾듯 배달 앱이 선물하는 도파민을 찾았다. 좋은 안주에 술이 있어야 제격이듯 악플 게임으로 스트레스 해소까지 할 수 있다면 금상첨화였다.

민성이 그토록 공격해 대는데도 만석 족발이 아직도 안 망하고 제법 맛집 랭킹 상위권인 걸 보면 단골손님이 꽤 많다는 뜻이었다. 상대가 잘나가야 처절하게 망가뜨릴 맛이 나는 법이었다. 민성은 사냥감의 숨통을 완전히 끊어 버려야겠다고 생각했다. 민성에게는 수많은 배달음식점에서 음식을 고르고 주문하는 모든 과정이 사냥이었다. 사냥감의 상태가 상중하인지 평가하고 판단을 내리는 리뷰 쓰기는 사냥의 마무리단계였다.

만석 갈비 사장은 민성의 악플 공격에 리뷰 게시중단이라는 1차원적인 방법밖에 대응 무기가 없는 모양이었다. 리뷰 게시 중단이란 게 웃기는 것이었다. 한 달간 게시 중지가 되었다 뿐이지 리뷰어가 삭제 동의를 하지 않으면 다시 악플이 좀비처럼 살아나는 데도 그는 주구장창 그 수공업적인 방법만 고집했다. 참으로 어리석고 가련한 백성이 아닐 수 없었다. 악플을 영원히 삭제할 권한을 가진 사람은 리뷰어였다. 민성이 생각하기에는 리뷰어가 바로 배달 왕국의 최고 권력자였다.

만석 족발 사장은 민성의 주소를 알고 있었다. 민성이 주문하면 무조건 주문취소로 대응했다. 민성이 줄기차게 올리는 악플을 막기 위한 유일한 방패가 주문취소인 모양이었다. 지난번에는 동우의 주소를 사용해서 족발을 주문했는데 이번에는 어디로 주문을 해야 할지 난감했다. 주소를 바꿔 주문하는 것이 현재로선 주문 거절을 안 당하는 유일한 방법이었다. 동우 말고는 친구라고는 한 명도 없고 근처에 아는 사람도 없었다.

민성은 딱딱한 육포를 질겅질겅 씹으며 궁리를 했다. 귀족원룸에서 배달음식을 시킬 사람이 꼭 민성 혼자만 있으란 법은 없었다. 아마도 호실이 다르면 주문취소를 하진 못할 것이다. 처음에 민성은 6층 다른 호실 문 앞에 놓아두고 가라는 요청사항을 넣으면 되겠다고 생각했지만 아무래도 같은 6층은 의심

받을 수도 있었다. 2층이나 3층 다른 호실 문 앞에 두는 게 더 안전한 방법 같았다. 그렇다면 사람이 살지 않는 빈집 앞이라야 했다. 잘못하다간 다른 사람이 음식을 훔쳐 갈 수도 있다. 다른 집에 배달 온 음식을 훔쳐 먹는 배달 거지들 뉴스를 본 적이 몇 번 있었다. 귀찮고 골치가 아팠다.

민성은 원룸 건물 현관 입구에 있는 우편함을 떠올렸다. 우편함에 편지가 수북하게 꽂힌 집은 사람이 안 사는 빈집일 가능성이 컸다. 우편물이 많이 꽂혀 있는 집 문 앞에 두고 도착했다는 문자를 달라고 하면 될 것 같았다.

민성은 원룸 건물 현관 입구로 내려갔다. 민성으로선 1층 현관까지 내려오는 일도 큰마음을 먹어야 하는 일이었다. 지상으로 내려온 건 만석 갈비 행차 이후 몇 달 만이었다. 한 여자가 건물 현관문으로 들어서다 멈칫했다. 모자를 쓰고 머리를 길게 기른 거구의 남자가 현관 입구에 서 있으니 위협적으로 느껴진 모양이었다. 여자가 엘리베이터에 타자마자 배달기사가 자동문을 열고 들어왔다. 현관에 양념치킨 냄새가 확 퍼졌다. 역시나 이 귀족원룸도 배달음식을 시켜 먹는 사람이 한둘이 아닌 것 같았다. 우편함을 살펴보니 밀린 우편물이 꽂힌 집이 많았다. 303호에 가장 많은 우편물이 꽂혀 있었다. 확실히 사람이 살지 않는 집이 분명했다. 안 찾아간 우편물이나 전단이 꽂힌 우편함이 반 이상이었다. 민성은 605호실 관리비 고지서를 우편함에서 꺼냈다.

민성은 집으로 돌아와서 배달 주소 변경을 하고 족발을 주문했다. 족발 중자 세트를 시키고 테라 한 병, 리뷰 서비스로 콜라를 요청했다. 문 앞에 두고 벨 누르지 말고 도착하면 문자 주세요, 이렇게 요청사항을 적었다. 만석 갈비에서는 귀족원룸 303호에서 주문을 하자 2분 만에 주문 접수를 했다. 주문 접수를 받을까 말까 고민하는 백만석 사장의 모습이 눈앞에 그려졌다. 바로 접수를 안 받고 2분 만에 주문 접수를 한 걸 보니 아마도 귀족원룸에서 주문을 누가 했는지 의심한 것 같았다.

20분 뒤, 요청사항에 적은 대로 배달기사는 음식 문 앞에 있습니다, 하는 문자를 보내 왔다. 요청사항을 잘 지키는 기사였다. 기사 중에는 벨을 누르지 말라는 데도 굳이 벨을 눌러서 열받게 만드는 기사도 많았다. 지난번 아웃백에서 주문을 했을 때 배달 왔던 사이코 기사 놈을 생각하니 이가 갈렸다. 매일 배달을 시키지만 배달기사와 싸운 적은 그때가 처음이었다.

민성은 기사의 문자를 받자마자 엘리베이터를 타고 내려가 303호로 갔다. 과연 303호 앞에는 만석 족발의 흰색 음식 비닐봉지가 얌전하게 놓여 있었다. 도망가는 사냥감을 화살로 명중시킨 것처럼 흐뭇한 기분이 들었다. 붉은 헬멧을 쓴 배달기사 한 사람이 305호실 앞에서 민성을 힐끗 쳐다보았다. 아마도 305호실에 배달 온 기사 같았다. 기사가 음식 봉지도 손에 안들고 서 있는 모습이 좀 이상해 민성은 고개를 갸웃했다.

민성은 원룸으로 돌아와 푸우 밥상을 펴고 족발을 봉지에서 꺼냈다. 따끈한 족발 냄새를 맡으니 입안에 침이 가득 고였다. 먹기 전에 일단 사진을 찍어야 했다. 가장 살이 덜 붙은 뼈를 맨 위에 올려 두었다. 리뷰 테러를 하려면 일단 사진이 그럴듯해야 했다. 최대한 맛없고 양이 적어 보이게 설정 샷을 찍었다. 소설로 친다면 개연성이 있어야 하는 것과 마찬가지였다.

트집을 잡을 만한 게 없었다. 악플을 쓰려고 시켰는데 만석 족발은 시킬 때마다 만족스러웠다. 족발은 야들야들하고 쫄깃하고 간이 딱 알맞았다. 상추와 깻잎을 겹치고 마늘, 고추, 쌈장, 족발과 막국수까지 올려 쌈을 크게 쌌다. 입안에 침이 흥건히 고였다. 주먹만 한 쌈을 입안으로 밀어 넣고 씹었다. 씹자마자 입안에 깻잎 향이 번졌다. 이어서 부드럽고 쫄깃한 고기와 새콤달콤한 비빔 막국수 면이 어우러지면서 마늘의 아릿한 맛과 청양고추의 톡 쏘는 맛이 퍼졌다. 동우가 왜 그리 극찬을 했는지 알 것 같았다. 만석 족발을 몇 번 먹어 보았지만, 지금껏 먹은 족발 중에 단연코 최상급이었다. 민성은 고개를 끄덕였다. 고객 응대 마인드는 수준 이하인 백만석 사장이지만 음식 솜씨 하나만은 인정하지 않을 수가 없었다. 민성은 제법 양이 많은 족발 중자 세트를 흡입하듯 깨끗이 다 먹어 치웠다.

이렇게 맛있게 먹었다면 칭찬의 리뷰를 써 주어야만 마땅했다. 민성은 처음으로 조금 양심의 가책을 느꼈다. 하지만 민성은 악플러 본연의 모습에 충실하기로 했다. 맛나 김치찌개도 리뷰 하나로 훅 보내 버린 능력자가 아닌가. 그 어떤 온라인 게임보다 재미있는 악플 게임을 포기할 수는 없었다. 시작했으니 그 끝을 봐야 했다. 민성은 리뷰어 중에서도 악플러, 식당 사장들의 운명을 한 손에 쥔 신이었다. 살찐 손가락이 스마트폰 위에서 바삐 움직였다.

만석 족발 리뷰를 올린 것과 동시에 문자 한 통이 날아왔다. 발신 표시 제한 문자였다. 문자를 확인한 민성의 눈이 크게 벌어졌다. 심장이 멎는 것 같았다.

네 놈이 쓴 악플 잘 보고 있다. 이 악플러 씹새끼야!
그 더러운 손가락 잘라 버리기 전에 악플 그만 쓰라고 몇
번이나 경고했다. 한 집안의 가장이 너 때문에 죽었다.
다 니놈 잘난 손가락 덕분이지. 마지막이다. 조만간 멋진
일이 일어날 거라 경고한 적이 있지? 악플러 개새끼야!
기다려라!

협박 문자를 확인한 민성은 스마트폰을 툭 떨어뜨렸다. 갑자기 오싹한 느낌이 들었다. 침대 밑에 떨어진 스마트폰을 집어 올리는 민성의 손이 덜덜 떨렸다. 검은 복면을 쓴 괴한이 칼을 들고 눈앞에 서 있는 것 같았다. 날카로운 눈빛이 바로 앞에서 민성을 쏘아보는 듯했다. 어디서 꼭 한번 마주친 듯한 그 눈빛이었다.

지옥의 냄새

"사장님, 불판이 하나도 없는데요."

진숙 이모가 카트를 밀고 주방으로 들어가며 말했다. 주방 직원들도 바쁘고 홀도 바빠서 불판을 닦을 사람이 없었다. 며칠 동안 불판을 담가 놓은 통에서 심한 악취가 올라왔다. 검게 탄 불판은 세제를 섞은 물에 하루 정도 담가서 불려야 잘 닦였다. 불판에 붙어 있던 고기 찌꺼기가 썩어가는 냄새는 역겨웠다. 향기롭기 그지없는 꽃도, 황홀할 정도로 맛난 음식도 썩으면 악취를 풍기게 마련이었다.

나는 허리를 한껏 숙여 불판을 닦았다. 불판에 붙은 찌꺼기를 솔로 먼저 털어내고 쇠 수세미로 세게 문질렀다. 힘에 부쳐서인지 주방 이모 두 사람은 불판 닦는 일을 꺼렸다. 직원들은 식당 일 중에서 가장 냄새나고 더러운 일이 불판 닦는 일이라고 여겼다. 주방 이모들은 저녁에 주방 알바 꾸언이 올 때까지 불판을 안 닦고 미뤄 두곤 했다. 직원들은 교대로 쉬었는데, 오늘은 꾸언이 쉬는 날이었다. 나는 불판을 닦다가 허리가 아파서 일어섰다. 신음이 절로 터져 나왔다. 척추관협착증이 점점 심해져 잠시도 서 있거나 허리를 굽히기가 힘들었다.

쭈그리고 앉아서 불판을 마저 닦고 수돗물을 틀어 헹궜다. 물을 세게 틀어 새카맣게 탄 고기와 숯 찌꺼기, 더러운 세제 거품을 깨끗하게 씻어냈다. 새카맣게 탔던 불판을 물로 헹궈내자 새 불판처럼 멀끔해졌다.

물이 없다면 식당일은 그 어느 한 가지도 해낼 수 없었다. 물이 있어야 밥을 하고 육수를 만들고 상추를 씻고 설거지를 할 수 있었다. 물이 있어야 국밥을 끓이고 김치찌개와 된장찌개를 끓였다. 어떤 더러운 것도 깨끗이 정화하고 모든 재료와 섞여 새로운 맛을 내고 품어 주고 안아 주는 물. 어떤 외부의 거센 힘이 출렁거리게 해도 물은 다시 제자리로 고요히 돌아갈 줄을 알았다.

물처럼 고요한 성정을 닦아야 하는 사람은 절간의 스님이나 수녀원의 수녀가 아니라 장사하는 사람이었다. 장사를 하는 사람은 어떤 더러운 모욕을 겪어도 물처럼 평정심을 잃지 않아야 했다. 손님이 오지 않고 파리만 날려도 얼굴에 조바심을 내비치지 말아야 했다. 손님이 줄을 선다 해도 잘난 체하거나 들뜨지 말고 차분한 얼굴로 장사를 할 줄 알아야 했다. 지금까지 장사하면서 큰일도 많이 겪었지만 크게 평정심을 잃지 않았다고 생각했다. 코로나가 온 뒤로 나는 물의 마음을 잃어버렸다. 요즈음 자주 평정심을 잃고 활활 타오르는 불덩어리로 변하고 있었다. 더는 참을 수 없는 순간이 다가오고 있었다.

남자 두 명이 식당 문을 열고 들어오더니 곧바로 주방 입구로 걸어왔다. 한 명은 큰 키에 마른 남자였고 다른 한 명은 은테 안경을 쓰고 있었다. 나는 포장에 열중하다 손을 멈추었다. 무슨 일인가 해서 남자들을 멀거니 쳐다보았다. 홀에서 식사하던 손님들의 시선이 주방 입구로 쏠렸다.

"구청 위생과에서 나왔습니다. 백만석 사장님 맞으시죠?"

은테 안경을 쓴 남자가 형사 같은 말투로 내게 물었다. 마치 형사 신분증이라도 꺼내 들이델 것 같았다.

"이번엔 또 무슨 일입니까?"

나는 부아가 치밀어 날 선 목소리로 물었다. 구청 위생과란 말만 들으면 머리가 지끈거렸다.

"음식에 이물질이 나왔다고 신고가 들어왔습니다."

"식당에서 이물질 나온 일 없는데, 무슨 이물질요?"

"지금 배달음식 포장하고 계시네요. 배달음식에서 기생충 나왔다고 신고 들어왔는데, 이 상추 사진 본 적 있으시죠?"

은테 안경을 쓴 구청 직원은 종이 한 장을 내밀었다. 나는 기가 막혀 헛웃음이 나왔다. 그 도도한여우란 여자가 찍은 리뷰 사진이었다. 구청 직원은 상추에 붙은 검은 이물질 동영상까지 보여 주었다. 나는 뒤통수를 한 대 얻어맞은 사람처럼 구청 직원을 멍하니 쳐다보았다. 하늘도 감동할 투철한 고발정신에 입이 다물어지지 않았다.

"네, 맞네요. 우리 배달식당 리뷰로 올라온 사진입니다."

배달 알림음이 연신 울렸다. 포스기에서 주문 접수를 급히 누르며 남자의 말에 답했다. 홀에서는 벨이 울리고 손님들이 주방 쪽을 자꾸 쳐다보았다. 낯이 화끈거렸다. 진숙 이모 혼자서 홀에서 이리 뛰고 저리 뛰고 있었다. 입안이 바짝 말랐다.

"그럼 음식에 이물질, 기생충이 들어갔다는 이 민원인의 주장을 인정하신다는 거네요. 맞습니까?"

은테 안경을 쓴 남자가 사무적이고 딱딱한 말투로 말했다.

"요새 기생충이 나오는 상추가 어딨습니까? 인분을 뿌립니까? 보세요. 민달팽이 새끼잖아요?"

나는 리뷰 사진을 가리키며 남자에게 따졌다.

"하여간 이물질이 들어간 건 인정하신다는 거네요."

"상추를 깨끗하게 못 씻은 우리 잘못인 건 맞습니다. 그래도 이렇게 일하는데 갑자기 와서 이러시면 곤란하죠."

"그럼 언제 옵니까? 위생 단속을 사장님 허락받고 와야 합니까?"

구청 직원이 범인을 취조하듯 몰아세웠다.

"진짜 이 여자 너무 심하네요. 사과도 하고 환불 조치한다고 했는데 뭘 더 어떻게 해야 합니까? 악플 게시중단 했다고, 배달 앱 고객센터에도 신고하고 구청에도 신고하면 대체 어쩌란 겁니까? 진짜 돌겠네. 자영업자가 무슨 중죄인입니까? 범죄잡니까? 차라리 그냥 장사 못 하게 하세요."

나는 악에 받쳐 목소리를 높였다. 홀에서 식사하던 손님들도 쳐다보고 배달음식을 가지러 온 기사들까지 죽 둘러서서 이 상황을 구경하고 있었다. 뜨거운 물을 머리에 들이부은 것처럼 얼굴에 열이 확 올랐다. 홀도 바쁘고 배달 주문을 더 받아낼 수 있는 상황이 아니었다. 나는 배달 앱을 일시 중지시켰다.

"사장님 화나신 거는 알겠는데요. 저희도 골치 아픕니다. 신고가 들어왔으니 단속 나올 수밖에 없어요. 일단 여기 자인서 읽어 보시고 사인하세요."

바쁘게 포장을 하고 있는데 은테 안경 뒤에 말없이 서 있던 구청 직원이 종이를 내밀었다.

"자인서요? 제가 뭘 자인합니까? 제가 뭘 그리 잘못했습니까? 제가 무슨 도둑질을 했습니까? 살인을 했습니까? 무슨 죄를 저지른 걸 자인할까요?"

나는 구청 직원을 노려보며 따졌다. 자인서를 내밀었던 남자는 내 눈길을 피했다. 일단 주문받은 배달음식은 포장해서 보내야 했다. 나는 등 뒤에 구청 위생과 직원 두 명을 세워 놓고 족발 세트와 김치찌개를 포장했다. 바쁠수록 정신 차려야 했다. 바쁘다 보면 뭔가 한 가지씩 빠뜨리는 사고가 일어났다. 뒤에 버티고 서 있는 구청 직원들 때문에 음식과 배달 물품들을 다 넣었는지 헷갈렸다. 포장한 음식을 다시 봉지에서 빼내서 수저와 플라스틱 뜯개 칼과 새우젓과 쌈장을 챙겼는지 확인했다.

"기사님, 우성아파트 음식 나왔습니다."

나는 기사에게 포장한 음식을 내밀었다. 두 번째 김치찌개까지 포장을 완료해서 기사에게 전달했다. 아직 기사 세 명이 기다리고 서 있었다.

"사장님 마음 충분히 알겠습니다만, 이거 그냥 이름만 자인서입니다. 1차는 시정명령만 받고, 만약 1년 안에 이물질 관련 신고가 또 들어오면 30일 영업정지 처분을 받게 됩니다. 이런 악성 민원인은 말이죠. 현장에 가서 주의 조치를 했다고 뭔가 보여 주지 않으면 자꾸 민원을 넣어요. 악성 민원인들 때문에 저희도 죽겠어요. 장사하는 가게에만 블랙컨슈머가 있는 게 아닌데, 아시잖습니까? 속상하셔도 여기 자인서 좀 써 주세요."

이물질이 나온 동영상과 사진을 내밀 때는 그렇게 고자세였는데, 은테 안경을 쓴 구청 직원은 내 눈치를 보며 조심스럽게 종이쪽지를 내밀었다. 나는 그 종이 쪼가리를 갈기갈기 찢어 던지고 싶었다.

"뭘 더 내놓을까요? 마지막 남은 내 목숨까지 내놓을까요?"

내 말에 위생과 직원은 어리둥절한 표정을 지었다.

"자영업자는 사람도 아닙니까? 이 나라의 국민이 아닌가요? 온 세상이 죽으라고 목을 조르네요. 살 가치도 없으니 그냥 죽으란 거 같네요. 얼마 전, 이 대학로에서 어느 자영업자가 죽었습니다. 제가 세상에서 제일 존경하던 사장님 한 분이 자살했어요. 이 나라가, 자영업자만 때려잡는 국가가 그 자영업자를 죽였단 말입니다!"

구청 직원들은 이 사람이 미쳤나 하는 표정으로 나를 멀뚱멀뚱 쳐다보았다. 나는 구청 직원이 내민 자인서 용지에 아무렇게나 이름을 휘갈겼다. 무슨 내용인지 읽어 보지도 않았다. 될 대로 되라는 심정이었다.

구청 직원들이 홀에서 나가자마자 온몸에 기운이 다 빠졌다. 마침 그때 구원군처럼 저녁 근무를 하는 승준이 식당 문을 열고 뛰어 들어왔다. 시계를 보니 벌써 저녁 6시였다.

"사장님, 무슨 일 있으셨어요? 얼굴이 안 좋으신데요. 어디 안 좋으세요?"

승준이 내 안색을 살피며 걱정스럽게 물었다. 아들 또래인 알바생 승준의 말 한마디에 괜히 코끝이 시큰해 나는 얼굴을 돌렸다.

"별일 아니다."

나는 배달 주문 중지를 풀어 놓고 주차장으로 나갔다. 라이터를 켜 담배에 불을 붙이고 길게 한 모금 빨아들였다.

장사하는 사람들은 걸핏하면 영업정지였다. 거리두기와 영업시간 제한을 어겨도 손님은 10만 원 벌금이지만 주인은 300만 원 벌금에다 영업정지였다. 청소년이 신분증을 위조하고 들어와서 술을 마시다 적발되어도 영업정지, 이물질 신고를 당해도 영업정지였다. 나도 5년 전에 신분증을 위조하고 들어온 청소년에게 속은 일이 있었다. 청소년인 줄 모르고 술을 팔았다가 60일 영업정지를 당해 아예 폐업한 적도 있었다. 때린 청소년은 그냥 봐주고 맞은 자영업자만 처벌하는 법이 청소년 보호법이다.

가진 거라곤 목숨과 빚밖에 없는 자영업자에게 이 나라는 너무나 많은 것을 내놓으라고 했다. 거리두기 제한 인원은 6인이었다가, 5인이었다가, 4인으로 정신없이 바뀌었다. 과학적인 근거나 기준도 없이 영업 제한 시간은 아홉 시였다가, 열 시로 순식간에 바뀌었다. 귀에 걸면 귀걸이, 코에 걸면 코걸이인 이상한 방역 정책은 수천 명의 자영업자를 재판장에 세웠다. 선호 형의 말처럼 자영업자에게는 나라가 없었다.

왜 노력하면 노력할수록 빼앗기는지를, 왜 더 가난해지는지를 비로소 알 것 같았다. 목숨 걸고 일하면 일할수록 자영업자의 피를 빠는 흡혈귀의 숫자는 점점 늘어났다. 임대료 흡혈귀, 세금 흡혈귀, 새로운 온라인 건물주 플랫폼 흡혈귀, 골목상권을 잡아먹는 대기업 흡혈귀, 돈을 벌게 해 주겠다며 달콤한 말로 접근하는 사기꾼 흡혈귀, 돈을 냈다는 이유로 인간의 존엄까지 쓰레기통에 처박는 블랙컨슈머 흡혈귀. 온갖 흡혈귀들이 자영업자의 등에 들러붙어 피를 빨았다. 흡혈귀가 우글대는 이 블랙홀에서 빠져나올 방법은 추락밖에 없었다.

선호 형은 내게 인위지덕이란 고사성어의 뜻을 알려 준 적이 있었다. 참는 것으로 덕을 이룬다는 말이라고 했다. 이대로 죽을 수는 없다고 했던 선호 형이, 배달라이더라도 하면서 끝까지 버티겠다던 사람이 왜 떠나야 했는지 비로소 알 것 같았다. 왜 더는 참지 못했는지 알 것 같았다. 환하게 웃는 선호 형의 얼굴이 떠올라 가슴이 미어졌다. 붉은 앞치마 자락을 흩날리며 손을 흔들던 모습이 눈앞에 생생하게 떠올랐다.

새털 같은 흰 구름이 떠가는 하늘을 올려다보았다. 새 두 마리가 창공을 날아가고 있었다. 여린 날개로 창공을 힘차게 두드리는 것처럼 보였다. 새의 날갯짓에 하늘 북이 둥둥 울리는 것 같았다. 내 그리운 나라는 어디일까. 선호 형이 떠난 나라는 어디일까. 그 나라에는 흡혈귀가 없을까. 약자들을 짓밟지 않고 서로 도우며 사는 아름다운 나라일까. 나는 담배 연기를 길게 내뿜었다. 매미 소리가 귀청을 뚫을 것같이 시끄러웠다.

귀족원룸 303호에서 배달 주문이 왔을 때 느낌이 싸했다. 조금 망설이다 주문 접수를 일단 누르긴 했지만, 예감이 안 좋았다. 605호에서 주문한 게 아닌데도 배달리뷰왕, 배달의별일 것 같았다. 만석 국밥과 만석 김치찌개, 만석 족발을 돌아가면서 주문하고는 집요하게 악플을 쓰는 놈이 배달의별이었다. 닉네임도 바꾸고 심지어 얼마 전에는 다른 주소로 음식을 시켜 놓고 악플을 쓰지 않았던가.

갑자기 뭔가 짚이는 게 있었다. 식당에 와서 왕갈비를 먹고 리뷰 테러를 한 그놈이 배달의별, 배달리뷰왕일지도 모른다는 생각이 들었다. 지금까지 집요하게 리뷰 테러를 한 놈이라면 식당에 왔을 수도 있겠다 싶었다. 귀족원룸에서 주문한 손님이 배달의별이 맞는지 꼭 확인하고 싶었다. 귀족원룸에 내가 직접 배달을 갈까 망설이고 있을 때였다.

"사장님, 귀족원룸 나왔습니까?"

윤명학 기사가 귀족원룸에서 시킨 족발을 가지러 왔다.

"윤 기사님 잠깐만요. 지금 저희 물건 말고 다른 식당 것도 있나요?"

"하나 있긴 한데, 부대찌개 식당도 한 개 더 있어요. 아직 픽업은 안 했는데, 왜 그러십니까?"

"뭐 하나 부탁드려도 될까 해서요. 우리 식당에 자꾸 음식 시켜서 악플을 쓰는 놈이 있어요. 그놈이 귀족원룸 605호실에 살거든요. 근데 오늘 303호실에서 주문이 왔는데 좀 의심스럽네요. 진짜 303호실 손님인지 아닌지 한번 확인하고 오실 수 있나요? 음식 배달하고 나서 조금만 기다렸다가 확인만 해 주시면 돼요. 303호실 사람이 음식을 가져가는지 아니면 다른 층에서 내려와서 음식을 갖고 가는지만 봐 주시면 됩니다. 기다리신 시간만큼 다른 식당 배달비로 만 원 드릴게요. 좀 번거롭겠지만 한 번만 확인해 주세요."

"와! 세상에 그런 인간 같지 않은 놈이 있어요? 진짜 개아들 놈이네. 우리 부처님 가운데 토막 같은 백만석 사장님을 열 받게 만들다니! 내가 그 새끼 가만 안 둔다. 알았어요. 그게 뭐가 어렵겠어요."

윤 기사는 만 원을 받고 부대찌개 식당의 배차를 취소했다. 나는 갑자기 배차 취소된 부대찌개 식당 주인에게 좀 미안했다. 음식 조리를 다 해놓고 기사가 오기만 기다리고 있을 텐데, 기사만 목 빠지게 기다리는 그 심정을 누구보다 잘 알기 때문이었다.

귀족원룸에 배달 간 윤 기사의 전화가 올 때까지 나는 안절부절못했다. 20분 뒤에 윤 기사에게서 연락이 왔다.

"와! 진짜 맞아요. 사장님, 6층 그놈이네요. 음식을 303호 앞에 두고 다른 호실 앞에서 기다리고 있는데 엘리베이터에서 엄청 뚱뚱한 놈이 내리는 겁니다. 머리는 텁수룩한 상거지 같은 새끼가 내리더니 303호실 문 앞에 놔 둔 음식 봉지를 가지고 가는 겁니다. 모자도 쓰고 마스크 때문에 나이는 잘 모르겠는데 아마도 30대 정도일 것 같았어요. 노숙자같이 냄새는 어찌나 나던지, 어휴 냄새가 말도 못 해요. 그 새끼와 거리가 좀 떨어져 있는데도 코를 막고 싶더라니까요. 엘리베이터가 올라가서 멈추는 곳을 보니 6층이 맞아요."

나는 이를 악물고 주먹을 꽉 움켜쥐었다. 만석 갈비에 악플을 쓴 그놈이 확실했다. 뚱뚱하고 머리가 텁수룩한 남자. 지난번에 홀에 와서 갈비를 먹고 네이버 영수증 리뷰로 장문의 악플을 썼던 놈과 인상착의가 같았다. 퍼즐이 한꺼번에 맞춰지는 느낌이었다. 귀족원룸 605호에 사는 그놈, 배달의별, 바로 그놈과 네이버 악플을 쓴 놈은 같은 놈이었던 것이다.

나는 놈이 이번에도 악플을 쓸 것이라고 확신했다. 도대체 왜? 이놈은 왜 우리 식당에 줄기차게 악플 테러를 하는 것일까. 배달 악플도 모자라 식당에까지 와서 갈비를 먹고 악플을 쓰다니! 도대체 무슨 이유일까. 자신의 부모 형제를 죽인 철천지 원수도 아닌데 왜 이러는 걸까. 대체 왜 이런 짓을 하는지, 무슨 일이 있어도 그 이유를 알아내야만 했다.

요즘 나는 얼굴도 모르는 인간을 칼로 찔러 죽이는 악몽을 수시로 꾸곤 했다. 임계점에 다다른 분노의 용암이 한 곳으로 터져 나오려 했다. 불난 데 기름을 붓는 악플러 그놈을 납치해 묶어 놓고 고문을 해서라도 실토를 받아 내고 싶었다. 왜 하필 우리 식당에만 악플을 쓰느냐고 그놈의 자백을 받아 내고 싶었다. 악플을 쓴 그 손가락을 토막토막 잘라서 복수하고 싶었다. 나는 생생한 살의에 몸서리를 쳤다.

칼끝에 찔린 놈의 살찐 목에서 피가 주룩 흘렀다. 놈은 사시나무 떨듯 덜덜 떨었다. 비명도 못 지르고 이를 딱딱 맞부딪쳤다.

"니가 그랬지? 우리 식당에 니가 악플 달았지?"

나는 놈의 목에 칼을 겨누며 소리를 질렀다.

"정말 잘못했어요. 사, 사, 살려 주세요."

놈은 번쩍이는 식칼 앞에서 혼이 나간 것 같았다.

"왜? 왜 우리 식당에 악플 달았어? 대체 왜 그랬어?"

"살려 주세요! 제발 살려 주세요! 그냥 재미로, 재미로 했어요. 그냥 게임이었어요."

재미? 게임? 머릿속에서 뭔가 툭 끊기는 것 같았다. 그냥 재미였다니! 게임이었다니! 누군가에게는 목숨과 인생이 달린 일이었다. 숱한 사람의 생계와 목숨이 달린 그 일을 단지 재미로 그랬다니. 팽팽하게 붙들고 있던 현이 툭 끊겼다. 오랜 시간 꾹 눌러 두었던 분노의 핵이 폭발하듯 터져 나왔다. 나는 이성을 잃고 미친 듯 칼을 휘둘렀다.

놈의 배에 칼을 첫 번째로 푹 찔러 넣었을 때의 느낌은 돼지고기를 자를 때의 느낌과는 확연히 달랐다. 살아 있는 생명체의 꿈틀거림과 비명과 몸부림이 칼에 묻어 나오는 듯했다. 내장들이 내지르는 비명도 함께 딸려 나왔다. 피가 분수처럼 천장과 벽으로 솟구쳤다. 놈은 비명도 지르지 못했다. 나는 이를 악물고 칼로 몇 번이고 반복해서 찔렀다. 얼굴과 옷에 피와 살이 튀었다. 전등에도 천장에도 벽에도 피가 튀었다. 붉은 페인트 한 통을 다 쏟은 것처럼 온 집 안이 피범벅이었다.

살겠다고 짐승처럼 기어서 달아나는 모습이 어딘가 이상했다. 붉은 핏물 속에서 빠져나온 듯한 거대하고 붉은 벌레 한 마리가 눈앞에서 꿈틀대고 있었다.

나는 깊은 악몽의 바닷속에서 허우적대며 비명을 질렀다. 목이 잠겨 목소리가 나오지 않았다. 숨이 막혀 나는 팔과 다리를 마구 휘저었다.

"여보! 왜 그래! 일어나! 무슨 잠꼬대를 이렇게 무섭게 해?"

나는 아내의 목소리에 벌떡 일어났다. 넋 빠진 사람처럼 아내를 멍하니 쳐다보다 두리번거렸다. 분명 우리 집이 맞는데도 마음이 놓이지 않았다.

"또 가위 눌렸구나. 요즘 왜 그래? 악몽을 자주 꾸네. 어떡해?"

아내가 걱정 가득한 얼굴로 내 등을 두드리고 쓰다듬었다. 아내가 바로 눈앞에 있는데도 꿈과 현실이 구분되지 않았다. 등에 식은땀이 흥건했다.

"세상에! 이마에 땀 좀 봐."

아내는 내 이마를 손바닥으로 닦았다.

"괜찮아?"

아내의 말에 나는 고개를 끄덕였다. 아내가 내민 냉수 한 잔을 들이켜고 나니 정신이 겨우 돌아왔다. 손바닥을 들여다보았다. 피 한 방울 안 묻은 깨끗한 손이었다. 비록 꿈이었지만 이 손으로 사람을 죽였다는 것이 믿기지 않았다. 거대한 핏빛 벌레 한 마리가 눈앞에서 꿈틀대던 장면이 떠올랐다. 나는 머리를 힘껏 흔들었다.

"여보! 근데, 진짜 이 인간은 왜 이러지? 또 배달의별이야."

아내는 핸드폰을 들여다보다 한숨을 내쉬었다. 충분히 예상했던 일이었기 때문에 이제는 놀랍지도 않았다.

"리뷰 좀 그만 봐! 아침부터 대체 왜 그래?"

내 말에 아내는 눈썹을 찌푸렸다.

"그러게. 신경 안 쓰려고 해도 그게 안 돼. 밤새 또 무슨 악플이 올라왔는지 너무 신경이 쓰여. 나, 진짜 리뷰 중독증인가?"

아내의 공황장애도 전적으로 악플러, 배달의별 그놈 때문이었다. 배달의별 그놈은 갈아 마셔도 시원치 않은 철천지원수였다.

"리뷰의 노예가 된 거지. 나한테 원숭이 꽃신 이야기해 준 거 기억 안 나? 자꾸 그러면 병 못 고쳐. 제발 좀 내려놔."

"이건 너무 심하잖아? 고소하면 안 돼? 한두 번도 아니잖아."

"고소? 예전에 치킨집 송 사장이 악플 때문에 경찰서 찾아간 적이 있었어. 고소 요건이 안 된다고 받아주지도 않더래. 법이 언제 우리 자영업자 편들어 주는 것 봤어? 전부 자영업자 못 잡아먹어 안달하는 법밖에 없지. 근로기준법처럼 자영업자 보호법이라도 생기면 모를까."

"진짜 그런 법 좀 생기면 좋겠다. 진짜 노조가 필요한 건 자영업자들이야."

"휴! 노조? 모래알 같은 우리 자영업자가 뭉쳐져야 말이지.
……자영업자를 위하는 정당이나 국회의원이 있으면 모를까.
주구장창 다 죽어 가는 자영업자 목 조르는 법만 만들어 재끼
니…… 국회 앞에서 자영업자들이 단체 분신자살이라도 해야
하는지……. 누가 분신을 해야 정신을 차릴는지……."

"여보! 백만석 사장님!"

아내는 눈을 휘둥그레 뜨고 나를 불렀다.

"여보! 설마 국회 앞에서 분신하는 건 아니지?"

하얗게 질린 얼굴로 아내는 나를 뚫어지게 쳐다보았다. 나는
어이가 없어서 피식 웃었다.

"뭐? 무슨 농담을 그리 무섭게 해? 나, 백만석 열사, 그런 거
전혀 관심 없어. 나 안 죽어. 우리 식구들 놔두고 절대 안 죽어.
난 거창한 거 몰라. 내겐 우리 가족이 내 국가고 민족이야. 내
꿈은 우리 식구들이랑 오순도순 사는 거, 우리 마누라 고생 안
시키는 거밖에 없어. 우리 가족이 행복하면 그게 행복이고 천국
이야. 근데, 그게 그렇게 분수에 넘치는 꿈인지…… 휴! 그냥 보
통으로 평범하게 사는 게 왜 이리 힘드냐?"

"그러게 말이야. 내가 아침부터 괜히 리뷰로 힘 빠지게 했다.
여보 미안해."

나는 아내의 미안해, 라는 말에 마음이 아렸다. 아내에게 미
안해야 할 사람은 바로 나였다. 아내를 미안하게 만들어서 더
미안했다. 나는 방문을 열고 주방으로 나가는 아내의 뒷모습을

물끄러미 쳐다보았다.

식당일을 오래도록 같이 한 습관 때문인지, 아내는 쉬라고 해도 식당일에서 마음을 내려놓지 못했다. 자나 깨나 식당 매출 걱정, 리뷰 걱정이었다. 나는 도도한여우 사건에 대해서도 아내에게 일절 말하지 않았다. 공황장애에 시달리는 아내가 그 내막을 들어서 좋을 게 하나도 없었기 때문이다. 매일 리뷰를 확인하는 아내는 도도한여우의 리뷰가 게시중단된 것만으로 너무 다행이라고 좋아했다.

나는 충전기에 꽂힌 핸드폰을 집어 들었다. 아내가 말한 대로 놈의 리뷰가 만석 족발 리뷰 최상단을 떡하니 차지하고 있었다.

별 한 개도 아까움 ㅋㅋㅋ 이 집이 주문이 왜 많은지 도무지 이해가 안 감. ㅋㅋㅋ 오늘은 정말 최악 중에 최악임. 냄새도 심하게 역하고 족발은 다 눌러 붙어 뻑뻑해서 먹질 못하겠음. 와 진짜 고래 심줄보다 더 찔긴 족발 처음이네. 수분도 없이 말라 있고 삼분의 이가 뼈밖에 없음. 리뷰가 다 맛있다는 칭찬 일색인데 전부 허위 리뷰, 리뷰 조작인가 보네. ㅋㅋㅋ 리뷰 조작해서 맛집 랭킹 올라간 거 아닙니까. ㅋㅋㅋ 삶은 지 며칠 된 거 맞죠. 돼지 누린내 너무 심하게 나여. 이렇게 비양심적으로 장사하지 마세요. 리뷰도 전부 돈 주고 산 거 맞죠. 이런 식으로 장사하심 머지않아 망할 듯! ㅋㅋ ㅋㅋㅋ

온 방 안에 크크크 하는 악마의 웃음소리가 울리는 것 같았다. 갑자기 구토가 울컥 치밀었다. 뭔가 시뻘건 불덩어리가 목구멍까지 욱하고 치밀어 올랐다. 속에서 용암처럼 검붉은 덩어리가 터져 나올 것만 같았다. 꿈속에서 보았던 장면이 생생하게 떠올랐다. 피를 뒤집어쓰고 도망치던 거대한 벌레 한 마리가 바로 눈앞에 보이는 것 같았다.

이놈의 최종 목적은 우리 식당을 완전히 망가뜨리고 산산조각내는 것이었다. 내가 자기 발아래 엎드리고 무릎 꿇고 빌기를 바라는지도 몰랐다. 우리 식당이 망할 때까지 끝까지 해 보자는 수작이었다. 나는 만석 갈비를 내 인생의 마지막 식당이라고 생각했다. 식당은 내 인생 전부이자 내 자신이었다. 빚을 내 만석 갈비를 차릴 때 내 모든 것을 다 걸었다. 여기서 일어서지 못하면 끝이었다. 놈은 내 인생을 완전히 산산조각내고 처절하게 박살을 내려는 것 같았다. 이런 놈을 그냥 이대로 보고만 있어야 한단 말인가. 명치가 욱신거리고 구토가 치밀었다. 더는 참기 힘들었다. 내장이 다 튀어나올 것같이 구역질이 치밀어 입을 틀어막고 화장실로 뛰어갔다.

수증기가 주방 안에 가득 차 있었다. 답답해서 마스크를 벗어던지고 싶었다. 이마에서 흘러내린 땀이 눈에 들어가 따가웠다. 땀에 젖은 머리카락이 이마에 쩍쩍 들러붙었다. 땀이 입안으로 들어갔다. 땀의 맛은 소금물처럼 짭짤했다. 9월인데도 한여름 날씨보다 더 무더웠다. 나는 목에 두른 수건으로 연신 땀을 닦으며 삼겹살을 쓱쓱 잘라 냈다. 20년 넘게 칼을 쥐었던 내 손은 능숙하고 날렵하게 칼을 다루었다. 칼과 내 손은 한 몸 같았다.

칼을 쥔 손에 힘이 들어갔다.

죽은 돼지의 피로 물든 목장갑은 축축하고 쩐득했다. 비릿한 피 냄새가 올라왔다. 칼로 고기를 자를 때면 삶은 죽음에 빚지고 있다는 생각이 들었다. 삶과 죽음을 관장하는 도구, 생명을 죽여 생명을 살게 하는 도구가 바로 칼이었다. 모든 인간은 누군가의 죽음을 먹고 살아가고 있었다. 한 끼의 밥을 위해 인간은 칼로 생선과 고기를 자르고 파와 양파와 무를 썰어 끓이거나 삶거나 볶았다. 산다는 것은 어쩌면 매 끼니 한 숟가락의 죽음을 떠먹는 일인지도 몰랐다. 삶을 떠받치고 있는 것은 바로 죽음이었다. 무구하고 무해한 존재의 죄 없는 죽음 덕분에 삶은 계속되고 있었다. 인간이 한 끼의 밥과 삶에 겸손해야 하는 명백한 이유였다.

피비린내가 코에 확 끼쳤다. 도마 위에 핏물이 흥건했다. 나는 삼겹살을 자르다 칼을 들고 한참 들여다보았다. 칼날이 불빛에 번쩍였다. 나는 죽이는 칼을 알지 못했다. 칼은 사람을 살리기도 하고 죽이기도 했다. 식당일을 하면서 나는 칼을 놓아 본 적이 없었다. 지금까지 뭔가를 죽이기 위해 칼을 써 본 적은 없었다. 칼로 갈비 포를 뜨고 고기 작업을 매일같이 하고 있지만, 그것은 손님들에게 맛난 음식을 대접하기 위한 일이었고 살리기 위함이었다. 나는 낚시도 한 적이 없었고, 살아 있는 닭 한 마리 죽여 본 적이 없었다.

오랜 세월 칼을 손에서 놓지 않은 이유는 음식 만드는 일에 대한 자부심 때문이었다. 지금껏 음식을 만드는 일을 내 천직이라 여겼다. 다른 일에는 눈을 돌리지 않았고 욕심도 부리지 않았다. 정성껏 차린 음식을 내놓았을 때, 손님들이 맛있다고 하는 것만으로도 좋았다.

음식을 만들어 내는 칼은 귀하고 아름다웠다. 음식을 만들기 위해 칼을 쥔 손도 아름다웠다. 흉터투성이 손조차도 아름다웠다. 어떤 음식이든 칼의 힘을 빌려야 했다. 된장찌개 하나를 끓이기 위해서도 칼을 몇 번이나 써야 했다. 무와 감자를 썰고 애호박을 썰고 파와 두부와 고기를 썰었다. 도마 위에서 칼질할 때 들리는 규칙적인 소리는 음악 소리처럼 아름다웠다. 힘차게 뛰는 맥박처럼 살아 있는 생명의 소리였다.

살리는 칼로 죽일 수는 없었다. 아름다운 칼, 음식을 만드는 칼, 살리는 칼, 그 고귀한 칼로는 그 어떤 것도 죽일 수가 없었다. 그 아름답고 귀한 칼을 쓸 수는 없었다. 한 번도 쓰지 않은 칼, 아주 잘 드는 새 칼이 필요했다.

나는 종이 상자를 안고 엘리베이터에서 내렸다. 6층 복도에 가득한 악취와 열기에 숨이 턱 막혔다. 9월 초순인데도 한여름보다 더 푹푹 찌는 날씨였다. 복도에는 퀴퀴한 곰팡내와 뭔가 썩어 가는 악취가 떠돌고 있었다. 복도 창문이 열려 있었지만 복도는 찜솥이었다. 이마와 등에 땀이 비 오듯 흘렀다. 옷이 땀에 푹 젖어 물에서 건져낸 것 같았다. 손에 낀 목장갑은 땀으로 흥건했다.

나는 일주일 전에도 귀족원룸에 직접 배달을 왔다. CCTV의

위치와 귀족원룸의 구조를 살펴보았다. 건물 입구에 관리실이 있었지만 관리인은 보이지 않고 곳곳에 쓰레기만 나뒹굴고 있었다. 6층 복도의 CCTV가 꺼져 있는 것을 확인하고 나는 안도의 숨을 내쉬었다. 귀족원룸은 버려진 건물처럼 음산하고 관리와 경비가 허술했다.

605호실 앞에 서서 나는 길게 심호흡을 했다. 모자를 쓰고 마스크를 하고 있어서 얼굴은 전혀 보이지 않을 터였다. 요즘은 택배 상자를 집 앞에 두고 가는 경우가 대부분이었다. 택배 왔다고 하면 문을 안 열어줄 게 뻔했다. 택배가 아니라 배달 왔다고 할까? 이놈은 늘 배달을 시키는 놈이 아닌가? 배달 왔다고 초인종을 누르면 배달을 안 시켰어도, 혹시 만에 하나라도 열어줄지도 몰랐다. 나는 그 가능성을 한번 믿어 보기로 했다.

칼이 든 종이 상자는 한 손으로 들기엔 지나치게 가벼워서 오히려 돌덩이가 든 것처럼 무겁게 느껴졌다. 나는 한 손으로 상자를 받치고 한 손으로 초인종을 누르기 위해 손을 내밀었다. 목장갑을 낀 손가락 끝이 부들부들 떨렸다. 떨리는 손끝으로 초인종을 눌렀다. 손끝에 전기가 찌릿 통하는 느낌이 들었다. 1분이 한 시간처럼 길었다. 초인종을 연거푸 눌렀지만 안에서는 기척이 없었다.

물에 빠진 것처럼 온몸에 땀이 흥건했다. 복도 바닥에 땀이 뚝뚝 떨어졌다. 현관문 바닥 틈새에 검고 진득한 액체가 새어 나와 말라붙어 있었다. 마치 검은 벌레가 기어 나오다 문에 깔려 죽은 것처럼 보였다. 엄지손가락만 한 검은 바퀴벌레 한 마리가 현관 문틈에서 빠져나와 재빨리 달아났다.

나는 현관문에 귀를 바짝 갖다 댔다. 안에서는 아무런 소리도 들리지 않았다. 현관문 틈으로 악취가 새어 나와 입과 코를 틀어막았다. 한 번도 맡아 본 적 없는 무서운 냄새가 났다. 강력 접착제처럼 쩍쩍 들러붙는 냄새였다. 그것은 팔짱을 끼고 위에서 내려다보는 신의 냄새, 거대한 손의 냄새였다.

* 소설 속의 일부 에피소드는 국내 최대 자영업자 카페 '아프니까 사장이다'의 사례를 토대로 했으나 등장인물, 배경, 업체 등은 작가의 창작에 의한 허구임을 밝힙니다.

작가의 말

　오늘도 당신은 무사히 가게 문을 열었군요. 길모퉁이에 있는 당신의 작은 식당에 들어가 따스하고 정갈한 백반 정식을 먹으며 위로받았던 순간이 있습니다.

　마침내, 3년 4개월 만에 엔데믹이 선포되었습니다. 코로나 전쟁 시기를 용케 버티어낸 당신에게 경의를 표합니다. 영세 자영업자인 당신이 코로나를 견디면서 남모르게 내쉰 한숨과 흘렸던 눈물이 대체 얼마일까요. 문을 열어 놓은 당신의 가게 앞을 지날 때마다 보도블록 틈 사이로 얼굴을 내민 민들레를 보는 듯 애잔합니다.

　무엇이든 크고 힘센 것들만 살아남는 이 자본주의 세상에서 작은 것들은 목숨 부지하고 살아내기가 얼마나 힘든지요. 작은 가게들이 가만히 숨 쉬며 하루를 겨우 버텨내는 골목 인근에 대기업에서 운영하는 큰 가게나 백화점이나 대형 마트가 들어서면 그 골목은 금방 초토화되곤 하지요. 크고 사나운 육식공룡이 휩쓸고 간 초원처럼 말이지요.

　코로나로 인해 세상은 한순간에 '배달의 천국'으로 변했습니다. 거리두기와 영업제한 때문에 문 닫게 생긴 식당을 살리기 위해 우리 식당도 배달업에 뛰어들었습니다. 배달이 구원의 밧

줄인 줄 알았는데 배달업은 또 다른 정글이자 지옥이었습니다. 마치 원형 감옥 파놉티콘에 갇힌 것 같았습니다. 리뷰로 감시당하는 죄수가 된 기분이 들어 하루도 마음 편할 날이 없었지요. 아무리 배달 매출을 올려봐도 배달 앱에 내는 광고료와 수수료 배달대행비를 내고 인건비와 임대료를 내고 나면 오히려 적자였습니다. 28년 차 식당 사장인 남편은 결국 배달업을 접고 식당 문도 닫아야 했습니다.

2015년도에 자영업자를 주인공으로 한 소설을 쓴 적이 있습니다. 주변에서 성공하는 이야기를 써야 독자들에게 환영받는다고 어두운 이야기는 그만 쓰라고 조언을 하더군요. 더 이상은 힘든 자영업에 관한 소설을 쓰지 않으려 했습니다. 하지만 자영업자를 검색하면 자살이 연관 검색어로 따라오는 현실이 가슴 아팠습니다. 팬데믹으로 자영업자의 자살이 줄을 이었습니다. 그 죽음은 극단적 선택이 아니라 사회적 타살이었습니다. 영업을 강제로 제한한 국가가 저지른 인권침해 때문에 벌어진 비극이었습니다. 코로나 시기 자영업자들이 어떤 희생을 치러내야 했는지 당사자의 목소리로 증언하고 기록해내는 것 또한 글 쓰는 사람의 책무가 아닐까 생각했습니다.

이 소설을 쓰면서 몇 번이나 시점이 바뀌었습니다. 분노의 목소리를 가라앉히기 위해 객관적 거리를 두어야 한다는 생각 때문이었지요. 처음에는 나, 백만석의 시점, 일인칭 주인공 시점으로 시작했다가, 삼인칭 주인공 시점, 전지적 작가 시점으로 갔다가 다시, 일인칭 주인공 시점으로 되돌아왔습니다. 그의 이야기가 아니라, 자영업자인 나의 이야기였기 때문에 다시 일인칭 주인공 시점으로 되돌아오게 되었지요.

자영업자, 자신에게 고용된 사람들. 사장님이라는 이름으로 불리지만 자영업자는 사장도 아니고 노동자도 아닌 아주 애매한 위치에 있는 사람들입니다. 사장이기도 하고 노동자이기도 하지만 자본가가 아니고 노동자가 아니기도 한 사람들. 이름만 사장일 뿐 영세 자영업자들은 비정규직 노동자들보다, 알바보다 못 버는 사람들이 많습니다. 자영업자의 연평균 소득은 1년에 2천만 원도 안 되는 1952만 원입니다.

대한민국에 500만 명이 넘는 자영업자는 우리 경제의 주체인데도 자신들을 지킬 만한 제대로 된 조직이 없습니다. 국가는 자영업자의 삶을 좌우하는 법과 정책을 시행하면서 자영업자의 의견도 듣지 않고 밀어붙였습니다. 만약 자영업자에게도 민주노총과 같은 힘센 조직이 있다면 자영업자를 일방적으로 희생시키는 방역정책을 펼치지는 않았겠지요. 우리 사회는 자영업자에게 무거운 방역의 짐을 지우고 코로나 시기를 건너왔습니다. 엔데믹이 선포되고 아무 일도 없었던 것처럼 우리 사회는 코로나 전으로 돌아갔습니다. 하지만 코로나 이전보다 자영업의 위기는 더 심해지고 우리 사회는 자영업자의 희생을 잊었습니다.

대한민국 경제활동인구의 4분의 1이나 되면서도 자영업자는 이 나라의 국민 대접을 제대로 받은 적이 없습니다. 조선 시대 소작농과도 같은 영세 자영업자에게는 의무와 책임만 있을 뿐입니다. 이 나라의 경제 주체인 자영업자를 외면하는 나라는 누구를 위한 나라일까요? 자영업자를 위한 '내 그리운 나라'는 정녕 없는 걸까요?

당신의 작고 아름다운 가게가 이 골목을 오래 지킬 수 있기를 소망합니다.

은행나무 가로수 아래서 흔들리는 작고 여린 풀들의 몸짓이 오늘따라 더 애잔합니다.

분노가 가득 담긴 거칠고 날 선 목소리를 가다듬는, 번거롭고 힘든 작업에 수고를 아끼지 않은 신지은, 김소원 편집자님 그리고 따스한 추천사를 써주신 정광모 소설가님께 깊은 감사를 드립니다.

2023년 무더운 여름
김옥숙

배달의 천국

초판 1쇄 발행 2023년 7월 31일

지은이 김옥숙
펴낸이 강수걸
기획실장 이수현
편집장 권경옥
편집 김소원 신지은 강나래 오해은 이소영 이선화 이혜정
디자인 권문경 조은비
펴낸곳 산지니
등록 2005년 2월 7일 제333-3370000251002005000001호
주소 부산시 해운대구 수영강변대로 140 BCC 613호
전화 051-504-7070 | 팩스 051-507-7543
홈페이지 www.sanzinibook.com
전자우편 sanzini@sanzinibook.com
블로그 sanzinibook.tistory.com

ISBN 979-11-6861-163-4 03810

* 책값은 뒤표지에 있습니다.
* 잘못된 책은 구입하신 곳에서 교환해드립니다.
* 본 도서는 2023년 부산광역시, 부산문화재단 '부산문화예술지원사업'으로
지원을 받았습니다.